# Pierwszy telefon z nieba

Mitch Albom

# PIERWSZY TELEFON Z NIEBA

tłumaczenie
Nina Dzierżawska

Kraków 2015

Tytuł oryginału
*The First Phone Call from Heaven*

Copyright © 2013 Asop, Inc.

Copyright © for the translation by Nina Dzierżawska

Projekt okładki
Mariusz Banachowicz

Fotografia na pierwszej stronie okładki
Copyright © iko/Shutterstock.com

Opieka redakcyjna
Julita Cisowska
Aleksandra Kamińska
Ewa Polańska
Bogna Rosińska

Opracowanie tekstu i przygotowanie do druku
Pracownia 12A

ISBN 978-83-240-2627-2

Książki z dobrej strony: www.znak.com.pl
Społeczny Instytut Wydawniczy Znak, 30-105 Kraków,
ul. Kościuszki 37. Wydanie I, Kraków 2015
Dział sprzedaży: tel. 12 61 99 569, e-mail: czytelnicy@znak.com.pl
Druk: CPI Moravia Books s.r.o.

Dla Debbie, mistrzyni rozmowy przez telefon,
za której głosem codziennie tęsknimy

# Tydzień, w którym to się zdarzyło

W dniu, kiedy świat otrzymał swój pierwszy telefon z nieba, Tess Rafferty rozpakowywała pudełko z herbatą w torebkach.

Dryń!

Zignorowała dzwonek i wbiła paznokcie w folię.

Dryń!

Zgiętym palcem wskazującym zahaczyła o nierówną część na boku pudełka.

Dryń!

Wreszcie rozdarła folię, ściągnęła ją z pudełka i zgniotła w dłoni. Wiedziała, że telefon przełączy się na automatyczną sekretarkę, jeżeli nie odbierze go przed następnym...

Dryń...

– Halo?

Za późno.

– Ach, to urządzenie – mruknęła.

Usłyszała, jak automat pstryka na blacie kuchennym i zaczyna odtwarzać nagrane przez nią powitanie:

„Cześć, tu Tess. Zostaw swoje nazwisko i wiadomość. Oddzwonię, jak tylko będę mogła, dzięki".

Rozległ się krótki brzęczyk. Tess usłyszała szum. A potem:
– Tu mama… Muszę coś ci powiedzieć.
Tess wstrzymała oddech. Słuchawka wypadła jej z dłoni.
Jej matka umarła cztery lata temu.

❧

Dryń!
Drugi telefon ledwie było słychać wśród hałaśliwej kłótni na posterunku policji. Pewien urzędnik wygrał na loterii dwadzieścia osiem tysięcy dolarów i trzej policjanci debatowali nad tym, co by zrobili, gdyby spotkało ich takie szczęście.
– Trzeba pospłacać rachunki.
– Tego się właśnie nie robi.
– Jacht.
– Rachunki.
– Na pewno nie ja!
– Jacht!
Dryń!
Jack Sellers, komendant policji, wycofał się w kierunku swojego niedużego biura.
– Jak człowiek płaci rachunki, to zbiera tylko następne – powiedział.
Mężczyźni spierali się dalej, a Jack sięgnął po telefon.
– Komisariat policji w Coldwater, Sellers przy telefonie.
Szum. A potem głos młodego człowieka.
– Tata?… Tu Robbie.

W jednej chwili Jack przestał słyszeć pozostałych.

– Kto mówi, do cholery?

– Jestem szczęśliwy, tato. Nie martw się o mnie, dobrze?

Jack poczuł, jak ściska go w żołądku. Pomyślał o ostatnim razie, kiedy widział swojego syna, gładko ogolonego i ostrzyżonego po żołniersku, znikającego za bramkami na lotnisku, w drodze na swoją trzecią misję.

Na ostatnią misję.

– To nie możesz być ty – szepnął Jack.

❧

Bryń!

Pastor Warren wytarł ślinę z podbródka. Drzemał na swojej kanapie w kościele baptystycznym Żniwo Nadziei.

Bryń!

– Już idę.

Z trudem podniósł się z kanapy. Rada parafialna zainstalowała dzwonek przed drzwiami jego gabinetu, bo osiemdziesięciodwuletni pastor nie słyszał już najlepiej.

Bryń!

– Proszę księdza, tu Katherine Yellin. Proszę się pospieszyć!

Pastor dokuśtykał do drzwi i je otworzył.

– Witaj, Ka…

Ona jednak już go minęła, w niedopiętym płaszczu i z rozwianymi rudawymi włosami, jakby wybiegła z domu w pośpiechu. Usiadła na kanapie, wstała nerwowo i znów usiadła.

– Chcę, żeby ksiądz wiedział, że nie jestem szalona.

– Skąd, moja droga…

– Zadzwoniła do mnie Diane.

– Kto do ciebie zadzwonił?

– Diane.

Warrena zaczęła boleć głowa.

– Zadzwoniła do ciebie twoja nieżyjąca siostra?

– Dziś rano. Podniosłam słuchawkę…

Zacisnęła dłonie na torebce i się rozpłakała. Warren zaczął się zastanawiać, czy powinien wezwać pomoc.

– Powiedziała mi, żebym się nie martwiła – wychrypiała Katherine. – Powiedziała, że jest jej tam dobrze.

– Czyli to był sen?

– Nie! Nie! To nie był sen! Ja rozmawiałam ze swoją siostrą!

Łzy spłynęły kobiecie po policzkach, spadając szybciej, niż potrafiła je wytrzeć.

– Rozmawialiśmy o tym, moje dziecko…

– Wiem, ale…

– Tęsknisz za nią…

– Tak…

– I jesteś zdenerwowana.

– Nie, proszę księdza! Ona mi powiedziała, że jest w niebie… Rozumie ksiądz?

Katherine się uśmiechnęła – błogi uśmiech, jakiego Warren nie widział na jej twarzy nigdy wcześniej.

– Niczego się już nie boję – powiedziała.

Drrrrnnnng.

Rozległ się dzwonek alarmowy i ciężka brama więzienia ruszyła po szynach. Wysoki, barczysty mężczyzna, Sullivan Harding, szedł powoli, krok za krokiem, ze spuszczoną głową. Serce waliło mu jak młot – nie z podniecenia związanego z wyjściem na wolność, ale z obawy, że ktoś może wciągnąć go tam z powrotem. Naprzód. Naprzód. Nie odrywał spojrzenia od czubków swoich butów. Dopiero kiedy usłyszał zbliżający się odgłos – szybkie, lekkie kroki na żwirze – podniósł wzrok.

Jules.

Jego syn.

Poczuł, jak dwie rączki zaciskają się wokół jego nóg; poczuł, jak jego dłonie zanurzają się w kędzierzawej czuprynie chłopca. Zobaczył swoich rodziców – matkę w granatowej wiatrówce, ojca w jasnobrązowym garniturze – z dzielnymi minami, które utrzymały się do momentu, kiedy wszyscy padli sobie w ramiona.

Było chłodno i szaro, a ulica lśniła od deszczu. W tym momencie brakowało tylko jego żony, lecz jej nieobecność była wymowna niczym postać w sztuce.

Sullivan chciał powiedzieć coś głębokiego, ale z jego warg wydobył się jedynie szept:

– Chodźmy.

Kilka chwil później ich samochód zniknął za zakrętem.

Tego właśnie dnia świat otrzymał swój pierwszy telefon z nieba.

To, co nastąpiło później, zależy od tego, w ile uwierzysz.

# Drugi tydzień

Padała chłodna mżawka – nic niezwykłego we wrześniu w Coldwater, niedużym miasteczku położonym na północ od pewnych części Kanady i oddalonym od jeziora Michigan zaledwie o kilka kilometrów.

Pomimo chłodu Sullivan Harding szedł piechotą. Mógł pożyczyć samochód od ojca, ale po dziesięciu miesiącach zamknięcia wolał otwartą przestrzeń. Ubrany w czapkę narciarską i starą zamszową kurtkę minął liceum, do którego chodził dwadzieścia lat temu, skład drzewny, który zamknięto w zeszłym roku, sklep wędkarski, łódki do wynajęcia, złożone obok niego jedna na drugiej, jak skorupy małży, i stację benzynową, gdzie chłopak z obsługi podpierał ścianę, oglądając sobie paznokcie. Moje rodzinne miasto, pomyślał Sullivan.

Dotarł do celu i wytarł buty o słomiankę z napisem „DAVIDSON I SYNOWIE". Kiedy zauważył małą kamerę nad drzwiami, instynktownie zerwał z głowy czapkę, odgarnął gęste brązowe włosy i spojrzał w obiektyw. Kiedy minuta minęła bez żadnej odpowiedzi, sam wszedł do środka.

12

Ciepło panujące w zakładzie pogrzebowym było niemal duszące. Ściany pokrywało ciemne dębowe drewno. Na biurku bez krzesła leżała otwarta księga gości.

– W czym mogę pomóc?

Dyrektor, wysoki, drobnokościsty mężczyzna o bladej skórze, krzaczastych brwiach i rzadkich włosach koloru słomy, stał z rękoma założonymi na piersi. Wyglądał na człowieka przed siedemdziesiątką.

– Jestem Horace Belfin – powiedział.

– Sully Harding.

– Ach, tak.

Ach, tak, pomyślał Sully, ten, co nie przyszedł na pogrzeb żony, bo siedział w więzieniu. Miał teraz zwyczaj kończenia niedokończonych zdań, z poczuciem, że słowa, których ludzie nie wypowiadają, brzmią głośniej niż te, które padają z ich ust.

– Giselle była moją żoną.

– Proszę przyjąć ode mnie wyrazy współczucia.

– Dziękuję.

– Ceremonia była przepiękna. Rodzina zapewne panu opowiadała.

– To ja jestem rodziną.

– Oczywiście.

Stali w milczeniu.

– Gdzie są jej szczątki? – zapytał Sully.

– W naszym kolumbarium. Zaraz przyniosę klucz.

Skierował się w stronę gabinetu.

Sully podniósł ze stołu broszurę. Otworzył ją na fragmencie dotyczącym kremacji.

Skremowane szczątki można rozrzucić nad morzem, umieścić w balonie z helem, rozsypać z samolotu…

Sully odrzucił broszurę na stół. Rozsypać z samolotu. Nawet Bóg nie byłby tak okrutny.

⟋⟍

Dwadzieścia minut później Sully opuścił budynek, niosąc mieszczącą w sobie prochy jego żony urnę w kształcie anioła. Najpierw trzymał ją w jednej ręce, ale wydawało mu się to zbyt swobodne. Potem objął ją dłońmi, ale wtedy miał wrażenie, jakby składał ją komuś w ofierze. Wreszcie przycisnął ją do piersi i skrzyżował ramiona, jak dziecko, które niesie torbę z podręcznikami. W ten sposób przeszedł ulicami Coldwater około kilometra, a pod jego stopami chlupotała deszczówka. Kiedy dotarł do ławki przed urzędem pocztowym, usiadł, urnę stawiając ostrożnie obok siebie.

Deszcz ustał. Z oddali słychać było kościelne dzwony. Sully zamknął oczy i wyobraził sobie Giselle, która się o niego ociera. Jej morskozielone oczy, włosy czarne jak lukrecja, szczupłą sylwetkę i wąskie ramiona, które opierając się o niego, zdawały się szeptać: „Chroń mnie".

Ostatecznie tego nie zrobił. Nie ochronił jej. To nie zmieni się już nigdy. Siedział tak na ławeczce przez dłuższą chwilę, upadły człowiek, porcelanowy anioł – jakby czekali we dwójkę na autobus.

Telefon przynosi wieści o życiu. Narodziny dziecka, zaręczyny, tragiczny wypadek nocą na autostradzie – większość kamieni milowych w podróży człowieka zwiastuje dźwięk dzwonka.

Tess siedziała teraz na podłodze w kuchni, czekając, aż ten dźwięk znów się rozlegnie. Od dwóch tygodni jej telefon przynosił zdumiewające wieści. Jej matka istniała, gdzieś, w jakiś sposób. Dziewczyna po raz setny przebiegła myślą ich ostatnią rozmowę.

– Tess… Przestań płakać, kochanie.

– To nie możesz być ty.

– Jestem na miejscu, cała i zdrowa.

Mama zawsze tak mówiła, dzwoniąc do domu z podróży – z hotelu, ze spa, nawet kiedy odwiedzała krewnych, którzy mieszkali pół godziny drogi od nich. Jestem na miejscu, cała i zdrowa.

– To niemożliwe.

– Wszystko jest możliwe. Jestem z Panem. Chcę ci opowiedzieć o…

– O czym? Mamo? O czym?

– O niebie.

W słuchawce zapadła cisza. Tess wpatrywała się w telefon, jakby trzymała w ręku ludzką kość. To przeczyło zdrowemu rozsądkowi. Wiedziała o tym. Ale głosu matki nie da się pomylić z żadnym innym: rozpoznajemy każdą wibrację i szept, każde załamanie, każde westchnienie. Nie miała wątpliwości. To naprawdę była ona.

Tess przyciągnęła kolana do piersi. Od czasu pierwszego telefonu nie wychodziła z domu i jadła tylko krakersy, płatki śniadaniowe, jajka na twardo, cokolwiek akurat było na miejscu. Nie chodziła do pracy ani po zakupy, nie zaglądała nawet do skrzynki na listy.

Przeczesała palcami długie, niemyte blond włosy. Zakładniczka cudu? Co powiedzą ludzie? Nie obchodziło jej to. Kilka słów z nieba sprawiło, że wszystkie słowa na ziemi straciły znaczenie.

೪

Jack Sellers siedział przy swoim biurku w domu z czerwonej cegły, który został zamieniony w posterunek policji w Coldwater. Jego współpracownicy sądzili, że Jack wklepuje w komputer sprawozdania. Jednak on także czekał na dźwięk dzwonka.

To był najdziwniejszy tydzień w całym jego życiu. Dwa telefony od zmarłego syna. Dwie rozmowy, które nie miały prawa się zdarzyć. Ciągle nie powiedział o tym byłej żonie, Doreen, matce Robbiego. Doreen popadła w depresję i zalewała się łzami, kiedy tylko ktoś wspominał jego imię. Co by jej powiedział? Że ich syn, zabity w walce, przebywa gdzieś teraz, żywy? Że brama do nieba stoi na biurku Jacka? I co potem?

Sam Jack nie miał pojęcia, co o tym wszystkim myśleć. Wiedział tylko, że za każdym razem, kiedy dzwonił telefon, rzucał się na niego jak rewolwerowiec.

Druga rozmowa, podobnie jak pierwsza, miała miejsce w piątek po południu. Jack usłyszał szum i ulotny dźwięk, który podnosił się i opadał.

– To ja, tato.

– Robbie.

– Wszystko u mnie w porządku, tato. Tutaj nie ma złych dni.

– Gdzie jesteś?

– Przecież wiesz, gdzie jestem. Tato, tu jest super...

A potem trzask.

Jack wrzasnął:

– Halo!? Halo!?

Zauważył, że inni policjanci patrzą w jego stronę. Zamknął drzwi. Minutę później telefon odezwał się znowu. Jack spojrzał na wyświetlacz, szukając numeru osoby dzwoniącej. Podobnie jak wcześniej, zobaczył na nim napis: „NIEZNANY".

– Halo? – wyszeptał.

– Powiedz mamie, żeby nie płakała... Gdybyśmy wiedzieli, co nas czeka, nigdy byśmy się nie martwili.

✑

Kiedy człowiek ma siostrę, nigdy nie przestaje jej mieć, nawet jeżeli nie może już jej dotknąć ani zobaczyć.

Katherine Yellin położyła się na łóżku, a jej rude włosy rozsypały się na poduszce. Skrzyżowała ramiona i ścisnęła łososiowy telefon z klapką, który kiedyś należał do Diane.

Był to samsung z błyszczącą nalepką z tyłu, przedstawiającą but na wysokim obcasie, symbol tego, jak bardzo Diane kochała modę.

„Tu jest lepiej niż w naszych marzeniach, Kath".

Diane powiedziała tak podczas drugiej rozmowy, która, podobnie jak pierwsza – jak wszystkie te dziwne telefony do Coldwater – miała miejsce w piątek. Lepiej niż w naszych marzeniach. Z całego tego zdania Katherine najbardziej podobało się słowo „naszych".

Siostry Yellin łączyła szczególna więź, jak to zamknięte w granicach małego miasteczka dzieci, które wspólnie pokonują kolejne przeszkody. Diane, starsza o dwa lata, codziennie prowadziła Katherine do szkoły, przecierała jej szlaki w krasnalach i w skautach, zdjęła aparat ortodontyczny wtedy, kiedy młodsza siostra założyła swój, a na szkolnych dyskotekach nie zgadzała się tańczyć, dopóki Katherine nie miała partnera. Obie miały długie nogi, silne ramiona i latem potrafiły przepłynąć w jeziorze ponad kilometr. Obie skończyły miejscowy college. Płakały razem, kiedy zmarli ich rodzice. Gdy Diane wyszła za mąż, Katherine była jej druhną, a w czerwcu trzy lata później role się odwróciły. Każda z nich miała dwoje dzieci – Diane dziewczynki, Katherine chłopców. Ich domy dzieliły niecałe dwa kilometry. Nawet ich rozwody odbyły się w odstępie roku.

Różniły je tylko kwestie zdrowotne. Diane cierpiała na migreny, zaburzenia rytmu serca, wysokie ciśnienie, a potem nagle pojawił się tętniak, który doprowadził do jej przedwczesnej śmierci w wieku czterdziestu sześciu lat. Katherine określano często jako osobę obdarzoną „końskim zdrowiem".

Przez całe lata miała z tego powodu wyrzuty sumienia. Teraz jednak zrozumiała. Diane – delikatna, krucha Diane – nie została wezwana bez przyczyny. Pan wybrał ją, żeby pokazała światu, że wieczność czeka na tych, którzy pozostają wierni.

„Tu jest lepiej niż w naszych marzeniach, Kath".

Katherine się uśmiechnęła. „Naszych". Poprzez ten różowy telefon z klapką, który trzymała przy piersi, na nowo odkryła siostrę, której nigdy nie mogłaby stracić.

I nie zamierzała trzymać tego w tajemnicy.

# Trzeci tydzień

Trzeba zacząć od nowa. Tak mówią. Ale życie to nie gra planszowa, a strata ukochanej osoby tak naprawdę nigdy nie jest „nowym początkiem". Raczej „kontynuacją bez niej".

Żona Sully'ego umarła. Odeszła po długim okresie śpiączki. Zgodnie z informacjami ze szpitala, wyśliznęła się podczas burzy, pierwszego dnia lata. Sully był wtedy jeszcze w więzieniu, od zwolnienia dzieliło go dziewięć tygodni. Kiedy wiadomość do niego dotarła, całe jego ciało ogarnęło odrętwienie. Miał takie uczucie, jakby dowiedział się o zniszczeniu Ziemi, stojąc na powierzchni Księżyca.

Teraz myślał o Giselle stale, mimo że każda myśl niosła ze sobą cień ich ostatniego dnia, wypadku, pożaru. Tego, co zawaliło wszystko w jednej chwili. Nieistotne. Otulał się jej smutnym wspomnieniem, bo dla niego było to czymś możliwie najbliższym jej obecności. Postawił urnę w kształcie anioła na półce nad kanapą, na której leżał pogrążony we śnie Jules. Za dwa miesiące synek skończy siedem lat.

Sully usiadł, osuwając się ciężko na krzesło. Ciągle jeszcze nie oswoił się do końca z byciem na wolności. Można by pomyśleć, że po dziesięciu miesiącach w więzieniu człowiek powinien się nią napawać. Jednak ciało i umysł przyzwyczajają się do najróżniejszych warunków, nawet tych strasznych, i nadal zdarzały się chwile, kiedy Sully wpatrywał się w ściany apatycznym wzrokiem więźnia. Musiał sam sobie przypominać, że może wstać i wyjść.

Sięgnął po papierosa i rozejrzał się po tym tanim, obcym mieszkaniu na drugim piętrze bez windy, ogrzewanym piecykiem. Za oknem widać było kępę sosen i nieduży wąwóz, który prowadził do strumienia. Sully przypomniał sobie, jak w dzieciństwie łapał tam żaby.

Wrócił do Coldwater, bo w trakcie procesu i uwięzienia jego rodzice zajmowali się Julesem, a on nie chciał teraz jeszcze bardziej komplikować chłopcu życia. A zresztą, dokąd miałby pojechać? Nie miał już pracy ani domu. Wszystkie pieniądze wydał na prawników. Patrząc, jak dwie wiewiórki gonią się po drzewie, usiłował się oszukać, że to miejsce spodobałoby się pewnie Giselle, kiedy by się już pogodziła z jego lokalizacją, wielkością, brudem i łuszczącą się farbą.

֍

W jego skupienie wdarło się pukanie do drzwi. Spojrzał przez wizjer. Po drugiej stronie stał Mark Ashton i trzymał dwie torby z zakupami.

Mark i Sully byli kumplami z eskadry; razem pilotowali odrzutowce. Sully nie widział się z nim od czasu ogłoszenia wyroku.

– Hej – powiedział Mark, kiedy drzwi się otwarły.

– Hej – odpowiedział Sully.

21

– Sympatyczne miejsce – szczególnie jeśli ktoś jest terrorystą.

– Przyjechałeś tu z samego Detroit?

– No. Wpuścisz mnie?

Uściskali się szybko i niezręcznie i Mark poszedł za Sullym do dużego pokoju. Zobaczył Julesa na kanapie i ściszył głos.

– Śpi?

– Tak.

– Kupiłem mu oreo. Wszystkie dzieciaki lubią oreo, nie?

Mark postawił torby pomiędzy nierozpakowanymi kartonami na kuchennym blacie. Zauważył popielniczkę pełną niedopałków i sporo szklanek w zlewie – niedużych szklanek, takich, do jakich leje się alkohol, a nie wodę.

– No więc… – powiedział.

Bez toreb w rękach Mark nie miał już nic, co odwracałoby jego uwagę. Spojrzał na twarz Sully'ego – Sully, jego dawny partner, którego chłopięcy wygląd i szeroki uśmiech przywodziły na myśl dzielnego kapitana szkolnej drużyny futbolowej, jakim niegdyś był. Tylko teraz chudszy i starszy, zwłaszcza w okolicy oczu.

– To tutaj się wychowałeś?

– Teraz już wiesz, czemu stąd wyjechałem.

– Jak sobie radzisz?

Sully wzruszył ramionami.

– Słuchaj. To okropne. To, co się stało z Giselle…

– Wiem.

– Przykro mi.

– Wiem.

– Myślałem, że cię wypuszczą na pogrzeb.

– Mają swoje zasady.

– Ceremonia była naprawdę ładna.

– Słyszałem.

– A co do reszty...

Sully podniósł wzrok.

– Do diabła z tym – powiedział Mark. – Ludzie wiedzą.

Wiedzą, że poszedłeś siedzieć, pomyślał Sully, kończąc za niego zdanie. Nie wiedzą, czy na to zasłużyłeś.

– Próbowałem się z tobą zobaczyć.

– Nie chciałem, żeby ktokolwiek mnie oglądał.

– Chłopaki nie wiedzieli, co o tym myśleć.

– Trudno.

– Sully...

– Dajmy temu spokój, dobra? Powiedziałem już, co się wydarzyło. Milion razy. Uwierzyli w coś innego. Koniec tematu.

Sully wbił wzrok w swoje dłonie i uderzył kłykciami o kłykcie.

– Co planujesz dalej? – zapytał Mark.

– To znaczy?

– Z pracą?

– A co?

– Znam w okolicy jednego faceta. Za studenckich czasów był moim współlokatorem. Zadzwoniłem do niego.

Sully przestał zajmować się swoimi dłońmi.

– Zadzwoniłeś do niego, zanim się ze mną zobaczyłeś?

– Będziesz potrzebował pieniędzy. Facet może mieć dla ciebie robotę.

– Jaką?

– Sprzedaż.

– Nie jestem handlowcem.

– To proste. Zapisujesz tylko klientów, odbierasz od nich czeki i zgarniasz prowizję.

– Co to za branża?

– Prasa.

Sully zamrugał oczami.

– Żartujesz sobie, tak?

Pomyślał o wszystkich tych gazetach, które pisały o „incydencie" z jego udziałem. O tym, jak prędko powyciągały możliwie najprostsze, najszybsze wnioski, przedrukowując nawzajem swoje słowa, aż w końcu go strawiły, a potem zajęły się następnym tematem. Od tego czasu nienawidził wiadomości. Nigdy więcej nie zapłacił za gazetę i nie miał takiego zamiaru.

– To pozwoli ci tutaj zostać – powiedział Mark.

Sully podszedł do zlewu. Przepłukał szklankę. Chciał, żeby Mark już sobie poszedł, tak by on mógł nalać do niej tego, na co ma ochotę.

– Podaj mi numer do niego, zadzwonię – powiedział Sully, wiedząc doskonale, że nigdy tego nie zrobi.

❧

Tess siedziała po turecku na miękkich czerwonych poduszkach i wyglądała przez okno wykuszowe na duży trawnik, którego od tygodni nikt nie kosił. Wychowała się w tym domu; pamiętała, jak w dzieciństwie w niedzielne poranki zwijała się w kłębek dokładnie w tym miejscu i jęczała do swojej mamy, Ruth, która siedziała przy stoliku do brydża pochylona nad papierami, z rzadka podnosząc wzrok.

– Nudzę się – mówiła Tess.

– Spróbuj wyjść na zewnątrz – mruczała Ruth.

– Nie mam co robić.

– Rób to na zewnątrz.

– Chciałabym mieć siostrę.

– Przykro mi, ale nie jestem w stanie ci pomóc.

– Mogłabyś, gdybyś wyszła za mąż.

– Już raz wyszłam.

– Nie mam co robić.

– Spróbuj poczytać książkę.

– Przeczytałam wszystkie książki.

– Przeczytaj jeszcze raz.

I tak w kółko, słowna szermierka, która w takiej czy innej formie powtarzała się poprzez jej nastoletniość, studia i dorosłe życie, aż do ostatnich lat Ruth, kiedy choroba Alzheimera pozbawiła ją słów, a w końcu wszelkiej ochoty na mówienie. Ruth spędziła swoje ostatnie miesiące, milcząc jak głaz i wpatrując się w córkę z przechyloną głową, jak dziecko, które przygląda się musze.

Teraz jednak jakimś sposobem znów ze sobą rozmawiały – tak, jakby śmierć była lotem, na który Tess była przekonana, że Ruth zdążyła, ale potem okazało się, że jednak go przegapiła. Godzinę wcześniej odbyły kolejną nieprawdopodobną rozmowę telefoniczną.

– Tess, to ja.

– O Boże, mamo. Ciągle nie mogę w to uwierzyć.

– Zawsze ci mówiłam, że znajdę sposób.

Tess uśmiechnęła się przez łzy, przypominając sobie, jak mama, maniaczka zdrowego żywienia, żartowała, że nawet po śmierci będzie pilnować, żeby Tess zażywała suplementy diety.

– Byłaś taka chora, mamo.

– Ale tutaj nie ma bólu.

– Tyle się nacierpiałaś…

– Kochanie, posłuchaj mnie.

– Jestem tu. Słucham.

– Ból, którego doświadczasz w życiu, tak naprawdę cię nie dotyka… nie tej prawdziwej ciebie… Jesteś znacznie lżejsza, niż myślisz.

Same te słowa przyniosły teraz Tess błogosławiony spokój. Jesteś znacznie lżejsza, niż myślisz. Zerknęła na fotografię, którą miała w rękach, ich ostatnie wspólne zdjęcie, zrobione podczas przyjęcia z okazji osiemdziesiątych trzecich urodzin mamy. Widać było na nim efekty choroby – zapadnięte policzki Ruth, jej puste spojrzenie, to, jak jej karmelowy sweter wisiał na wychudzonym ciele.

– Mamo, jak to możliwe? Przecież nie używasz telefonu.

– Nie.

– To jak ze mną rozmawiasz?

– Coś się wydarzyło, Tess… Pojawiła się szczelina.

– Szczelina?

– Na jakiś czas.

– Jak długo to potrwa?

Długa pauza.
– Mamo? Jak długo to potrwa?
– Niedługo.

⁓

Cuda dzieją się po cichu każdego dnia – w sali operacyjnej, na wzburzonym morzu, w niespodziewanym pojawieniu się nieznajomego na poboczu drogi. Rzadko się je zapisuje. Nikt nie notuje wyników.

Jednak raz na jakiś czas cud ogłasza się światu.

A kiedy do tego dochodzi, wiele się zmienia.

Tess Rafferty i Jack Sellers mogli zachowywać w tajemnicy swoje rozmowy przez telefon, ale Katherine Yellin nie miała takiego zamiaru. „Głoście dobrą nowinę całemu stworzeniu". Tak napisano w Ewangelii.

I tak oto w niedzielny poranek, dwadzieścia trzy dni po pierwszym tajemniczym telefonie w Coldwater, pastor Warren stał przed swoimi wiernymi w kościele Żniwa Nadziei i przerzucał stronice Biblii nieświadomy, że już za chwilę jego świątynia zmieni się na zawsze.

– Przeczytajmy fragment z Ewangelii według Świętego Mateusza, rozdział jedenasty, werset dwudziesty ósmy – odezwał się, mrugając oczami.

Druk był niewyraźny, a palce leciwego pastora się trzęsły. Pomyślał o psalmie: „Lecz i w starości, i w wieku sędziwym nie opuszczaj mnie, Boże".

– Poproszę wszystkich o uwagę!

Głowy zwróciły się w tamtą stronę. Warren spojrzał znad swoich okularów. Katherine stała w piątym rzędzie. Miała na sobie czarny kapelusz z dużym rondem i lawendową sukienkę. W dłoniach ściskała kartkę.

– Przepraszam, proszę księdza. Duch Boży wzywa mnie, bym przemówiła.

Warren przełknął ślinę. Obawiał się, dokąd to może zmierzać.

– Katherine, usiądź, proszę…

– To ważne, proszę księdza.

– To nie jest odpowiedni…

– Doświadczyłam cudu!

Przez ławki przeleciał szmer zdumienia.

– Katherine, Pan jest z nami wszystkimi, jednak utrzymywanie, że miał miejsce cud…

– To stało się trzy tygodnie temu.

– … to bardzo poważna sprawa…

– Byłam w kuchni w piątek rano.

– … którą najlepiej pozostawić władzom kościelnym.

– Odebrałam telefon…

– Doprawdy, muszę nalegać…

– … od swojej nieżyjącej siostry!

Głośniejszy szmer. Teraz skupiła na sobie ich uwagę. W świątyni zapanowała taka cisza, że słychać było, jak Katherine rozkłada kartkę.

– To była Diane. Wielu spośród was ją znało. Zmarła dwa lata temu, ale jej dusza żyje w niebie. Powiedziała mi o tym!

Warren ze wszystkich sił starał się powstrzymać drżenie. Stracił kontrolę nad amboną, co w jego przekonaniu było jednym z najcięższych grzechów.

– Po raz pierwszy rozmawiałyśmy w tamten piątek rano – ciągnęła dalej Katherine, czytając głośniej i ocierając łzy wierzchem dłoni. – O 10.41. I w następny piątek, o 11.14, a potem w ostatni piątek, o 19.02. Zwróciła się do mnie po imieniu… powiedziała… „Kath, nadszedł czas, by powiedzieć światu. Czekam na ciebie. Wszyscy czekamy". – Zwróciła się do tylnych rzędów. – Wszyscy czekamy.

Zgromadzeni zaczęli szemrać. Znad ambony Warren widział, jak podnoszą się z miejsc, jakby powiał wśród nich wiatr.

Uderzył dłonią w pulpit.

– Nalegam! – Stuk. – Proszę! Bracia i siostry! – Stuk, Stuk! – Z całym szacunkiem dla naszej parafianki, nie wiemy, czy to naprawdę…

– To jest prawda, proszę księdza!

Z tyłu kościoła rozległ się nowy głos. Był głęboki i chropowaty, a głowy wszystkich zgromadzonych zwróciły się w jego stronę, by ujrzeć ubranego w brązową sportową marynarkę wysokiego, krzepkiego mężczyznę, który stał, opierając duże dłonie na ławce przed sobą. Był to Elias Rowe, długoletni parafianin, czarnoskóry właściciel firmy budowlanej. Nikt nie był w stanie przypomnieć sobie, by kiedykolwiek publicznie zabrał głos – aż do tej pory.

Obrzucił kościół szybkim spojrzeniem. Kiedy znów się odezwał, w jego głosie pobrzmiewała niemal nabożna cześć.

– Do mnie też ktoś zadzwonił – powiedział.

# Czwarty tydzień

Nie ma pewności, kto wynalazł telefon. Wprawdzie patent na Stany Zjednoczone należy do urodzonego w Szkocji Alexandra Grahama Bella, jednak wiele osób uważa, że ten ukradł go amerykańskiemu wynalazcy nazwiskiem Elisha Gray. Inni twierdzą, że zasługę należałoby przypisać Włochowi, niejakiemu Manzettiemu, lub Francuzowi Bourseulowi, lub Niemcowi Reisowi, albo innemu Włochowi – Meucciemu.

Większość jest zgodna co do tego, że wszyscy ci ludzie pracowali w połowie dziewiętnastego wieku nad koncepcją przenoszenia wibracji głosowych z jednego miejsca w drugie. Niemniej jednak pierwsza rozmowa telefoniczna, pomiędzy Bellem a Thomasem Watsonem, stojącymi w dwóch oddzielnych pomieszczeniach, zawierała następujące słowa: „Przyjdź tutaj. Chcę cię zobaczyć".

W niezliczonych ludzkich rozmowach telefonicznych odbytych od tamtej pory idea ta zawsze była nam bliska. „Przyjdź tutaj. Chcę cię zobaczyć". Niecierpliwi kochankowie. Przyjaciele na odległość. Dziadkowie rozmawiający z wnukami. Głos w telefonie to tylko przynęta, okruch rzucony głodnemu. „Przyjdź tutaj. Chcę cię zobaczyć".

Sully wypowiedział te słowa podczas swojej ostatniej rozmowy z Giselle.

O szóstej nad ranem obudził go w jego waszyngtońskim pokoju hotelowym starszy rangą oficer, Blake Pearson, który miał polecieć odrzutowcem Hornet F/A-18 z powrotem na Zachodnie Wybrzeże. Rozchorował się. Nie był w stanie tego zrobić. Czy Sully by go nie zastąpił? Gdyby chciał, mógłby zatrzymać się w Ohio, spędzić kilka godzin z Giselle – razem z Julesem była w odwiedzinach u swoich rodziców – a potem polecieć dalej. Sully szybko się zgodził. To będzie przyjemna przerwa w dwutygodniowej służbie rezerwowej. A niespodziewana wizyta u rodziny sprawi, że opłaci mu się wielogodzinny lot.

– Możesz tu dzisiaj przylecieć? – zapytała Giselle sennie, kiedy zadzwonił do niej z nowiną.

– Tak. Za jakieś cztery godziny.

– Naprawdę ci się chce?

– Oczywiście. Chcę cię zobaczyć.

Gdyby wiedział, co zdarzy się tamtego dnia, zmieniłby wszystko, nigdy by nie poleciał, nie rozmawiałby z Blakiem, nawet by się nie obudził. Tymczasem jednak jego ostatnia rozmowa telefoniczna z Giselle zakończyła się podobnie jak pierwsza taka rozmowa na świecie:

– Ja też chcę cię zobaczyć – powiedziała ona.

Sully myślał o tym teraz, przekręcając kluczyk w stacyjce w buicku swego ojca, dziewięcioletnim samochodzie, który przez większość czasu stał w garażu. To był ostatni raz, kiedy pilotował samolot. Ostatni raz, kiedy oglądał lotnisko. Ostatni raz, kiedy słyszał głos żony. „Ja też chcę cię zobaczyć". Ruszył z podjazdu przed domem rodziców i skierował się na Lake Street, główną ulicę w miasteczku. Minął bank, pocztę, piekarnię i jadłodajnię. Chodniki były puste. Właściciel jakiegoś sklepu stał w jego drzwiach z miotłą w ręku.

W Coldwater na stałe mieszkało tylko kilka tysięcy ludzi. Letnicy, którzy łowili w jeziorze ryby, już wyjechali. Stoisko z mrożonym kremem zabite było deskami. Większość miasteczek w północnym Michigan z nadejściem jesieni szybko uspokajała się i cichła, jakby przygotowując się do zimowego snu.

Kiepski moment, uświadomił sobie Sully, na szukanie pracy.

❧

Amy Penn miała nadzieję na coś większego. Kiedy ludzie ze stacji telewizyjnej zapytali ją, czy mogłaby popracować kilka dni w tygodniu, pomyślała sobie: tak, świetnie, polityka – albo jeszcze lepiej jakiś proces – cokolwiek, co pomogłoby jej wyrwać się z bagna weekendowych wiadomości. Miała trzydzieści jeden lat, nie była już dzieckiem w tej branży (choć przyjaciółki mówiły jej, że jest wystarczająco ładna, by uchodzić za dwudziestopięciolatkę), a żeby dostać lepszą pracę, potrzebowała bardziej chodliwych tematów. Ale chodliwe tematy trudno było znaleźć w hrabstwie Alpena w weekendy, które wypełniały przeważnie mecze futbolowe, marsze dobroczynne i festiwale rozmaitych owoców.

– To może być dla mnie przełom – powiedziała z przejęciem do Ricka, swojego narzeczonego, architekta.

Tak było we czwartek wieczorem. Ale w połowie piątkowego poranka, po tym jak wstała wcześnie, wybrała pistacjowy kostium, wysuszyła swoją asymetryczną kasztanową grzywkę, delikatnie wytuszowała rzęsy i nałożyła wyrazistą szminkę, Amy znalazła się w pozbawionym okien biurze w siedzibie stacji, gdzie musiała wysłuchać historyjki wziętej żywcem z weekendowej ramówki.

– W Coldwater jest jakaś kobieta, która mówi, że dzwoni do niej zmarła siostra – powiedział Phil Boyd, dyrektor działu wiadomości.

– Naprawdę? – powiedziała Amy, bo co można odpowiedzieć na coś takiego?

Spojrzała na Phila, tęgiego mężczyznę z niechlujną rudawą brodą, która kojarzyła jej się z wikingiem. Amy zaczęła się zastanawiać, czy facet się przypadkiem nie zgrywa – z tym tematem, chociaż takie pytanie w odniesieniu do brody również byłoby na miejscu.

– Gdzie jest Coldwater? – zapytała.

– Jakieś sto pięćdziesiąt kilometrów na zachód.

– Skąd wiadomo, że siostra do niej dzwoni?

– Ogłosiła to podczas nabożeństwa.

– Jak ludzie na to zareagowali?

– To ty masz się tego dowiedzieć.

– Czyli powinnam zrobić wywiad z tą kobietą.

Phil uniósł brew.

– Na początek.

– A jeżeli to wariatka?

– Po prostu przywieź nam taśmę.

Amy zerknęła na swoje paznokcie. Zrobiła manikiur specjalnie na to spotkanie.

– Wiesz, że to nieprawda, Phil.

– Potwór z Loch Ness też nie jest prawdziwy. A ile zrobiono o nim materiałów?

– No tak. W porządku.

Amy wstała. Domyślała się, że stacja ukręci sprawie łeb, jak tylko okaże się, że jest śmiechu warta.

– A jeśli to strata czasu? – zapytała.

– To nie jest strata czasu – odparł Phil.

Dopiero po wyjściu z biura Amy wpadła na to, co miał na myśli: to nie jest strata czasu, bo ty tam jedziesz. W końcu nie wysyłają nikogo ważnego.

❧

Tym, czego Phil nie ujawnił, a o co Amy nie przyszło do głowy zapytać, była informacja, jak *Nine Action News* dowiedziało się o wydarzeniu w tak odległej miejscowości.

Stało się tak za sprawą listu, który w tajemniczych okolicznościach pojawił się na biurku Phila. List był niepodpisany i nie zawierał adresu nadawcy. Napisano go na maszynie, z podwójną interlinią, a treść ograniczała się do następujących słów:

Pewna kobieta została wybrana. Dar nieba na ziemi. To stanie się największym tematem na całym świecie. Coldwater, stan Michigan. Zapytaj bożego sługi. Jeden telefon potwierdzi wszystko.

Jako dyrektor działu wiadomości, Phil był przyzwyczajony do otrzymywania zwariowanych listów. Przeważnie je ignorował. Jednak Alpena to nie był rynek, na którym człowiek mógł sobie pozwolić na lekkomyślne odrzucenie „największego tematu na całym świecie" – a w każdym razie nie takiego, który miał szansę podnieść oglądalność, od której zależało stanowisko Phila.

Wyciągnął więc listę kościołów w Coldwater i wykonał parę telefonów. W pierwszych dwóch miejscach trafił na pocztę głosową. Ale przy trzeciej próbie, w kościele baptystycznym Żniwo Nadziei, odebrała sekretarka, więc – „zapytaj bożego sługi" – Phil poprosił o rozmowę z miejscowym duchownym.

– Skąd się pan o tym dowiedział? – spytał zaskoczony pastor.

ᘓ

W dzisiejszych czasach telefon może znaleźć człowieka wszędzie. W pociągu, w samochodzie, dzwoniąc w kieszeni spodni. Miasta, miasteczka, wsie, nawet namioty Beduinów są włączone w ten obwód, a obywatele najodleglejszych zakątków świata mogą teraz przyłożyć urządzenie do ucha i rozmawiać.

Ale jeżeli człowiek nie chce, żeby go znaleziono?

Elias Rowe zszedł po drabinie i wziął podkładkę do pisania. Warunki atmosferyczne wkrótce zmuszą go do przeniesienia się z pracami budowlanymi do środka, a ten remont był jednym z nielicznych zleceń, które miały przynosić pieniądze, kiedy nadejdzie zima.

– W poniedziałek możemy zaczynać z płytami kartonowo-gipsowymi – powiedział.

Właścicielka domu, niejaka Josie, pokręciła głową.

– Na cały weekend przyjeżdża do mnie rodzina. Zostają do poniedziałku.

– W takim razie we wtorek. Zadzwonię do fachowca od karton-gipsu.

Elias sięgnął po telefon. Zauważył, że Josie się w niego wpatruje.

– Elias. Czy ty naprawdę... no wiesz?

– Nie wiem, co ja naprawdę, Josie.

I w tym momencie telefon zawibrował. Popatrzyli po sobie. Elias odwrócił się i przygarbił, odbierając. Ściszył głos.

– Halo?... Dlaczego do mnie dzwonisz?... Przestań. Kimkolwiek jesteś. Nigdy więcej do mnie nie dzwoń!

Wcisnął przycisk „rozłącz" tak mocno, że telefon wyśliznął się z jego uchwytu i upadł na podłogę. Josie spojrzała na wielkie ręce Eliasa.

Dygotały.

၄

W miasteczku Coldwater było pięć kościołów: katolicki, metodystyczny, baptystyczny, protestancki i bezwyznaniowy. W ciągu całego życia pastora Warrena nigdy nie zdarzyło się spotkanie z udziałem przedstawicieli wszystkich pięciu.

Aż do tej pory.

Gdyby Katherine Yellin nie wstała w ławce w tamten niedzielny poranek, to, co wydarzyło się w Coldwater, mogłoby przebiec tak jak tyle innych cudów, po cichu, wspominane szeptem.

Kiedy jednak wystawi się je na widok publiczny, cuda wywołują zmiany. Ludzie gadali – zwłaszcza ci związani z kościołem. I w ten sposób pięciu najważniejszych przedstawicieli miejscowego duchowieństwa zgromadziło się w gabinecie Warrena, a pani Pulte, sekretarka parafii, nalała wszystkim kawy. Warren zerknął na ich twarze. Był starszy od zebranych o co najmniej piętnaście lat.

– Czy może nam pastor powiedzieć – zaczął duchowny katolicki, ksiądz William Carroll, tęgi mężczyzna w koloratce – ilu ludzi było na nabożeństwie w tamtą niedzielę?

– Około setki – powiedział Warren.

– A ilu spośród nich słyszało świadectwo tej kobiety?

– Wszyscy.

– Czy wyglądało na to, że jej uwierzyli?

– Tak.

– Czy ta kobieta ma skłonności do halucynacji?

– Nie.

– Czy przyjmuje jakieś leki?

– Nie sądzę.

– Czyli to naprawdę miało miejsce? Ktoś do niej zadzwonił?

Warren pokręcił głową.

– Nie wiem.

Przedstawiciel metodystów pochylił się do przodu.

– W tym tygodniu odbyłem siedem spotkań z parafianami i podczas każdego z nich padło pytanie, czy możliwy jest kontakt z niebem.

– Moi ludzie – dodał duchowny protestancki – pytali, dlaczego to się zdarzyło w kościele Warrena, a nie u nas.

– Moi także.

Warren rozejrzał się po pokoju i zobaczył, że każdy ze zgromadzonych trzyma rękę w górze.

– A pastor mówi, że telewizja przysyła tu kogoś w przyszłym tygodniu? – zapytał ksiądz Carroll.

– Tak powiedział producent – odparł Warren.

– No cóż… – Ksiądz Carroll złożył dłonie. – Pytanie brzmi: co zamierzamy w związku z tym zrobić?

Jedyną rzeczą straszniejszą od wyjazdu z małego miasteczka jest nigdy go nie opuścić. Sully powiedział tak kiedyś Giselle, tłumacząc jej, dlaczego wyjechał na studia do innego stanu. Wtedy jeszcze myślał, że nigdy tu nie wróci.

A jednak teraz był właśnie tutaj, z powrotem w Coldwater. W piątkowy wieczór, po zostawieniu Julesa u swoich rodziców („Dziś my go popilnujemy, a ty się odpręż", powiedziała mama), Sully wybrał się do baru o nazwie Pickles – lokalu, do którego za licealnych czasów próbowali wśliznąć się niepostrzeżenie razem z kumplami. Usiadł na stołku w rogu i zamówił whisky oraz piwo na popitkę, a potem kolejną, i jeszcze jedną. Wypił, zapłacił i wyszedł.

Ostatnie trzy dni spędził na poszukiwaniu pracy. Bez skutku. W przyszłym tygodniu spróbuje w okolicznych miasteczkach. Zapiął kurtkę i przeszedł kilka przecznic, mijając niezliczone torby zeschłych brązowych liści, czekające na wywiezienie. W oddali zobaczył światła. Do jego uszu doleciał gwar tłumu. Sully nie był jeszcze gotowy na powrót do domu, poszedł więc w tamtą stronę i dotarł do szkolnego boiska futbolowego.

Grała jego dawna drużyna – Coldwater Hawks, w swoich szkarłatno-białych strojach. Wyglądało na to, że sezon nie był dobry. Trybuny były w trzech czwartych puste, a niewielka grupa kibiców składała się głównie z rodzin. Dzieciaki biegały po schodach, a rodzice przez lornetki wypatrywali swoich synów w stosie na środku boiska.

Sully grał w futbol amerykański jako nastolatek. Jastrzębie za jego czasów również nie radziły sobie wiele lepiej. Liceum w Coldwater było mniejsze niż inne szkoły, z którymi grało, i mogło mówić o szczęściu, jeśli w danym roku udawało się w ogóle skompletować drużynę.

Sully podszedł do trybun. Spojrzał na tablicę wyników. W ostatniej kwarcie Coldwater przegrywało dwunastoma punktami. Sully wcisnął ręce do kieszeni kurtki i zaczął obserwować grę.

– Harding! – wrzasnął ktoś.

Sully zamarł. Działanie alkoholu sprawiło, iż nie przyszło mu do głowy, że ktoś z dawnej szkoły mógłby go rozpoznać – nawet po dwudziestu latach. Lekko odwrócił głowę, usiłując dyskretnie przyjrzeć się grupie kibiców. Może tylko mu się wydawało. Zwrócił się znów w stronę boiska.

– Geronimo! – zawołał ktoś inny ze śmiechem.

Sully przełknął ślinę. Tym razem się nie odwrócił. Stał zupełnie nieruchomo przez jakąś minutę. A potem sobie poszedł.

# Piąty tydzień

Wóz strażacki nadjechał z rykiem na Cuthbert Road, barwiąc czerwonymi światłami nocne październikowe niebo. Pięciu ludzi z Ochotniczej Straży Pożarnej w Coldwater rozpoczęło systematyczny atak na płomienie wydobywające się z górnego piętra domu Raffertych. Był to trzypokojowy kremowy budynek w stylu kolonialnym, z czerwonymi drewnianymi okiennicami. Kiedy Jack zajechał swoim policyjnym wozem na miejsce, sytuacja była już opanowana.

Z jednym wyjątkiem – była nim krzycząca rozpaczliwie kobieta.

Miała długie faliste blond włosy, a na sobie jasnozielony sweter. Dwóch ludzi Jacka, Ray i Dyson, usiłowało przytrzymać ją na trawniku przed domem, ale sądząc po tym, jak uchylali się przed młócącymi powietrze ramionami kobiety, chłopcy przegrywali tę walkę. Przekrzykując hałas sikawek z wodą, wołali do niej:

– Proszę pani, to nie jest bezpieczne!

– Muszę tam wrócić!

– Nie może pani!

41

Jack podszedł do nich. Kobieta, gibka i atrakcyjna, wyglądała na trzydzieści parę lat. I była rozwścieczona.

– Puśćcie mnie!

– Proszę pani, jestem komisarzem policji. W czym…

– Błagam! – Gwałtownie zwróciła się ku niemu, obrzucając go dzikim spojrzeniem. – Nie ma czasu! Może on się w tym momencie pali!

Jej głos był tak przenikliwy, że nawet Jack poczuł zdumienie, a przecież sądził, że widział już naprawdę wszelkie możliwe reakcje na pożar: ludzi szlochających na mokrej trawie, wyjących jak zwierzęta, przeklinających strażaków za to, że niszczą ich dom wodą, jakby ogień mógł sam się ugasić.

– Muszęwejśćdośrodka, muszęwejśćdośrodka – zawodziła histerycznie kobieta, próbując wyrwać się z uścisku Dysona.

– Jak się pani nazywa? – zapytał Jack.

– Tess! Puśćcie mnie!

– Tess, czy warto ryzykować…

– Tak!

– Co tam jest?

– I tak mi nie uwierzycie!

– Przekonaj się!

Kobieta wypuściła powietrze z płuc i zwiesiła głowę.

– Mój telefon – powiedziała wreszcie. – Jest mi potrzebny. Dzwoni do mnie…

Urwała. Ray i Dyson spojrzeli po sobie, przewracając oczami. Jack milczał. Nie poruszał się przez chwilę. W końcu machnął ręką do policjantów.

– Zajmę się tym – powiedział, a oni skwapliwie zostawili wariatkę pod jego opieką.

Kiedy już sobie poszli, Jack położył ręce na ramionach kobiety i spojrzał prosto w jej bladoniebieskie oczy, usiłując nie zwracać uwagi na to, jak pięknie wyglądała, nawet w tak strasznej chwili.

– Gdzie jest ten telefon? – zapytał.

❧

Do tego momentu odbył cztery rozmowy ze zmarłym synem. Wszystkie miały miejsce w piątki, w jego gabinecie na komisariacie, gdzie Jack rozmawiał przygarbiony, ze słuchawką przyciśniętą do ucha.

Wstrząs związany z usłyszeniem głosu Robbiego ustąpił miejsca radości, a potem niecierpliwemu wyczekiwaniu. Każda rozmowa sprawiała, że Jacka coraz bardziej ciekawiło otoczenie, w jakim znajduje się syn.

– Tu jest super, tato.

– Jak to wygląda?

– Nie patrzysz na różne rzeczy… Tylko jesteś w nich.

– Co masz na myśli?

– Na przykład jak byłem dzieckiem… Widzę to tutaj… Coś fantastycznego!

Robbie się roześmiał, a Jack o mało się nie rozkleił. Śmiech jego syna. Nie słyszał go tyle czasu.

– Nie rozumiem cię, synu. Powiedz coś więcej.

– Miłość, tato. Wszystko wokół mnie… miłość…

Rozmowa zakończyła się nagle – każda z nich była krótka – a Jack przez następną godzinę nie odchodził od biurka na wypadek, gdyby telefon zadzwonił jeszcze raz. Wreszcie pojechał do domu, zalewany falami euforii, przeplatanymi znużeniem. Wiedział, że powinien podzielić się tym z Doreen – być może także z innymi. Ale jak by to wyglądało? Komisarz policji w małym miasteczku, który opowiada ludziom o swoich rozmowach z zaświatami? Zresztą przebłysk nieba zatrzymujemy często dla siebie z obawy, że go stracimy – jak motyla ukrytego w stulonych dłoniach dziecka. Aż do tej pory Jack uważał, że nikt poza nim nie odbiera takich telefonów.

Teraz jednak, zbliżając się do płonącego domu, myślał o tej krzyczącej kobiecie i jej przywiązaniu do telefonu – i zaczął się zastanawiać, czy to możliwe, że nie jest jednak sam.

❧

„Jedna woda obmywa smutki i radości". Tekst piosenki rozbrzmiewał w głowie Sully'ego, kiedy przesuwał bąbelki piany w wannie w stronę synka. Łazienka była równie przestarzała jak reszta mieszkania, z okrągłymi płytkami i ścianami w kolorze zielonego groszku. Lustro leżało na podłodze, czekając, aż Sully je zawiesi.

– Nie chcę myć włosów, tato.

– Dlaczego?

– Bo to mi wchodzi do oczu.

– Będziesz musiał je w końcu umyć.

– Mama pozwalała mi nie myć.

– Zawsze?

– Czasem.

– To dziś nie umyjemy.

– Juhu!

Sully popchnął banieczki. Pomyślał o Giselle, o tym, jak kąpała Julesa, kiedy był niemowlęciem, jak wycierała go ręcznikiem i owijała w płaszcz kąpielowy z kapturem. Każdy ruch każdego mięśnia wydawał się powiązany z tym, jak bardzo Sully za nią tęsknił.

– Tato?

– Mmm?

– A pożegnałeś się z samolotem?

– Z samolotem?

– Jak wyskoczyłeś.

– Nie wyskoczyłem. Katapultowałem się.

– A czym to się różni?

– To po prostu coś innego.

Zauważył swoje odbicie w lustrze – rozczochrane włosy, przekrwione oczy, szczęka zarośnięta szczeciną. Spędził kolejny tydzień na szukaniu pracy w pobliskich miasteczkach, Moss Hill i Dunmore. Nie było to specjalnie zachęcające. Recesja – mówili ludzie. W dodatku teraz, kiedy zamknęli tartak...

Musiał znaleźć pracę. Jedenaście lat był w wojsku, rok w rezerwie i dziesięć miesięcy w więzieniu. W formularzu zgłoszeniowym na każde stanowisko trafiał na pytanie o karalność. Jak mógłby to zataić? Zresztą, ilu ludzi w okolicy i tak o tym wiedziało?

Pomyślał o tym kimś, kto krzyknął za nim na boisku. „Geronimo!" A może to wszystko było wytworem jego wyobraźni? W końcu był pijany, prawda?

– Tęsknisz za swoim samolotem, tato?

– Mmm?

– Czy tęsknisz za samolotem?

– Za rzeczami się nie tęskni, Jules. Tęskni się za ludźmi.

Jules wpatrywał się w swoje kolana wystające z wody.

– Więc się nie pożegnałeś.

– Nie mogłem.

– Jak to?

– To się za szybko dzieje. O tak. – Sully wyjął rękę z wanny i pstryknął mokrymi palcami. Patrzył, jak bąbelki opadają na powierzchnię wody.

Mąż traci żonę. Syn traci matkę. „Radości i smutki pływają w jednej wodzie".

O tak.

❧

Małe miasteczka zaczynają się od znaku. Słowa są tak proste jak nagłówek artykułu – WITAMY W HABERVILLE, WJEŻDŻACIE DO CLAWSON – kiedy jednak człowiek je minie, znajduje się w środku tego artykułu i wszystko, co zrobi, będzie odtąd częścią opowieści.

Amy Penn minęła znak „WIEŚ COLDWATER, ZAŁO-
ŻONA W 1898 ROKU", nie zdając sobie sprawy z tego,
jak bardzo zmieni tę miejscowość w nadchodzących tygodniach. Wiedziała tylko, że kawa, którą wzięła na wynos,
dawno się skończyła, a z radia dobiegają szumy. Jechała
z Alpeny już prawie dwie godziny, podczas których to-
warzyszyło jej nieustannie poczucie, że świat się kurczy:
cztery pasy zastąpił jeden, czerwone światła – mrugające
żółte, a wielkie billboardy nad wiaduktami – drewniane
tablice na pustych polach.

Amy zaczęła się zastanawiać, dlaczego jeżeli dusze na-
wiązywały z nieba kontakt z żyjącymi, miałyby to robić
akurat tutaj. Potem jednak pomyślała o nawiedzonych
domach. Przecież one nigdy nie były w mieście! Zawsze w jakimś niesamowitym, opuszczonym miejscu na
wzgórzu.

Wzięła do ręki iphone'a i zrobiła kilka zdjęć Coldwater, wypatrując miejsca, w którym mogłaby ustawić
kamerę. Był tam cmentarz, otoczony niskim ceglanym
murkiem. Remiza strażacka z pojedynczym garażem. Biblioteka. Część sklepów na Lake Street była zabita deskami, podczas gdy inne sprawiały wrażenie losowo wytypo-
wanych do przetrwania: spożywczak, sklep z koralikami,
zakład ślusarski, księgarnia, bank, budynek w stylu kolonialnym z umieszczoną na ganku tabliczką „PORADY
PRAWNE".

Amy mijała głównie domy, stare domy, w stylu ran-
cza lub Cape Cod, z wąskimi asfaltowymi podjazdami

i niskimi żywopłotami prowadzącymi do drzwi frontowych. Szukała miejsca, w którym mieszkała niejaka Katherine Yellin. Kiedy do niej zadzwoniła (numer znajdował się w książce telefonicznej), kobieta zrobiła na niej wrażenie nieco zbyt podekscytowanej. Szybko podała jej swój adres, który Amy wprowadziła do systemu GPS w telefonie: Guningham Road numer 24755. Cóż za prozaiczny adres, jak na cud, pomyślała Amy. Chociaż to przecież nie był żaden cud. To była kolosalna strata czasu. Pokaż, na co cię stać. Bądź profesjonalistką. Samochód z napisem „Nine Action News" skręcił w podaną ulicę, a Amy zorientowała się, że nie każdy ze stojących przy niej domów ma numer.

– Świetnie – mruknęła. – I jak ja mam to teraz znaleźć?

Jak się okazało, niepotrzebnie się martwiła. Kiedy dojechała przed dom, na jego ganku stała Katherine i machała do niej.

❧

Mówi się, że wiara jest lepsza niż przekonanie, bo przekonanie ma miejsce wtedy, kiedy ktoś myśli za nas. Wiara pastora Warrena pozostała nienaruszona. Z przekonaniem jednak było trudniej. Frekwencja na nabożeństwach w kościele Żniwo Nadziei niewątpliwie wzrosła, a wierni nabrali nowej energii. Zamiast modlić się ze spuszczonymi głowami o pracę, ludzie coraz częściej błagali o przebaczenie i obiecywali poprawę. To historia Katherine o telefonie z nieba była do tego impulsem.

Niemniej Warren wciąż odczuwał niepokój. Porozmawiał z człowiekiem ze stacji telewizyjnej w Alpenie (jak błyskawicznie rozeszła się ta wiadomość!), ale kiedy poproszono go o wyjaśnienie zjawiska, nie umiał udzielić odpowiedzi. Dlaczego dobry Bóg miałby umożliwiać dwójce jego parafian kontakt z zaświatami? Dlaczego akurat im? Dlaczego teraz?

Zdjął okulary do czytania, pomasował sobie skronie i przeczesał palcami cienkie siwe włosy. Policzki miał obwisłe, jak u starego psa. Uszy i nos zdawały się powiększać z każdym rokiem. Dni zmagań egzystencjalnych Warren miał dawno za sobą; należały do jego młodzieńczych lat w seminarium. Nie potrzebował ich teraz, w wieku osiemdziesięciu dwóch lat, kiedy jego palce drżały od samego przewracania stron w modlitewniku.

Kilka dni wcześniej wezwał Katherine do swojego gabinetu. Powiedział jej o zainteresowaniu ze strony telewizji. Zasugerował, że powinna być bardzo ostrożna.

– A co z Eliasem Rowe'em? – zapytała Katherine.

– Nie odzywał się do mnie od czasu tamtego nabożeństwa.

Kobieta sprawiała wrażenie niemal uradowanej.

– Żniwo Nadziei zostało wybrane nie bez powodu, proszę księdza – wstała. – A kiedy kościół zostaje wybrany, powinien iść na czele pochodu wiary, a nie stawać mu na przeszkodzie, nie uważa ksiądz?

Warren patrzył, jak Katherine wciąga rękawiczki. To, co powiedziała, brzmiało bardziej jak groźba niż pytanie.

❧

Tego wieczora Elias wstąpił do lokalu U Friedy – jedynej jadłodajni w Coldwater czynnej po dwudziestej pierwszej. Zajął miejsce w rogu i zamówił porcję wołowego krupniku. Knajpka była prawie pusta. Ucieszyło go to. Nie chciał, by pytano go o cokolwiek.

Od chwili kiedy wstał w kościele i złożył proste oświadczenie – „Do mnie też ktoś zadzwonił" – czuł się jak uciekinier. Wtedy chciał tylko powiedzieć, że Katherine nie jest niespełna rozumu. W końcu on także odbył rozmowę z tamtą stroną – teraz już było ich pięć – i zaprzeczanie temu milczeniem wydawało się grzechem.

On jednak nie cieszył się z tych telefonów. Pochodziły nie od nieżyjącej ukochanej osoby, lecz od rozgoryczonego byłego pracownika nazwiskiem Nick Joseph, dekarza, który pracował u Eliasa przez dziesięć lat. Nick lubił pić i hulać i dzwonił do Eliasa z kolejnymi wymówkami, usprawiedliwiającymi spóźnienia i niesolidną robotę. Często przychodził na budowę pijany, a Elias odsyłał go do domu bez wypłaty.

Któregoś dnia Nick zjawił się w pracy pod wyraźnym wpływem alkoholu. Będąc na dachu, wdał się w zażartą kłótnię, odwrócił się gwałtownie i spadł na dół, łamiąc sobie rękę i uszkadzając kręgosłup.

Kiedy powiadomiono o tym Eliasa, ten był raczej roz-
złoszczony niż pełen współczucia. Kazał zbadać Nickowi
poziom alkoholu we krwi – chociaż dekarz wrzeszczał na
kolegów, żeby nikogo nie wzywali. Przyjechała karetka. Badanie wykonano. W efekcie Nick stracił odszkodowanie
z firmy ubezpieczeniowej.

Nie wrócił więcej do pracy. Wychodził ze szpitala i wracał
do niego, zmagając się stale z kosztami leczenia, których
ubezpieczenie nie było w stanie pokryć.

W rok po wypadku znaleziono go martwego w piwnicy
jego domu. Przyczyną zgonu była niewydolność serca.

Było to osiemnaście miesięcy temu.

A teraz zaczął nagle dzwonić do Eliasa.

– Dlaczego to zrobiłeś? – tak zaczęła się pierwsza rozmowa.

– Kto mówi? – zapytał Elias.

– Tu Nick. Pamiętasz mnie?

Elias rozłączył się, rozdygotany. Spojrzał na wyświetlacz,
ale nie było tam nic poza słowem „NIEZNANY".

Tydzień później, w obecności Josie, jego klientki, telefon
znów zadzwonił.

– Potrzebowałem pomocy. Czemu mi nie pomogłeś?…
Bóg… przebacza mi. Dlaczego ty mi nie przebaczyłeś?

– Przestań. Kimkolwiek jesteś. Nigdy więcej do mnie
nie dzwoń! – wrzasnął Elias, rozłączając się i upuszczając
telefon.

Dlaczego to się działo? Dlaczego on? Dlaczego teraz?
Kelnerka przyniosła mu zupę, a on przełknął kilka łyżek,

próbując na siłę wzbudzić apetyt, którego nie miał od tygodni. Jutro zmieni numer. Zastrzeże go. Jeśli te telefony były rzeczywiście znakiem od Boga, to on zrobił, co do niego należało. Potwierdził to.

A teraz nie chciał mieć więcej nic wspólnego z tym cudem.

# Szósty tydzień

Na dwa lata przed wynalezieniem telefonu Alexander Bell wrzasnął do ucha nieboszczykowi.

Ucho, bębenek i połączone z nimi kości zostały odpiłowane od zwłok przez partnera Bella, chirurga, by Bell, wówczas młody nauczyciel wymowy, mógł zbadać, jak błona bębenkowa przenosi dźwięk. Podłączył do niej słomkę, na jej drugim końcu umieścił zakopconą szklaną płytkę, a na zewnątrz przyłożył trąbkę.

Kiedy Bell krzyczał do trąbki, błona bębenkowa wibrowała, poruszając słomkę, która z kolei rysowała znaki na szkle. Bell początkowo liczył, że znaki te pomogą jego głuchym uczniom w nauce mówienia – w tym jego przyszłej żonie, młodej kobiecie nazwiskiem Mabel Hubbard. Szybko jednak zdał sobie sprawę z jeszcze donioślejszych konsekwencji odkrycia.

Gdyby dźwięk był w stanie wprawić prąd elektryczny w drgania tak samo jak słomkę, to słowa mogłyby przemieszczać się równie daleko jak elektryczność. Wystarczyłoby coś w rodzaju mechanicznej błony bębenkowej na każdym końcu.

Olśnienie to zainspirowała trupia czaszka. Zatem zmarli przyczynili się do powstania telefonu dwa lata wcześniej, nim ktokolwiek go zobaczył.

∾

Jesienne liście na północy stanu Michigan opadają wcześnie i już w połowie października drzewa były ich pozbawione. To przydawało ulicom Coldwater pustego, niesamowitego nastroju, jakby jakaś potężna siła ogołociła je i pozostawiła miasteczko niezamieszkane.

Nie miało to potrwać długo.

Na kilka dni przedtem, nim reszta świata dowiedziała się o cudzie w Coldwater, Jack Sellers, świeżo ogolony, w odprasowanej niebieskiej koszuli i z włosami zaczesanymi gładko do tyłu, stał w osmalonej kuchni Tess Rafferty. Patrzył, jak kobieta wrzuca czubatą łyżeczkę kawy rozpuszczalnej do filiżanki, która była już pełna.

– W ten sposób uzyskuje się więcej kofeiny – powiedziała Tess. – Staram się nie zasnąć na wypadek, gdyby telefon zadzwonił późno w nocy.

Jack skinął głową. Rozejrzał się dookoła. Pożar nie uszkodził zbytnio parteru domu, chociaż dym sprawił, że jasnobrązowe ściany nabrały wyglądu na wpół upieczonych grzanek. Zobaczył stojącą na blacie starą automatyczną sekretarkę, uratowaną z płomieni, i oczywiście drogocenny telefon Tess, beżowy model naścienny marki Cortelco, który wrócił na swoje miejsce i wisiał tuż obok szafek, po lewej stronie.

– Więc masz tylko ten jeden telefon?

– To stary dom mojej mamy. Jej się tak podobało.

– Dzwoni do ciebie też zawsze w piątki?

Tess umilkła.

– To nie jest dochodzenie policyjne, prawda?

– Nie, skąd. Nie wiem, co o tym wszystkim myśleć, tak samo jak ty.

Jack upił łyk kawy i spróbował ograniczyć częstotliwość spoglądania na twarz Tess. Wstąpił tu, jak jej powiedział, żeby przyjrzeć się zniszczeniom spowodowanym przez pożar – w miasteczkach wielkości Coldwater policja i straż pożarna ściśle ze sobą współpracowały – jednak oboje wiedzieli, że to pretekst. W końcu on uratował z pożaru jej telefon. Czemu miałby to robić, gdyby nie wiedział, że jest w nim coś szczególnego?

W ciągu kwadransa odkryli przed sobą karty. Było to jak dzielenie się z kimś najbardziej wyczekiwanym sekretem na świecie.

– Tak – powiedziała Tess – tylko w piątki.

– Zawsze tutaj? Nigdy do pracy?

– Przestałam chodzić do pracy. Prowadzę przedszkole. Na razie zastępują mnie tam pracownicy. Wymyślam rozmaite wymówki. Szczerze mówiąc, w ogóle nie wychodzę z domu. Wiem, że to niemądre. Ale nie chcę przegapić telefonu od niej.

– Mogę cię o coś zapytać?

– Mhm.

– Co powiedziała za pierwszym razem? Twoja mama.

Tess się uśmiechnęła.

– Pierwszy raz to była wiadomość głosowa. Za drugim razem chciała mi opowiedzieć o niebie. Za trzecim razem ja ją zapytałam, jak tam jest, a ona tylko powtarzała: „Jest pięknie". Powiedziała, że ból, jaki tu przeżywamy, to sposób na to, żebyśmy mogli docenić to, co będzie potem. – Tess urwała. – Powiedziała też, że to nie potrwa długo.

– Co?

– Ten kontakt.

– A powiedziała ile?

Tess pokręciła głową.

– Czyli nie powiedziałaś nikomu innemu? – zapytał Jack.

– Nie. A ty?

– Nie.

– Nawet swojej żonie?

– Jesteśmy po rozwodzie.

– Ona nadal jest jego matką.

– Wiem. Ale co miałbym jej powiedzieć?

Tess spuściła wzrok. Spojrzała na swoje bose stopy. Od jej ostatniego pedikiuru upłynęły dwa miesiące.

– Kiedy go straciłeś? Swojego syna.

– Dwa lata temu. W Afganistanie. Był na inspekcji w budynku, wyszedł na zewnątrz i dwa metry od niego eksplodował samochód.

– To straszne.

– Tak.

– Ale go pochowaliście. Był pogrzeb?

– Widziałem ciało, jeśli o to pytasz.

Tess się wzdrygnęła.

– Przepraszam.

Jack wbił wzrok w swoją filiżankę. Kiedy jesteś dzieckiem, uczą cię, że możesz pójść do nieba. Nie uczą, że niebo może przyjść do ciebie.

– Myślisz, że to dotyczy tylko nas dwojga? – zapytała Tess.

Jack odwrócił wzrok, zakłopotany nagłym poczuciem bliskości z tą piękną kobietą, młodszą od niego co najmniej o dziesięć lat. Ten sposób, w jaki powiedziała „nas dwojga"...

– Może – powiedział, czując się zmuszony do dodania:
– a może nie.

&

Amy wyprowadziła samochód *Nine Action News* na autostradę. Nacisnęła gaz, a kiedy droga rozszerzyła się do trzech pasów, odetchnęła.

Po trzech dniach w Coldwater miała poczucie, że wraca do prawdziwego świata. Kamerę miała w bagażniku. Obok niej leżała płócienna torba z taśmami. Wróciła myślami do swojej rozmowy z Katherine Yellin, rudowłosą kobietą z powiekami pomalowanymi niebieskim cieniem, której szczyt urody przypadł zapewne na czasy liceum. Pomimo starego forda, którym jeździła, i domowego ciasta kawowego, które podała, jak dla Amy była nieco zbyt emocjonalna. Różnica wieku między nimi nie była wielka – Katherine miała czterdzieści parę lat, Amy trzydzieści jeden – niemniej dziennikarka wątpiła, by kiedykolwiek była w stanie przejąć się czymś tak żarliwie, jak Katherine życiem pozagrobowym.

– Niebo na nas czeka – powiedziała Katherine.

– Ustawię tylko ostrość w kamerze.

– Moja siostra mówi, że jest tam cudownie.

– To niesamowite.

– Czy jesteś wierząca, Amy?

– Tu nie chodzi o mnie.

– Ale jesteś, prawda, Amy?

– Tak. Pewnie. Jestem.

Amy zabębniła palcami w kierownicę. To było kłamstewko. I co z tego? Załatwiła wywiad. Nie zamierzała tu wracać. Zmontuje to, co ma, zobaczy, czy Phil to w ogóle puści, i wróci do szukania lepszej pracy.

Sięgnęła po iphone'a i sprawdziła, czy ma jakieś nowe wiadomości. Dla Amy Coldwater było już tylko punkcikiem we wstecznym lusterku.

Nic jednak nie zmienia małego miasteczka bardziej niż przybysz z zewnątrz.

Taśmy w jej bagażniku miały to potwierdzić.

# Cztery dni później

*(Ujęcia słupów telefonicznych w Coldwater)*
AMY: Na pierwszy rzut oka ta miejscowość, ze swoimi słupami i przewodami telefonicznymi, nie różni się niczym od innych. Jeśli jednak wierzyć jednej z mieszkanek Coldwater, przewody te łączą miasteczko z czymś znacznie potężniejszym niż spółka telekomunikacyjna!

*(Kamera na Katherine, która trzyma telefon)*
KATHERINE: Zadzwoniła do mnie moja starsza siostra Diane.

*(Zdjęcie Diane)*
AMY: Co w tym niezwykłego? Otóż Diane niecałe dwa lata temu zmarła na tętniaka. Katherine Yellin po raz pierwszy rozmawiała z nią przez telefon w zeszłym miesiącu i twierdzi, że od tego czasu siostra dzwoni do niej co piątek.

*(Kamera na Katherine)*

KATHERINE: Tak, jestem pewna, że to ona. Mówi, że jest szczęśliwa w niebie. Mówi, że…

*(Zbliżenie; Katherine płacze)*

… że na mnie czeka, że czekają tam na nas wszystkich.

AMY: Uważa pani, że to cud?

KATHERINE: Oczywiście.

*(Amy przed kościołem baptystycznym Żniwo Nadziei)*

AMY: W zeszłą niedzielę Katherine opowiedziała o swoich rozmowach z siostrą wiernym zgromadzonym na nabożeństwie w tym kościele. Wiadomość wywołała szok, ale i nadzieję. Oczywiście nie wszyscy są przekonani.

*(Ujęcie na księdza Carrolla)*

KSIĄDZ CARROLL: Kiedy mówimy o życiu wiecznym, musimy być bardzo ostrożni. Tego rodzaju kwestie najlepiej pozostawić – proszę darować mi to sformułowanie – wyższym instancjom.

*(Amy przechodzi pod linią telefoniczną)*

AMY: Jest jeszcze co najmniej jedna osoba, która twierdzi, że odebrała telefon z tamtej strony, choć osoba ta nie zdecydowała się na rozmowę z nami. Niemniej tutaj, w Coldwater, ludzie zaczynają się zastanawiać, czy może to właśnie oni odbiorą następny telefon z nieba.

*(Amy się zatrzymuje)*

Amy Penn, *Nine Action News*.

Pastor Warren wyłączył telewizor. Twarz miał zasępioną. Może niewiele osób obejrzało ten reportaż – powiedział sobie. Był w końcu bardzo krótki. A ludzie zapominają, co było w wiadomościach, jak tylko je obejrzą.

Cieszył się, że nie porozmawiał z reporterką, mimo że uparcie próbowała go do tego namówić. Wyjaśniał jej cierpliwie, że komentowanie tego rodzaju zdarzeń nie należy do pastora, jako że Kościół nie zajął wobec nich oficjalnego stanowiska. Cieszył się, że to ksiądz Carroll wygłosił ogólne oświadczenie, tak jak ustalili z pozostałymi duchownymi.

Warren zamknął swój gabinet na klucz i wszedł do pustego kościoła. Ukląkł na obolałych kolanach, zamknął oczy i zmówił modlitwę. W takich chwilach czuł się najbliżej Pana. Sam w jego domu. Pozwolił sobie na myśl, że Wszechmocny zajął się tą sytuacją i że na tym się skończy – jeden wyskok nadwrażliwej parafianki, jedna ciekawska dziennikarka i nic więcej.

Wychodząc, zdjął szalik z wieszaka i owinął go szczelnie wokół szyi. Było dobrze po siedemnastej, więc telefony zostały wyłączone. Warren opuścił budynek, nie zauważając, że wszystkie aparaty na biurku pani Pulte mrugają.

❧

We śnie – który śnił się Sully'emu kilka razy w tygodniu – był znów w kokpicie, miał na sobie hełm, szybka była opuszczona, a maska tlenowa na swoim miejscu. Poczuł straszne łupnięcie. Samolot się zachwiał. Wskaźniki znieruchomiały. Sully pociągnął za dźwignię i osłona kabiny odpadła. Rakieta pod nim eksplodowała. Jego kręgosłup krzyczał z bólu. Potem wszystko ucichło. Zobaczył niewielki pożar, daleko w dole, upadek jego samolotu. A potem drugi pożar. Jeszcze mniejszy.

Opadając powoli na ziemię, usłyszał szept. Nie schodź tam. Zostań w niebie. Tu jest bezpiecznie.

Głos Giselle.

Obudził się nagle, zlany potem. Potoczył wzrokiem dokoła. Był na kanapie w swoim mieszkaniu, gdzie zasnął po dwóch wódkach z sokiem żurawinowym. Grał telewizor. Program 9, stacja Alpena. Sully zamrugał oczami na widok dziennikarki stojącej przed znajomym kościołem. Było to Żniwo Nadziei, dwa kilometry od jego domu.

„Niemniej tutaj, w Coldwater, ludzie zaczynają się zastanawiać, czy może to właśnie oni odbiorą następny telefon z nieba".

– To chyba jakieś żarty – wymamrotał Sully.

– Możemy coś zjeść, tato?

Podniósł głowę i zobaczył Julesa, który opierał się o kanapę.

– Pewnie, mały. Tatuś się tylko zdrzemnął.

– Ciągle śpisz.

Sully znalazł swoją szklankę i wlał w siebie ciepły alkohol. Stęknął i usiadł.

– Zrobię nam spaghetti.

Jules pociągnął za odstający kawałek gumy przy swoich trampkach. Sully zdał sobie sprawę, że musi kupić dzieciakowi nowe buty.

– Tato?

– Tak?

– Kiedy mamusia do nas zadzwoni?

ॐ

Wszystko ma swoje granice. Chociaż Tess wysyłała do pracy e-maile, w których pisała, że potrzebuje czasu dla siebie i żeby do niej nie dzwonić, to kiedy wiadomość o pożarze domu dotarła do jej współpracowników, dwójka z nich – Lulu i Samantha – pojechała się z nią zobaczyć. Zaczęły walić do drzwi. Tess otworzyła je, osłaniając oczy przed słońcem.

– O, mój Boże – wykrzyknęła Lulu.

Ich przyjaciółka była chudsza i bledsza, niż kiedy ją ostatnio widziały. Długie blond włosy ściągnęła w kucyk, co sprawiało, że jej twarz wydawała się jeszcze mizerniejsza.

– Tess, wszystko u ciebie dobrze?

– Tak, w porządku.

– Możemy wejść?

– Jasne. – Odsunęła się. – Przepraszam.

Znalazłszy się w środku, przyjaciółki Tess rozejrzały się wokół. Na parterze panował taki sam porządek jak zwykle, pomijając plamy od dymu na ścianach. Jednak górna część domu nosiła wyraźne ślady pożaru. Drzwi do jednej z sypialni były zwęglone. Schody zagradzały dwie skrzyżowane deski, wstawione w ramę.

– Ty to zbudowałaś? – zapytała Samantha.

– Nie. To ten facet.

– Jaki facet?

– Z policji.

Samantha obrzuciła Tess zdziwionym spojrzeniem. Przyjaźniły się od lat i wspólnie otworzyły przedszkole. Jadały razem, zastępowały się nawzajem w pracy, dzieliły ze sobą każdą radość i każdy smutek. Facet? Pożar? A ona nic o tym nie wiedziała? Samantha zrobiła krok do przodu, złapała Tess za ręce i powiedziała:

– Hej. To ja. Co się dzieje?

❧

W ciągu następnych dwóch godzin Tess opowiedziała koleżankom z pracy o tym, co jeszcze kilka tygodni wcześniej wydawało się nie do pomyślenia. Szczegółowo opisała przebieg rozmów telefonicznych. Głos mamy. Wyjaśniła, skąd wziął się pożar – piec w piwnicy zgasł, a ona porozstawiała po domu grzejniki i kiedy spała, w jednym z nich doszło do zwarcia, i tak od jednej iskry całe piętro poszło z dymem.

Opowiedziała o tym, jak Jack Sellers uratował z pożaru telefon i automatyczną sekretarkę. Wyznała im, jak bardzo się bała, że znów straciła mamę, jak się modliła i pościła, i jak w momencie, kiedy trzy dni później zadzwonił telefon i usłyszała słowa: „Tess, to ja", padła na kolana.

Kiedy skończyła mówić, wszystkie płakały.

– Nie wiem, co robić – szepnęła Tess.

– Jesteś całkowicie pewna?

– To ona, Lulu. Przysięgam.

Samantha ze zdumieniem pokręciła głową.

– Całe miasto gada o tych dwojgu ze Żniwa Nadziei. A ty przez cały ten czas też odbierałaś takie telefony.

– Czekaj – powiedziała Tess, przełykając ślinę. – Są jacyś inni?

– Mówili o tym w wiadomościach – potwierdziła Lulu.

Trzy przyjaciółki wymieniły spojrzenia.

– Człowiek zaczyna się zastanawiać – odezwała się Samantha – ilu jeszcze ludziom przydarzyło się coś takiego.

❧

Dwa dni po reportażu w telewizji Katherine Yellin obudził o szóstej rano jakiś hałas na jej ganku.

Śnił jej się ten wieczór, kiedy Diane umarła. Planowały iść na koncert muzyki klasycznej. Zamiast tego Katherine znalazła siostrę na podłodze w salonie, pomiędzy szklanym stolikiem do kawy a pikowaną skórzaną sofą. Wybrała numer pogotowia i wykrzyczała adres do słuchawki, a potem objęła ciało Diane i ściskała jej stygnącą rękę, dopóki nie przyjechała karetka. Tętniak to obrzęk aorty; jego pęknięcie może spowodować śmierć w ciągu kilku sekund. Katherine doszła potem do wniosku, że skoro coś musiało zabrać z tego świata jej piękną, zabawną, wspaniałą starszą siostrę, to stało się tak dlatego, iż jej serce było tak wielkie, że eksplodowało.

We śnie Diane w cudowny sposób otworzyła oczy i powiedziała, że musi skorzystać z telefonu.

Gdzie on jest, Kath?

I wtedy Katherine wyrwał ze snu dźwięk... Co to było? Brzęczenie?

Narzuciła szlafrok i zdenerwowana zeszła na dół. Odsłoniła firankę w oknie salonu.

Przycisnęła dłoń do piersi.

Na swoim trawniku w świetle wczesnego poranka zobaczyła pięcioro ludzi w płaszczach. Klęczeli i trzymali się za ręce. Oczy mieli zamknięte.

Dźwięk, który obudził Katherine, przestał być zagadką.

To był szmer modlitw.

❧

Amy raz jeszcze wybrała swój najlepszy kostium i zrobiła staranny makijaż, ale siadając w gabinecie Phila Boyda, nie spodziewała się wiele. Phil nie uważał jej za szczególnie utalentowaną, dobrze o tym wiedziała. A jednak już na samym początku rozmowy wychwyciła w jego głosie nowy ton.

– No, jak ci się podobało w Coldwater?

– Hmm... to mała miejscowość. Raczej nic niezwykłego.

– A ludzie?

– Całkiem sympatyczni.

– A twoje stosunki z tą – Phil zerknął do notatek – Katherine Yellin?

– W porządku. To znaczy, opowiedziała mi o wszystkim. Co się tam wydarzyło. A w każdym razie, co jej zdaniem się wydarzyło.

– Czy ona ci ufa?

– Tak sądzę.

– Byłaś u niej w domu?

– Tak.

– Czy telefon zadzwonił, kiedy tam byłaś?

– Nie.

– Ale go widziałaś?

– To komórka. Różowa. Ona wszędzie ją ze sobą nosi.

– A ten drugi facet?

– Nie chciał rozmawiać. Pytałam. Poszłam do niego do pracy i...

Phil uniósł dłoń, jakby chciał powiedzieć: nie martw się, tak bywa. Amy była zaskoczona jego wyrozumiałością – a także zainteresowaniem tematem, który jej wydawał się bzdurny. Przecież co chwila zjawiał się ktoś, kto twierdził, że otrzymał znak z „tamtej strony". Jeden widział Maryję Dziewicę na murze wokół ogrodu, drugi twarz

Jezusa w angielskiej drożdżówce. Nic z tego nigdy nie wynikało.

– Co byś powiedziała na przejechanie się tam jeszcze raz?

– Do Coldwater?

– Tak.

– Żeby nakręcić jakiś inny materiał?

– Żeby zebrać więcej materiału.

Amy uniosła brwi.

– Chodzi ci o to, żebym tam czekała, aż odezwie się do nich nowy nieboszczyk? I relacjonowała to tak, jakby to był poważny temat?

Phil zabębnił palcami w biurko.

– Coś ci pokażę. – Podjechał na krześle do komputera, wcisnął parę klawiszy, a potem odwrócił monitor w jej stronę. – Sprawdzałaś, jak na twój reportaż zareagowali internauci?

– Jeszcze nie – odparła Amy, nie wspominając o przyczynie – że jej narzeczony Rick naskoczył na nią, jak tylko dotarła wieczorem do domu. Jeszcze jedna kłótnia o to, ile znaczy dla Amy jej kariera w porównaniu z tym, ile znaczy dla niej Rick.

– Zerknij na komentarze – powiedział Phil. Prawie się uśmiechał.

Amy odgarnęła jedną ręką grzywkę i pochyliła się do przodu. Pod reportażem opatrzonym nagłówkiem „MIESZ-KAŃCY COLDWATER NAWIĄZALI ŁĄCZNOŚĆ Z NIEBEM?" zobaczyła listę odpowiedzi internautów.

Wypełniały ekran do samego dołu – było to dziwne, bo do jej relacji nie było zazwyczaj żadnych komentarzy.

– To chyba nieźle? – zapytała Amy. – Ile tam jest… pięć, sześć… osiem odpowiedzi?

– Przypatrz się lepiej – powiedział Phil.

Tak też zrobiła. Na górze listy zauważyła coś, na co wcześniej nie zwróciła uwagi, coś, co sprawiło, że po plecach przebiegł jej dreszcz:

„Komentarze: 8 z 14706".

༄

Sully nałożył synowi na talerz ziemniaki. Był czwartkowy wieczór. Kolacja z rodzicami. Zapraszali go często, usiłując oszczędzić mu wydatków na jedzenie. Sully nadal nie znalazł pracy. Nadal nie rozpakował kartonów. Nie był w stanie zmobilizować się do zrobienia czegokolwiek poza piciem, paleniem, wożeniem Julesa do szkoły – i myśleniem.

Chciałby móc przestać myśleć.

– Mogę jeszcze? – zapytał Jules.

– Masz już dużo – powiedział Sully.

– Sully, nie żałuj mu…

– Mamo.

– Co?

– Mały nie może marnować jedzenia. Staram się go tego nauczyć.

– Stać nas na to.

– No cóż, nie każdego stać.

Ojciec Sully'ego zakasłał, tę przerywając wymianę zdań. Odłożył widelec.

– Widziałem dzisiaj ten wóz telewizyjny z Alpeny – powiedział. – Stał pod bankiem.

– Wszyscy gadają o tym reportażu – powiedziała matka. – Jakaś dziwna sprawa. Zmarli dzwonią do swoich krewnych.

– Błagam – mruknął Sully.

– Uważasz, że to wymyślili?

– A ty nie?

– Nie jestem pewna. – Odkroiła kawałek kurczaka. – Myra zna tego człowieka z kościoła, Eliasa Rowe'a. Budował jej dom.

– I?

– Mówi, że kiedyś znalazł błąd w fakturze i przyjechał zwrócić jej różnicę. Aż do niej do domu. W nocy.

– I co z tego wynika?

– Że jest uczciwy.

Sully dziobnął widelcem swoje ziemniaki.

– Jedno nie ma nic wspólnego z drugim.

– A ty co o tym myślisz, Fred?

Ojciec Sully'ego westchnął.

– Myślę, że ludzie wierzą w to, w co chcą wierzyć.

Sully zaczął się zastanawiać, jak to zdanie ma się do niego.

– Cóż, skoro to pomaga tej biedaczce poradzić sobie ze stratą siostry, to co w tym złego? – odezwała się matka. – Moja ciocia bez przerwy rozmawiała za duchami.

70

– Mamo – warknął Sully. Skinął głową w stronę Julesa i szepnął: – Czy mogłabyś?

– Ach, tak – powiedziała cicho.

– Do licha, w Biblii jest napisane, że Bóg przemawiał przez gorejący krzew – powiedział Fred. – Czy to nie dziwniejsze niż telefon?

– Możemy zmienić temat? – zapytał Sully.

Brzęknęły sztućce. Wszyscy jedli w milczeniu.

– Czy teraz mogę jeszcze trochę ziemniaków? – zapytał Jules.

– Dokończ to, co masz na talerzu – powiedział Sully.

– Jest głodny – odezwała się matka.

– Mamo, mały je, kiedy jest ze mną.

– Nie chciałam…

– Potrafię zapewnić wyżywienie własnemu synowi!

– Spokojnie, Sully – powiedział ojciec.

Znów cisza. Sprawiała wrażenie, jakby leżała na stole pomiędzy nimi. W końcu Jules odłożył widelec i zapytał:

– Co to znaczy „zapewnić"?

Sully wbił wzrok w talerz.

– To znaczy dać komuś.

– Babciu?

– Tak, kochanie?

– Możesz zapewnić mi telefon?

– Po co?

– Chcę zadzwonić do mamusi do nieba.

— Idziesz do baru, Jack?

Dzienna zmiana się skończyła. Chłopcy wybierali się na piwo. Posterunek policji w Coldwater nocą był nieczynny. W nagłych wypadkach mieszkańcy dzwonili pod 911.

— Dołączę do was później — powiedział Jack.

Zaczekał, aż wyjdą. W budynku został teraz tylko Dyson, który był w pokoju socjalnym z kuchenką mikrofalową. Jack poczuł zapach popcornu. Zamknął drzwi do swojego gabinetu.

— Tato, to ja…

— Gdzie jesteś, Robbie?

— Wiesz gdzie. Nie trzymaj tego w tajemnicy. Teraz możesz powiedzieć im prawdę.

— Jaką prawdę?

— Że koniec to wcale nie koniec.

Jack odbył tę rozmowę niecałą godzinę wcześniej. Sześć piątków z rzędu. Sześć telefonów od chłopca, którego pochował. Wyszukał listę numerów rozmówców na swoim aparacie. Ostatni z nich, ten, z którego dzwonił Robbie, był oznaczony jako NIEZNANY. Po raz kolejny — robił to już niezliczoną ilość razy — wcisnął guzik „ponowne wybieranie" i wysłuchał serii krótkich, przenikliwych sygnałów. A potem — nic. Żadnego połączenia. Żadnej poczty głosowej. Nawet żadnego nagrania. Tylko cisza. Znów zaczął się zastanawiać — teraz, kiedy wiedział już z telewizji, że poza nim i Tess są jeszcze inne osoby, które odbierają takie telefony – czy nie powinien wszcząć jakiegoś śledztwa w tej sprawie. Ale jak mógłby prowadzić dochodzenie, nie przyznając się jednocześnie, że sprawa dotyczy też jego samego? Nie powiedział jeszcze nawet Doreen. A zresztą, znajdował się przecież w Coldwater. Mieli tu jeden wóz policyjny, parę komputerów, stare metalowe szafki na akta i budżet, który pozwalał im na sześć dni pracy w tygodniu.

Sięgnął po płaszcz, narzucił go na siebie i zauważył swoje odbicie w szkle, w które oprawiona była mapa na ścianie. Mocny podbródek, jego syn miał taki sam. Obaj byli wysocy, głośno mówili i śmiali się donośnie.

„Moi drwale" – mówiła o nich Doreen.

Jack przypomniał sobie ten dzień, kiedy Robbie zapytał go, co sądzi o pomyśle wstąpienia do piechoty morskiej.

– Jesteś pewien, że tego chcesz, synu?

– Ty walczyłeś, tato.

– To nie jest zajęcie dla każdego.

– Ale ja chcę robić coś, co ma sens.

– A potrafisz sobie wyobrazić, że tego nie robisz?

– Nie potrafię.

– No, to chyba masz odpowiedź.

Doreen była wściekła. Upierała się, że Jack mógł wyperswadować to Robbiemu, zamiast być tak idiotycznie dumnym z odwagi syna.

Ostatecznie Robbie zaciągnął się do piechoty morskiej – a Jack i Doreen się rozstali. Cztery lata później, kiedy dwaj żołnierze przybyli do Coldwater, żeby przekazać im złe wieści, musieli wybierać pomiędzy dwoma domami. Najpierw poszli do Jacka. Doreen nigdy mu nie wybaczyła, jakby to także była jego wina, tak samo jak śmierć Robbiego dziesiątki tysięcy kilometrów stąd.

Koniec to wcale nie koniec.

Jack nachylił się, ciągle ubrany w płaszcz, i raz jeszcze wcisnął na aparacie przycisk ponownego wybierania. Ten sam sygnał. Ta sama cisza. Wybrał inny numer.

– Halo? – usłyszał głos Tess Rafferty.

– Mówi Jack Sellers. Miałaś dziś telefon?

– Tak.

– Mogę do ciebie wpaść?

– Tak.

Rozłączyła się.

৩

Na początku lat siedemdziesiątych dziewiętnastego wieku Alexander Bell pokazał ojcu Mabel – swojemu przyszłemu teściowi – listę, zawierającą propozycje wynalazków. Wiele z nich zrobiło na Gardinerze G. Hubbardzie wrażenie. Kiedy jednak Bell wspomniał o kablu, który mógłby przenosić ludzki głos, Hubbard go wyszydził.

– Teraz to pan gada bzdury – powiedział.

W sobotni poranek Sully, który miał powyżej uszu tych bzdur z telefonami z nieba, zaparkował samochód ojca obok przyczepy kempingowej z napisem „E. ROWE, USŁUGI

BUDOWLANE", nie bez trudu odszukanej na obrzeżach miasteczka. Trzeba było zmierzyć się z tą sprawą, ukręcić jej łeb, zanim zdąży narobić więcej szkód. Ból po śmierci ukochanej osoby i bez tego był straszny. Dlaczego ma do tego tłumaczyć dziecku te idiotyczne kłamstwa? „Chcę zadzwonić do mamusi do nieba". Sully był rozgniewany, przejęty i tak długo nie robił nic poza opłakiwaniem żony, że wydawało mu się, iż to właśnie jest naprawdę istotne zadanie. W wojsku prowadził dochodzenia w sprawach dotyczących jego eskadry – takich jak wypadki czy awarie sprzętu. Był w tym dobry. Dowódca radził mu spróbować sił w Wojskowym Biurze Śledczym, zająć się takimi rzeczami na pełny etat. Ale Sully wolał latać.

Niemniej znalezienie miejsca pracy Eliasa Rowe'a nie zajęło mu zbyt dużo czasu. Sully podszedł do przyczepy, która stała przed błotnistym placem. Na jego tyłach zaparkowane były dwa skify, koparka i furgonetka marki Ford.

Sully wszedł do środka.

– Dzień dobry, czy zastałem pana Rowe'a?

Korpulentna kobieta za biurkiem miała włosy związane bandaną. Przyjrzała się badawczo twarzy Sully'ego, po czym odpowiedziała:

– Nie, przykro mi. Nie ma go.

– A kiedy wróci?

– Wyjechał do pracy. Czy chodzi o jakiś nowy projekt?

– Niezupełnie.

Sully się rozejrzał. Przyczepa była ciasna, zatłoczona szafkami na dokumenty i rulonami planów.

– Chce pan zostawić nazwisko i numer?

– Zajrzę później.

Wrócił do samochodu, wsiadł i zaklął. Odjeżdżając sprzed placu, usłyszał dźwięk startującego silnika. Spojrzał we wsteczne lusterko i zobaczył człowieka za kierownicą furgonetki. Czyżby był tam przez cały czas? Sully zatrzymał samochód, wyskoczył z niego i pobiegł w stronę forda, wymachując ramionami, aż furgonetka stanęła. Sully podszedł do okna.

– Przepraszam – powiedział, dysząc ciężko. – Pan Elias Rowe?

– Czy my się znamy? – zapytał Elias.

– Moja matka zna kogoś, kto zna pana. Proszę posłuchać. – Odetchnął. Jak mu to powiedzieć? – Jestem tatą. Samotnym ojcem. Moja żona... nie żyje.

– Przykro mi – powiedział Elias. – Muszę...

– Syn ciągle jeszcze usiłuje sobie z tym poradzić. Ale ta sprawa z tymi telefonami z nieba. Pan jest jednym z tych... Mówi pan, że ktoś do pana zadzwonił?

Elias przygryzł wargę.

– Nie wiem, co to było.

– Widzi pan? O to chodzi. Pan nie wie! Ale nie bądźmy dziećmi! Nie wierzy pan chyba, że zadzwonił do pana ktoś ze zmarłych, prawda?

Elias wbił wzrok w deskę rozdzielczą.

– Mój syn. On myśli... – Serce waliło Sully'emu jak młotem. – Myśli, że mama do niego teraz zadzwoni. Przez tę waszą historię.

Elias zacisnął szczęki.

– Przykro mi. Nie wiem, jak panu pomóc.

– Pomogłoby mi – jemu by pomogło – gdyby powiedział pan wszystkim, że to nieprawda.

Elias ścisnął kierownicę.

– Przykro mi – powiedział jeszcze raz i jednocześnie nadepnął pedał gazu.

Furgonetka szarpnęła do przodu i skręciła w ulicę, pozostawiając Sully'ego z uniesionymi dłońmi, samego na placu.

๑

Tego wieczora Elias pojechał na molo nad jeziorem Michigan i czekał, aż z nieba zniknie ostatni odblask słońca. Myślał o człowieku, który zatrzymał go wcześniej. O synu, o którym tamten wspomniał. Myślał o Nicku i Katherine, o pastorze Warrenie i o kościele.

Wreszcie, kiedy się już zupełnie ściemniło, wysiadł z furgonetki, poszedł na koniec molo i wyciągnął telefon z kieszeni płaszcza. Przypomniał sobie, jak był chłopcem i jak mama oddawała resztki ze stołu do jadłodajni dla ubogich. Któregoś razu zapytał, dlaczego nie mogą po prostu wyrzucać jedzenia tak jak większość ludzi.

– Nie wolno marnotrawić tego – odparła mama – co daje nam Pan.

Elias spojrzał na swój telefon i wymamrotał:

– Wybacz mi, Panie, jeśli marnotrawię twój dar.

Potem wyrzucił aparat jak najdalej w stronę wody. Stracił go z oczu, ale usłyszał cichy plusk, kiedy telefon wpadł w taflę jeziora.

Stał tam przez minutę. A potem wrócił do samochodu. Postanowił na jakiś czas wyjechać z Coldwater, zostawić doglądanie prac budowlanych kierownikowi robót. Nie życzył sobie więcej nieznajomych, którzy biegną do niego, oczekując pomocy. Skasował ten numer, skasował konto i pozbył się samego urządzenia.

Odjechał w stronę miasta z poczuciem ulgi i wyczerpania, jakby właśnie zatrzasnął drzwi przed nosem burzy.

# Siódmy tydzień

W miarę jak w Coldwater mijały dni, Katherine zaczęła zauważać, że ludzie się na nią gapią. W banku. Na porannym nabożeństwie w niedzielę. Nawet tutaj, na targu, na którym od lat robiła zakupy. Daniel, młody dostawca, odwrócił wzrok, kiedy go przyłapała na wpatrywaniu się w nią, a Teddy, brodaty mężczyzna za ladą u rzeźnika, natrafiając na jej spojrzenie, powiedział za szybko:

– Dzień dobry, Katherine, co słychać?

Na końcu alejki dwie starsze kobiety w długich płaszczach wcale nie ukrywały się z tym, że pokazują ją sobie palcem.

– To pani, prawda? – zapytały.

Katherine skinęła głową, nie wiedząc, jak na to zareagować. Odmaszerowała szybko, popychając koszyk przed sobą.

– Niech Bóg pani błogosławi – powiedziała jedna z kobiet.

Katherine odwróciła głowę.

– I paniom także.

Katherine była rozdarta między pragnieniem bycia pokorną, jak nakazywało Pismo Święte, a pragnieniem

79

wykrzykiwania z radości, jak również nakazywało Pismo Święte. Przez to każde przypadkowe spotkanie stawało się wyzwaniem. Wszystkie te oczy zwrócone na nią! Nie miała pojęcia, że jeden wywiad w telewizji może uczynić człowieka tak bardzo widocznym.

W kolejce do kasy stanęła za tęgim, łysiejącym mężczyzną w sportowej bluzie Detroit Lions. Wyłożył swoje zakupy na taśmę. Kiedy na nią spojrzał, wyraz jego twarzy się zmienił.

– Znam panią – powiedział.

Katherine zmusiła się do uśmiechu.

– Pokazywała nam pani kiedyś dom. Mnie i mojej kobicie.

– Tak?

– Był za drogi.

– Ach, tak.

– Nie mam roboty.

– Przykro mi.

– Takie życie.

Kasjerka utkwiła w nich wzrok, nabijając na kasę kilka produktów wyłożonych przez mężczyznę: dużą paczkę chipsów, masło, dwie puszki tuńczyka i sześciopak piwa.

– Pozwalają pani rozmawiać z kimś innym? – zapytał mężczyzna.

– Słucham?

– Kiedy do pani dzwonią. Te duchy z nieba. Mogłaby pani porozmawiać z kimś innym, gdyby pani chciała?

– Nie rozumiem.

– Mój ojciec. Umarł w zeszłym roku. Pomyślałem sobie...

Katherine przygryzła wargę. Mężczyzna spuścił wzrok.

– Nie szkodzi – powiedział.

Podał kasjerce plik jednodolarówek, zabrał zakupy i wyszedł.

# *Trzy dni później*

*(Amy na tle kościoła baptystycznego Żniwo Nadziei)*

AMY: Jak doniósł państwu program *Nine Action News*, wszystko zaczęło się w tym małym miasteczku. Niejaka Katherine Yellin poinformowała członków swojego kościoła o telefonie od kogoś, od kogo nigdy by go nie oczekiwała – jej siostry, Diane, zmarłej dwa lata temu.

*(Zbliżenie na Katherine i Amy)*

KATHERINE: Do tej pory zadzwoniła do mnie już sześć razy.

AMY: Sześć razy?

KATHERINE: Tak. Zawsze w piątki.

AMY: Dlaczego właśnie piątek?

KATHERINE: Nie wiem.

AMY: Czy siostra wyjaśnia, w jaki sposób to robi?

KATHERINE: Nie. Mówi mi tylko, że mnie kocha. Opowiada mi o niebie.

AMY: Co mówi?

KATHERINE: Mówi, że każdego, kogo tracimy tutaj, odnajdujemy na powrót tam. Nasza rodzina jest znów razem. Ona. Moi rodzice.

*(Ludzie na trawniku przed domem Katherine)*

AMY: Odkąd nasz program jako pierwszy nadał relację o tych niezwykłych telefonach, dziesiątki ludzi przybyły do Coldwater, aby poznać Katherine. Godzinami czekają, żeby z nią porozmawiać.

*(Katherine rozmawia z nimi w kręgu)*

STARSZA KOBIETA: Wierzę, że Bóg ją wybrał. Ja także straciłam siostrę.

AMY: Czy ma pani nadzieję na podobny cud?

STARSZA KOBIETA: Tak. *(Zaczyna płakać)* Oddałabym wszystko, by móc jeszcze raz porozmawiać z siostrą.

*(Amy na tle domu)*

AMY: Należy zauważyć, że do tej pory nikomu nie udało się potwierdzić autentyczności tych telefonów. Ale jedno jest pewne.

*(Wskazuje na zgromadzony tłum)*

Rzesze ludzi wierzą, że cuda naprawdę się zdarzają.

*(Patrzy w kamerę)*

Z Coldwater mówiła dla państwa Amy Penn, *Nine Action News.*

Pastor Warren naciągnął czapkę i skierował się do wyjścia, machając dyskretnie do pani Pulte, która rozmawiała przez telefon. Kobieta zakryła słuchawkę dłonią i wyszeptała:

– Kiedy ksiądz wróci?

Przerwał jej jednak dzwonek drugiego telefonu.

– Żniwo Nadziei… Tak. … Czy może pani chwileczkę zaczekać?

Warren wyszedł, kręcąc głową. Przez lata wszystkie telefony w parafii milczały zazwyczaj od rana aż do popołudnia. Obecnie biedna pani Pulte z trudem znajdowała czas, żeby skorzystać z łazienki. Dzwoniono do nich z całego kraju. Ludzie pytali, czy ich niedzielne nabożeństwa są dostępne w internecie. Pytali, czy wierni używają u nich jakichś specjalnych modlitewników – zwłaszcza ci, którzy usłyszeli błogosławione głosy z nieba.

Warren niepewnym krokiem wyszedł na ulicę i pochylił się pod naporem gwałtownego jesiennego wiatru. Na parkingu przed kościołem zauważył trzy nieznajome samochody, przez których szyby wyglądały nieznajome twarze. Coldwater nie było miejscem, w którym obcy nie zwracają na siebie uwagi. Rodziny mieszkały tu od pokoleń. Domy i przedsiębiorstwa przekazywano dzieciom. Długoletni mieszkańcy znajdowali wieczny spoczynek na miejscowym cmentarzu, założonym na samym początku dwudziestego wieku. Niektóre nagrobki były tak stare i wyblakłe, że nie dało się ich już odczytać.

Warren wspomniał dni, kiedy znał każdego parafianina w miasteczku, a zdrowie dopisywało mu na tyle, że mógł odwiedzać większość z nich piechotą, od czasu do czasu słysząc okrzyk: „Szczęść Boże!", dobiegający z jakiegoś ganku. Ta swojskość zawsze przynosiła mu ukojenie, niczym cichy, miarowy szum. Ostatnio jednak ten szum zmienił się w zgrzyt. Pastor czuł się zaniepokojony – nie tylko obcymi samochodami na parkingu czy reporterką w świątyni.

Po raz pierwszy w życiu Warren czuł, że wierzy słabiej niż ludzie wokół niego.

&

– Proszę, niech ksiądz usiądzie.

Burmistrz miasteczka Jeff Jacoby wskazał mu krzesło. Warren usiadł. Biuro burmistrza znajdowało się zaledwie dwie przecznice od kościoła, na tyłach siedziby First National Bank. Jeff był jednocześnie jego dyrektorem.

– Dużo się dzieje, co, proszę księdza?

– Hmm? – powiedział Warren.

– W waszym kościele. Dwa reportaże w telewizji! Czy kiedykolwiek zdarzyło się tutaj coś podobnego?

– Mmm.

– Znam Katherine z kręgów związanych z kredytami hipotecznymi. Śmierć siostry była dla niej potężnym ciosem. Odzyskać ją w taki sposób... niebywałe.

– Myśli pan, że Katherine ją odzyskała?

Jeff zachichotał.

– To chyba ksiądz powinien się na tym znać.

Warren przyjrzał się twarzy burmistrza, jego gęstym brwiom, mięsistemu nosowi, uśmiechowi, który wykwitał szybko, odsłaniając koronki na zębach.

– Niech ksiądz posłucha, dzwoni do nas wielu ludzi. – Jak na komendę spojrzał na telefon, sprawdzając, czy nie ma nowych wiadomości. – Chodzą słuchy, że w grę wchodzi nie tylko Katherine czy ten drugi gość – jak mu na imię?

– Elias.

– Właśnie. Gdzie on zniknął?

– Nie wiem.

– No, w każdym razie, pomyślałem sobie, że przydałoby się nam zebranie w ratuszu, wie ksiądz? Tylko dla mieszkańców. Żeby odpowiedzieć na parę pytań. Zastanowić się, co dalej. To znaczy, cała ta sprawa nabiera rumieńców. Podobno w hotelu w Moss Hill wszystkie pokoje są zajęte.

Warren pokręcił głową. Hotel jest pełny? W październiku? Czego chcą ci wszyscy ludzie? Jeff pisał coś na swoim telefonie. Warren zerknął na jego buty z miękkiej brązowej skóry, nienagannie zasznurowane.

– Myślę, że ksiądz powinien przewodniczyć temu zebraniu.

– Ja?

– To się wydarzyło w waszym kościele.

– Nie miałem z tym nic wspólnego.

Jeff odłożył telefon. Podniósł długopis i zaczął się nim bawić.

– Zwróciłem uwagę, że ksiądz nie wystąpił w tych reportażach. Czy nie rozmawia ksiądz z mediami?

– Wystarczy, że Katherine to robi.

Jeff zachichotał.

– Ta kobieta ma gadane! W każdym razie, powinniśmy mieć jakiś plan. Nie muszę księdzu tłumaczyć, że ludzie w naszym mieście nie mają ostatnio lekko. Ten cudzik może stać się dla nas prawdziwą szansą.

– Szansą?

– Tak. Może w branży turystycznej? Poza tym przyjezdni muszą coś jeść.

Warren splótł dłonie na kolanach.

– Wierzysz, że to cud, Jeffrey?

– Ha! Mnie ksiądz pyta?

Warren nic nie odpowiedział. Jeff odłożył długopis. Jeszcze raz błysnął koronkami na zębach.

– No dobra, szczerze, proszę księdza? Nie mam pojęcia, co się dzieje z Katherine. Nie wiem, czy to prawda, czy bujda. Ale zauważył ksiądz, ilu ludzi się tu zjechało? Jestem człowiekiem interesu. I jedno wiem na pewno… – Wskazał na okno. – To oznacza ruch w interesie.

❧

Ich ostatnia rozmowa trwała zaledwie minutę, ale Tess nie mogła o niej zapomnieć.

– Mamo, czy w niebie nadal czujesz różne rzeczy?

– Miłość.

– Coś jeszcze?

– Strata czasu, Tess.

– Co jest stratą czasu?

– Wszystko inne.

– Nie rozumiem.

– Gniew, żal, obawy... Znikają, kiedy się tu znajdziesz...
Nie zgub się... we własnym wnętrzu...

– Mamo, przepraszam cię.

– Za co?

– Za wszystko. Za kłótnie. Za to, że w ciebie wątpiłam.

– Tess... to wszystko zostało już wybaczone... A teraz,
proszę...

– Co takiego?

– Wybacz sobie.

– Och, mamo.

– Tess.

– Bardzo za tobą tęsknię.

Długa pauza.

– Pamiętasz, jak robiłyśmy ciasteczka?

Połączenie zostało przerwane.

Tess wybuchnęła płaczem.

❧

Ciasteczka – i inne desery – były tym, co łączyło Tess i Ruth.
Ruth prowadziła niedużą firmę cateringową i, nie mogąc sobie pozwolić na zatrudnienie asystentki, korzystała z pomocy
Tess. Ruth utrzymywała się sama od czasu rozwodu z mężem, Edwinem, kiedy Tess miała pięć lat. Edwin umknął
do stanu Iowa bez najmniejszych starań o uzyskanie opieki

nad dzieckiem i nigdy więcej nie pokazał się w Coldwater. Ludzie w miasteczku przewracali oczami i mówili:

– To jest dopiero historia.

Jednak przez lata, kiedy Tess pytała o ojca, matka odpowiadała tylko:

– Po co mówić o nieprzyjemnych rzeczach?

Po jakimś czasie Tess przestała pytać.

Niemniej, podobnie jak większość dzieci z rozbitych domów, Tess rozpaczliwie tęskniła za tym, którego nie było, i walczyła z tą, która została. Samotna matka nie była w Coldwater częstym zjawiskiem, a Tess czuła się nieswojo z tym, że gdziekolwiek się zjawiała, ludzie pytali ją: „Jak się czuje mama?" – tak jakby rozwód był czymś w rodzaju przewlekłej choroby, wymagającej regularnych badań kontrolnych. Tess często miała wrażenie, że jest opiekunką własnej matki. Podczas wesel ona i Ruth w milczeniu przygotowywały desery, a kiedy na zewnątrz grała muzyka, spoglądały po sobie, jak dwie dziewczyny, którym przyszło razem podpierać ściany. Ponieważ prawie każdy na tego rodzaju przyjęciach miał współmałżonka, Ruth i Tess postrzegano jako parę; to dawało ludziom wygodne poczucie, że pani Rafferty przynajmniej kogoś ma.

Z kościołem katolickim było całkiem inaczej. Na rozwody nadal patrzono tam niechętnie i Ruth musiała znosić oskarżycielskie spojrzenia innych kobiet. Stopień ich dezaprobaty zwiększał się w miarę, jak Tess wyrastała na olśniewającą nastolatkę, którą z kolei mężczyźni zawsze chętnie klepali po ramieniu, kiedy się z nią witali. Znużona tą hipokryzją Tess przestała chodzić do kościoła, jak tylko skończyła liceum. Ruth błagała ją, żeby wróciła, ale dziewczyna odpowiedziała:

– Mamo, przecież to jakaś farsa. Nikt cię tam nawet nie lubi.

Do samego końca, kiedy Ruth poruszała się już na wózku, Tess odmawiała zabierania jej na mszę. Teraz jednak siedziała w salonie naprzeciwko Samanthy i zastanawiała się, czy powinna zadzwonić do swojego dawnego proboszcza.

Jakaś jej część pragnęła zatrzymać te rozmowy z mamą dla siebie, nie rozgłaszać ich, jak snu, który może pozostać na zawsze czymś osobistym, jeśli tylko nikomu się o nim nie opowie.

Z drugiej strony, w Coldwater działo się coś nadprzyrodzonego. Jack Sellers. Ta kobieta w telewizji. Ten drugi mężczyzna ze Żniwa Nadziei, o którym wspominali. Tess nie była sama. Może kościół będzie w stanie dać jej odpowiedź.

To wszystko zostało już wybaczone – powiedziała Ruth.

Tess spojrzała na Samanthę.

– Zadzwoń do księdza Carrolla – powiedziała.

❧

Jack wprowadził samochód na podjazd. Serce waliło mu jak młotem.

Podjął decyzję, że powie Doreen o tych telefonach, jeszcze dziś, bez odkładania na później. Zadzwonił do niej, żeby powiedzieć, że muszą coś omówić, i planował przejść od razu do rzeczy, jak tylko wejdzie, nie czekając, aż coś ją rozproszy, a on straci odwagę. Nie obchodziło go, czy będzie tam Mel, jej nowy mąż. Chodziło o syna Doreen. Miała prawo wiedzieć. Jack domyślał się, że będzie na niego wściekła, że nie powiedział jej do tej pory. Ale był przyzwyczajony do takich reakcji ze strony Doreen. A każdy dzień zwłoki pogarszał tylko sprawę.

Coldwater się zmieniało. Masowo napływali do niego obcy. Jacyś ludzie modlili się na cudzym trawniku! Jack i Ray codziennie musieli gdzieś jeździć, żeby uporać się z nową skargą, kłopotem z parkowaniem, zakłóceniem spokoju. Wszyscy mieli przy sobie telefony komórkowe. Każdy dzwonek wywoływał przejęcie. A teraz zaplanowano zebranie mieszkańców, mające na celu omówienie tego zjawiska. Obowiązkiem Jacka było przynajmniej powiedzieć Doreen, że ich także to dotyczy.

Podszedł do ganku, wziął głęboki oddech i chwycił za klamkę. Drzwi były otwarte. Wszedł do środka.

– Hej, to ja – zawołał.

Cisza. Ruszył do kuchni. Wyszedł na korytarz.

– Doreen?

Usłyszał chlipnięcie. Wszedł do salonu.

– Doreen?

Siedziała na kanapie, trzymając w rękach zdjęcie Robbiego. Po policzkach spływały jej łzy. Jack przełknął ślinę. To był jeden z tych momentów. Będzie musiał poczekać.

– Dobrze się czujesz? – spytał cicho.

Doreen zamrugała, powstrzymując łzy. Zacisnęła wargi.

– Jack – powiedziała – przed chwilą rozmawiałam z naszym synem.

❧

– Pan Harding do Rona Jenningsa.

Recepcjonistka podniosła słuchawkę, a Sully usiadł szybko, mając nadzieję, że nikt go nie zauważył.

„Northern Michigan Gazette" była skromnym przedsiębiorstwem. Otwarta przestrzeń sali objawiała oczom odwiedzającego nieubłaganą geografię dziennikarstwa; po jednej stronie część redakcyjna, po drugiej – biznesowa. Po lewej na biurkach panował nieład, stosy papierów leżały w przypadkowych kątach, a siwowłosy reporter trzymał przy uchu telefon. Po prawej biurka były bardziej uporządkowane, krawaty ciaśniejsze, a jeden z gabinetów był wyraźnie większy niż inne. Teraz wyłonił się z niego wydawca, Ron Jennings, przypominający kształtem gruszkę, z przerzedzonymi włosami i w przyciemnianych szkłach. Pomachał do Sully'ego, zachęcając go, żeby podszedł. Sully wstał i zmusił swoje stopy do postawienia kroku, a potem następnego i kolejnego, tak samo jak kiedy wychodził z więzienia.

– Mark wspominał, że pan się do mnie wybiera – powiedział Jennings, podając mu rękę. – Studiowaliśmy razem.

– Tak, dziękuję, że zgodził się pan spotkać. – Sully'emu nagle zaschło w gardle. Przełknął ślinę i dokończył: – Ze mną.

Jennings przyjrzał mu się uważnie, a Sully wolał nie myśleć, jak musi wyglądać: człowiek, który pogardza pracą, o którą ma zaraz poprosić. Ale co innego mógł zrobić? Potrzebował roboty. Nie miał wyboru. Zmusił się do uśmiechu i wszedł do gabinetu z poczuciem, że to chyba w innym życiu był pilotem myśliwca.

Sprzedaż, pomyślał ponuro. W gazecie.

Ciekaw był, czy oni też o nim pisali.

❧

– No więc, jak pan się pewnie domyśla, nie narzekamy tutaj na brak zajęcia – powiedział Jennings, szczerząc zęby zza biurka. – Przez tę historię z telefonami z nieba nie mamy chwili spokoju. – Wziął do ręki najnowszy numer gazety i odczytał nagłówek: – „Duchy z zaświatów?" Kto może wiedzieć, prawda? Ale gazecie to służy. Musieliśmy dodrukować dwa ostatnie numery.

– Coś takiego – powiedział Sully uprzejmie.

– Widzi pan tamtego faceta? – Jennings skinął głowa w stronę siwowłosego mężczyzny po stronie redakcyjnej, w koszuli i krawacie, z telefonem przy uchu. – Elwood Jupes. Był tutaj jedynym reporterem przez trzydzieści cztery lata. Pisał o zamieciach, paradzie z okazji Halloween i międzyszkolnych meczach. A teraz nagle z nieba spadł mu temat wszech czasów. Właśnie przeprowadził wywiad z jakimś ekspertem od spraw paranormalnych. Gość mówi, że ludzie od lat odbierają głosy zmarłych – przez radio!

Nie wiedziałem o tym, a pan? Przez radio? Wyobraża pan sobie?

Sully pokręcił głową. Nie mógł znieść tej rozmowy.

– W każdym razie…

Jennings otworzył szufladę. Wyjął z niej teczkę.

– Mark mówił, że jest pan zainteresowany pracą w naszym dziale sprzedaży?

– Tak.

– Przyznam, że jestem trochę zaskoczony.

Sully nie odpowiedział.

– To nic szczególnie ekscytującego.

– Wiem.

– Pozyskiwanie reklamodawców. Prowizja.

– Tak mówił Mark.

– Jesteśmy niedużym zespołem. Gazeta wychodzi raz w tygodniu.

– Wiem.

– To nie pilotowanie odrzutowca ani nic w tym stylu.

– Nie szukam…

– Wiem, że nie chce pan rozmawiać o całym tym incydencie. Rozumiem. Uważam, że należy dawać ludziom drugą szansę. Powiedziałem o tym Markowi.

– Dziękuję.

– Przykro mi z powodu pańskiej żony.

– Tak.

– To było coś koszmarnego.

– Tak.

– Czy znaleźli w końcu te nagrania z wieży kontrolnej?

Zdawało mi się, że mieliśmy o tym nie rozmawiać.

– Nie, nie znaleźli.

Jennings skinął głową. Spojrzał na szufladę.

– W każdym razie, stanowisko nie jest zbyt imponujące…

– Nie szkodzi.

– Płaca też nie…

– W porządku, naprawdę.

Dwaj mężczyźni spojrzeli po sobie ze skrępowaniem.

– Potrzebuję pracy – powiedział Sully. – Mam syna, wie pan? – Usiłował wymyślić, co jeszcze mógłby powiedzieć. Przed oczami stanęła mu twarz Giselle. – Mam syna – powtórzył.

❧

Jules urodził się kilka lat po ich ślubie, a Sully wybrał dla niego imię po muzyku nazwiskiem Jules Shear, który napisał jedną z ulubionych piosenek Giselle, *If She Knew What She Wants*.

Kiedy urodził się ich syn, Sully wiedział, że to jest dokładnie to, czego ona chciała: rodzina. Giselle i mały sprawiali wrażenie, jakby byli ulepieni z jednej gliny. Sully widział jej naturalną ciekawość w tym, jak Jules odkrywał możliwości swoich zabawek, jej łagodność w tym, jak Jules przytulał inne dzieci albo głaskał psa.

– Zadowolona? – zapytał Sully Giselle pewnej nocy, kiedy siedzieli razem na kanapie, a mały Jules spał na jej piersi.

– Dobry Boże, tak – odpowiedziała.

Rozmawiali o kolejnych dzieciach. A teraz stał tutaj, samotny ojciec jedynaka, po przyjęciu pracy, której nie chce. Wyszedł z budynku gazety, zapalił papierosa, wsiadł do samochodu i pognał do sklepu monopolowego. Dawniej, kiedy żyła Giselle, myślał o przyszłości. Teraz interesowała go tylko przeszłość.

✑

Od kiedy tylko istnieje religia, istnieją również amulety, wisiorki, pierścienie, monety, krucyfiksy, a każdy z nich uważany jest za nośnik świętej mocy. I podobnie jak wyznawcy sprzed wieków mieli te amulety zawsze przy sobie, tak Katherine Yellin nie rozstawała się teraz z różowym telefonem, który kiedyś należał do jej siostry.

We dnie trzymała go w ręce. Nocami z nim sypiała. Kiedy szła do pracy, ustawiała dzwonek na maksymalną głośność i wkładała telefon do torebki, którą zawieszała sobie na ramieniu i tuliła do siebie jak zawodnik piłkę do futbolu amerykańskiego. Stale ładowała baterię, kupując jedną zapasową ładowarkę za drugą, na wypadek, gdyby któraś z nich się popsuła. Zapowiedziała wszystkim, żeby nie dzwonili już do niej na ten numer, tylko na drugi, który założyła w innej sieci. Jej stary telefon – stary telefon Diane – był zarezerwowany dla siostry.

Gdziekolwiek udawała się Katherine, telefon jej towarzyszył. A teraz, gdziekolwiek szła ona, podążała za nią Amy

Penn z *Nine Action News*. Amy zabrała Katherine na dobrą kolację (pomysł Phila, który nawet za nią zapłacił) i wysłuchała niezliczonych historii o jej ukochanej siostrze, zaklinając się, że ona sama i cała ekipa telewizyjna pragną tylko rozpowszechnić wiadomość o cudzie. Katherine przyznała jej rację, że tak niezwykłe wydarzenie nie powinno ograniczyć się do malutkiego Coldwater i że kamera Amy, którą nosiła ze sobą wszędzie jak bagaż, we współczesnym świecie jest właściwie narzędziem Boga.

Tym sposobem we wtorek rano obie zjawiły się w biurze nieruchomości w Coldwater, obok poczty, naprzeciwko hali targowej. Kiedy weszły, w poczekalni siedziały cztery osoby, z których każda poinformowała młodą recepcjonistkę, że chce się spotkać z Katherine Yellin. Zapytane, czy ktoś inny mógłby im pomóc, odpowiedziały, że nie.

&

To nie spodobało się pozostałej trójce pracowników agencji, Lew, Jerry'emu i Geraldine, którzy nie mieli żadnych nowych klientów i nic nie wróżyło poprawy sytuacji. W ten wtorek przed przyjściem Katherine wszyscy troje skupili się wokół jednego z biurek, narzekając na zamieszanie wokół nadprzyrodzonych rewelacji ich koleżanki.

– Skąd w ogóle wiadomo, że to prawda? – powiedział Lew.

– Ona nigdy nie doszła do siebie po tej historii z Diane – powiedziała Geraldine.

– Halucynacje się zdarzają – powiedział Jerry.

– Ludzie modlą się na jej trawniku, na litość boską!

– Ściąga więcej klientów niż kiedykolwiek.

– I co z tego? Skoro ich interesuje tylko ona, to co nam z tego przyjdzie?

Kontynuowali rozmowę w tym duchu, skarżąc się też na inne rzeczy: Lew musiał utrzymywać wnuki, które obecnie z nim mieszkały; Geraldine nigdy nie lubiła kaznodziejskiego tonu Katherine; Jerry zastanawiał się, czy jako trzydziestoośmiolatek nie jest jeszcze za stary na zmianę zawodu.

Wtedy weszła Katherine, a za nią Amy. Rozmowa się urwała, a na twarzach pojawiły się sztuczne uśmiechy.

Można by pomyśleć, że osoba, która przynosi dowody na istnienie nieba, zostanie przyjęta z radością. Jednak nawet w obliczu cudu ludzkie serce zapyta: dlaczego nie ja?

꩜

– Dzień dobry, Katherine – powiedziała Geraldine.

– Dzień dobry.

– Odzywała się do ciebie siostra?

Katherine się uśmiechnęła.

– Nie dziś.

– A kiedy dzwoniła ostatnio?

– W piątek.

– Cztery dni temu.

– Mhm.

– Ciekawe.

Geraldine spojrzała na Amy, jakby chciała powiedzieć: „A może przyjechałaś tu na próżno". Katherine zerknęła na kolegów, odetchnęła i wypakowała z torebki Biblię.

I, naturalnie, swój telefon.

– Pora zająć się klientami – powiedziała.

Pierwszym z nich był mężczyzna w średnim wieku, który powiedział, że chce kupić dom niedaleko Katherine, gdzieś, gdzie on także mógłby odbierać „telefony". Potem para emerytów z Flint, którzy opowiadali o swojej córce. Zginęła w wypadku samochodowym sześć lat wcześniej, a oni mieli nadzieję, że uda im się nawiązać z nią kontakt w Coldwater. Trzecią klientką była Greczynka w ciemnoniebieskim szalu, która nawet nie wspomniała o nieruchomościach. Po prostu zapytała Katherine, czy może się z nią pomodlić.

– Oczywiście – odpowiedziała Katherine niemal przepraszająco.

Amy cofnęła się, żeby dać im trochę prywatności, zabierając ze sobą swoją wielką kamerę. Była absurdalnie ciężka; Amy zawsze miała wrażenie, że dźwiga walizkę z ołowiu. Kiedyś, obiecała sobie, będzie pracować dla stacji, która będzie z nią wysyłać prawdziwego kamerzystę. Kiedyś, czyli w następnej pracy.

– Niezły ciężar, co? – odezwał się Lew, gdy Amy zwaliła sprzęt na biurko.

– No.

– Można by się spodziewać, że w dzisiejszych czasach będą już produkować mniejsze.

– Produkują. Tylko my nie mamy tych modeli.

– Trzymają je dla Nowego Jorku i Los Angeles, co?

– Coś w tym…

Urwała. Wyraz twarzy jej rozmówcy się zmienił. Lew odwrócił głowę. Podobnie jak Geraldine i Jerry. Kiedy Amy zdała sobie sprawę dlaczego, poczuła, jak w jej żyłach zaczyna nagle krążyć adrenalina.

Telefon Katherine dzwonił.

❧

Każda historia ma swój moment przełomowy. To, co wydarzyło się następnie w biurze nieruchomości w Coldwater, było szybkie, chaotyczne i zostało uchwycone w całości roztrzęsioną kamerą Amy. Trwało niecałą minutę, a jednak wkrótce miały to obejrzeć miliony ludzi na całej planecie.

Katherine wzięła do ręki dzwoniący telefon. Wszyscy zwrócili się w jej stronę. Greczynka zaczęła modlić się w swoim ojczystym języku, kiwając się w przód i w tył, zakrywając dłońmi nos i usta:

– Pater hêmôn ho en toes ouranoes…

Katherine odetchnęła głęboko i odsunęła się na krześle od biurka. Lew przełknął ślinę. Geraldine wyszeptała:

– I co teraz?

Amy, która gorączkowo złapała za kamerę i ją włączyła, usiłowała jednocześnie utrzymać ją na ramieniu, patrzeć przez wizjer i podejść bliżej, kiedy – łup! – wpadła na biurko, co spowodowało upadek kamery, która nadal nagrywała, podczas gdy Amy przewróciła się na krzesło, uderzając w nie podbródkiem.

Telefon zadzwonił drugi raz.

– Hagiasthêtô to onoma sou – mamrotała Greczynka.

– Zaczekaj! Jeszcze nie! – wrzasnęła Amy.

Katherine jednak nacisnęła guzik i szepnęła:

– Halo?... O, Boże... Diane...

– Hagiasthêtô to onoma sou...

Twarz Katherine promieniała.

– Czy to ona? – zapytał Lew.

– Jezu – szepnęła Geraldine.

Amy z trudem udało się odzyskać pozycję pionową. Udo pulsowało jej bólem, podbródek zaczynał krwawić. Złapała Katherine w obiektyw akurat wtedy, kiedy ta mówiła:

– Tak, ależ tak, Diane, tak zrobię...

– Genêthêtô to thelêma sou, hôs en ouranô...

– Czy to naprawdę ona?

– Kae epi tês gês. Ton arton hêmôn ton epiousion...

– Diane, kiedy znów do mnie zadzwonisz?... Diane?... Halo?...

Katherine opuściła telefon, po czym powoli opadła z powrotem na krzesło, jakby popchnięta niewidzialną poduszką. W oczach miała łzy.

– Dos hêmin sêmeron; kae aphes hêmin ta opheilêmata...

– Co się wydarzyło? – zapytała Amy, wchodząc w rolę reporterki z kamerą na ramieniu. – Co ci powiedziała, Katherine?

Katherine patrzyła prosto przed siebie, ręce miała oparte na biurku.

– Powiedziała: nadszedł czas. Nie trzymaj tego w tajemnicy. Powiedz wszystkim. Dobrzy ludzie znajdą miejsce w niebie.

Greczynka zakryła twarz dłońmi i płakała. Amy zrobiła zbliżenie na nią, a potem na telefon, który Katherine upuściła na biurko.

– Powiedz wszystkim – powtórzyła Katherine z rozmarzeniem, nie zdając sobie sprawy z tego, że dzięki mrugającemu czerwonemu światełku na kamerze Amy to właśnie robi.

# Ósmy tydzień

Historia pokazała, że telefon Alexandra Bella całkiem dosłownie z dnia na dzień stał się sensacją.

Mało brakowało, a w ogóle by do tego nie doszło.

W roku 1876 Stany Zjednoczone świętowały swoje setne urodziny. Z tej okazji w Filadelfii urządzono specjalną wystawę. Pokazywano na niej nowe wynalazki, przedmioty, które miały być synonimem wielkości w ciągu następnych stu lat – wśród nich wysoki na dwanaście metrów silnik parowy i prymitywną maszynę do pisania. W ostatniej chwili niedopracowane urządzenie Bella do porozumiewania się otrzymało niewielki stolik w wąskiej przestrzeni pomiędzy ścianą a schodami, w sali opisanej jako Dział Edukacji. Stało tam przez kilka tygodni, nie zwracając niczyjej uwagi.

Bell mieszkał w Bostonie. Nie miał ani zamiaru, ani pieniędzy, żeby wybierać się na wystawę. Jednak we wtorek po południu poszedł na dworzec kolejowy pożegnać narzeczoną, Mabel, która jechała tam odwiedzić ojca. Wybuchnęła płaczem na myśl, że musi rozstać się z Alexandrem. Nalegała, by pojechał z nią. Kiedy pociąg już ruszał,

Bell, chcąc pocieszyć Mabel, wskoczył do niego – bez biletu.

Za sprawą tej impulsywnej reakcji Bell dwa dni później znalazł się na wystawie w gorące niedzielne popołudnie, w pobliżu przechodzącej tamtędy delegacji zmęczonych i spoconych jurorów. Większość z nich chciała już po prostu iść do domu. Lecz jeden z nich, sam cesarz Brazylii, Dom Pedro de Alcantara, skojarzył ciemnowłosego wynalazcę z jego pracą z niesłyszącymi uczniami.

– Profesor Bell! – rzekł Dom Pedro, witając go z otwartymi ramionami. – Co pan tutaj robi?

Kiedy Bell go objaśnił, Dom Pedro zgodził się wziąć udział w demonstracji jego wynalazku. Znużeni sędziowie pogodzili się z tym, że będą musieli zostać na miejscu jeszcze kilka minut dłużej.

Przez salę przeciągnięto kabel. Bell podszedł do końca pełniącego funkcję nadajnika, a cesarz – do słuchawki. Tak samo jak z Thomasem Watsonem kilka miesięcy wcześniej („Przyjdź tutaj. Chcę cię zobaczyć”), Bell przemówił do swojego urządzenia, kiedy cesarz podniósł słuchawkę do ucha. Jego twarz nagle się rozjaśniła.

Na oczach zgromadzonego tłumu cesarz zawołał ze zdumieniem:

– Mój Boże! To mówi!

Następnego dnia wynalazek przeniesiono na eksponowane stanowisko. Tysiące ludzi tłoczyły się, by go zobaczyć. Wynalazek zdobył pierwszą nagrodę i złoty medal, a świat

rozpłomieniła koncepcja dotychczas niewyobrażalna: rozmowy z kimś, kogo nie widzimy.

Gdyby nie miłość do kobiety, która skłoniła mężczyznę
do wskoczenia do pociągu, telefon Bella mógłby nigdy nie
znaleźć odbiorców. Kiedy już to się stało, życie na ziemi
zmieniło się na zawsze.

❧

Jajka. Brakowało jajek. Frieda Padapalous wcisnęła sio-
strzeńcowi w rękę banknot pięćdziesięciodolarowy i powiedziała:

– Kup wszystkie, jakie mają na targu. Szybko.

Frieda nigdy nie wierzyła w cuda, ale nie zamierzała
przegapić tego nagłego ruchu w interesie. W poniedziałek było dużo klientów. We wtorek – jeszcze więcej. Dziś
było tu tak głośno, że ludzie musieli do siebie krzyczeć.
Parking był zakorkowany. Wewnątrz lokalu pełno było
nieznajomych twarzy. I po raz pierwszy w życiu Friedy
we środę rano kolejka zaczynała się już za drzwiami. A nie
było jeszcze ósmej!

– Jeszcze kawy, Jack? – zapytała Frieda.

Nalała mu, zanim zdążył odpowiedzieć, a potem pobiegła
obsłużyć kogoś innego.

Jack pociągnął łyk z kubka i spuścił głowę jak ktoś,
kto ukrywa tajemnicę. Celowo nie włożył dziś munduru.
Chciał poobserwować napływających coraz liczniej pielgrzymów – teraz, kiedy to nagranie w internecie wywróciło

całe miasteczko do góry nogami. Zauważył troje ludzi z kamerami telewizyjnymi i przynajmniej czworo innych, którzy wyglądali mu na reporterów – oprócz całej gromady nieznajomych nowych twarzy, starych i młodych, które dopytywały się bez przerwy, gdzie mogą znaleźć Katherine Yellin, kościół albo biuro nieruchomości. Zauważył dwie pary Hindusów i stolik pełen młodych ludzi w szatach religijnych, których nie był w stanie zidentyfikować.

– Przepraszam, dzień dobry, czy jest pan stąd? – zapytał facet w niebieskiej kurtce narciarskiej, przeciskając się obok stołka Jacka.

– A dlaczego?

– Jestem z Programu Czwartego z Detroit. Rozmawiamy z ludźmi o cudach. Wie pan. Te telefony? Czy mógłbym poprosić pana na chwilkę przed kamerę? To nie zajmie dużo czasu.

Jack zerknął na drzwi. Do środka napływali kolejni ludzie. Poranną kawę pijał codziennie u Friedy od tak dawna, że potrafiłby przejść ze swojego domu aż tu, pod samą ladę, z zamkniętymi oczami. Teraz jednak czuł się nieswojo. Wciąż nie powiedział Doreen o telefonach od Robbiego – nie po jej wyznaniu. Z jakiegoś powodu czuł, że powinien najpierw posłuchać tego, co ona ma do powiedzenia. Zebrać informacje. Doreen powiedziała, że usłyszała od Robbiego, że jest w niebie, jest bezpieczny i że „koniec to wcale nie koniec". Kiedy zagadnęła Jacka, co on o tym myśli, spytał:

– Doreen, czy czujesz się teraz szczęśliwsza?

Zaczęła płakać i powiedziała:

– Nie wiem, tak, o mój Boże, nic z tego nie rozumiem.

Nie chciał, żeby ci dziennikarze dowiedzieli się o jego byłej żonie. Ani o nim samym. Pomyślał o Tess. O niej też nie powinni za dużo usłyszeć.

– Byłby pan w telewizji – naciskał mężczyzna w kurtce narciarskiej, jakby próbował dobić targu.

– Tylko tędy przejeżdżam – powiedział Jack, kładąc na ladzie dwa dolary i przesuwając się w stronę drzwi.

❧

Jason Turk otworzył wejście dla pracowników Centrum Telefonii Komórkowej Dial-Tek. Ziewnął głośno. Długonogi dwudziestosiedmiolatek z wytatuowanym na bicepsie kotem Felixem był wykończony po kolejnej zarwanej nocy, którą spędził na graniu w gry komputerowe online. Z nieużej lodówki wyciągnął puszkę coli, wypił parę łyków i beknął, przypominając sobie, co często mawiała jego dziewczyna: „Jason, zachowujesz się obrzydliwie".

Wszedł do biura, ściągnął sweter i wciągnął na siebie srebrno-niebieską koszulkę z napisem „DIAL-TEK". Przejrzał wczorajszą pocztę. Koperta z siedziby spółki. Jeszcze jedna koperta z siedziby spółki. Ulotka reklamowa usług sprzątających.

Rozległ się brzęczyk. Jason zerknął na zegarek. Było dziesięć po ósmej. Spodziewał się jednego z kierowców samochodów dostawczych. Kiedy jednak otworzył tylne drzwi, zobaczył wysokiego faceta w starej kurtce zamszowej.

– Dzień dobry. Jestem Sully. Pracuję w „Gazette".

– A, tak. Jestem Jason.

– Cześć.

– Jesteś nowy.

– Tak. Zacząłem w zeszłym tygodniu.

Nie wygląda na specjalnie zadowolonego, pomyślał Jason.

– Wejdź.

– Zakładaliśmy, że będziecie chcieli wykupić u nas reklamę na kolejne trzy miesiące...

– Daruj sobie. – Jason machnął ręką. – Szef już wypisał dla was czek. – Chłopak zaczął przetrząsać szufladę. – A co się stało z tą dziewczyną, którą tu ostatnio parę razy przysyłali? Victorią?

– Nie wiem – odparł Sully.

Szkoda, pomyślał Jason. Ładna była.

– W każdym razie tu masz czek. – Podał Sully'emu kopertę z napisem „GAZETTE: PAŹDZIERNIK–GRUDZIEŃ".

– Dzięki – powiedział Sully.

– Nie ma sprawy. – Jason łyknął coli, po czym wyciągnął puszkę w stronę Sully'ego. – Mmm. Chcesz?

– Nie, dzięki. Będę leciał...

Bnnnpp!

Obaj się odwrócili.

– Co to było? – zapytał Jason.

– Nie wiem – odparł Sully.

Bnnnpp!

Dźwięk był taki, jakby lecący ptak wpadł na szybę. Ale zaraz. Znowu. Bnnnp! I jeszcze raz. Bnnnp! A potem nieprzerwanie, coraz głośniej, jak werbel.

Bnnnpbnnnpbnnnpbnnnpbnnnp!

– Co jest, do cholery? – wymamrotał Jason.

Sully wyszedł za nim do salonu. To, co zobaczyli, sprawiło, że obaj zamarli: przed sklepem tłoczyło się co najmniej dwadzieścia pięć osób, okutanych w płaszcze. Na widok Jasona i Sully'ego wszyscy ruszyli do przodu, niczym podpływające pod powierzchnię wody rybki, którym ktoś rzucił jedzenie.

Bnnnpbnnnpbnnnpbnnnpbnnnp!

Dwaj mężczyźni wycofali się z powrotem na zaplecze.

– O co tu chodzi? – wrzasnął Sully.

– Pojęcia nie mam – odpowiedział Jason, szukając kluczy.

Do otwarcia sklepu była jeszcze godzina, a w tej chwili nie mieli żadnej wyprzedaży ani nic w tym rodzaju.

– Wpuścisz ich do środka?

– Chyba tak... No nie?

– Chcesz, żebym tu z tobą został?

– Nie. To znaczy... Może. No. Poczekaj tutaj, dobra? To jest jakieś dziwne.

Jason wyszedł, trzymając w ręku klucze. Podszedł do drzwi frontowych. Zawahał się. Ludzie na zewnątrz stłoczyli się jeszcze ciaśniej.

Jason otworzył drzwi.

– Przykro mi, otwieramy dopiero…

Ludzie wtargnęli do środka i potrącając go, ruszyli ku gablotom.

– Chwileczkę, czekajcie! – wrzasnął Jason.

– Czy macie ten model? – zawołał mężczyzna w skórzanym płaszczu i szarej bluzie.

Podsunął mu pod nos kartkę z wydrukiem z komputera. Jason zobaczył zdjęcie kobiety, trzymającej różowy telefon.

– To chyba samsung – powiedział.

– Macie go? Taki sam jak ten tutaj?

– Chyba…

– Chcę wszystkie, jakie macie!

– Nie!

– Nie można zabierać wszystkich dla siebie!

– Ja też chcę jeden!

– A ja trzy!

W jednej chwili Jason został otoczony. Poczuł dotknięcie dłoni na plecach, potem na ramieniu, a potem ktoś złapał go za rękę, a ktoś inny zaczął wymachiwać przed nosem jakąś kartką. Przepychano go od człowieka do człowieka, miotało nim wzburzone morze ciał, ktoś wrzasnął: „Czekajcie!”, ktoś inny: „Zróbcie mu miejsce!”, a potem…

– PROSZĘ SIĘ NATYCHMIAST COFNĄĆ!

To był Sully, który stał teraz przed Jasonem, osłaniając go własnym ciałem, z ramionami wysuniętymi naprzód niczym tarcza. Jego krzyk uciszył zgromadzonych, którzy cofnęli się o kilka centymetrów, pozwalając Jasonowi złapać oddech.

– Co się z wami wszystkimi dzieje!? – wrzasnął Sully.

– Właśnie, o co chodzi!? – wybuchnął Jason, który z Sullym przy boku poczuł się odważniejszy. – Sklep nie jest jeszcze w ogóle otwarty. Czego wy chcecie?

Jakaś chuda kobieta przepchnęła się naprzód. Wokół oczu miała ciemne kręgi, a głowę owiniętą szalem. Wyglądała na chorą.

– Telefonu – powiedziała schrypniętym głosem. – Tego, co dzwoni do nieba.

❧

Z nagraniem Amy stało się to, co spotyka wiele strzępów wiadomości we współczesnym świecie. Zostało wrzucone do internetu i porwane w cyberprzestrzeń. Nie było żadnego filtrowania, redagowania, potwierdzania czy weryfikacji; ktoś je obejrzał, podał dalej i ten proces powtórzył się nie raz czy dwa, ale dziesiątki tysięcy razy w czasie krótszym, niż potrzeba do zagotowania wody. Tytuł filmiku – *Telefon z nieba* – przyspieszył jeszcze jego rozpowszechnianie. Rozlatana kamera – w tym moment, kiedy Amy się potknęła, a obiektyw wypadł jej z ręki – stwarzała nastrój dziwnej autentyczności.

Wyemitowano go najpierw na kanale informacyjnym w Alpenie, po czym w jednej chwili okazał się najczęściej oglądanym nagraniem od czasu powstania strony internetowej *Nine Action News*. Phil zadzwonił do Amy z gratulacjami.

– Tak trzymaj – powiedział.

Wiele stowarzyszeń religijnych oznaczyło filmik i wkrótce ujęcia twarzy Katherine, rozmodlonej Greczynki i leżącego na biurku telefonu odtwarzano niezliczoną ilość razy na całym świecie. Była to współczesna wersja chwili, w której wynalazek Bella szturmem zdobył wystawę stulecia – tylko że teraz wiadomość roznosiła się z prędkością światła.

W niespełna tydzień Coldwater w stanie Michigan stało się najczęściej wyszukiwanym miejscem w internecie.

ᝄ

Pastor Warren zajrzał do kościoła. Był niemal całkowicie zapełniony wiernymi – w środę po południu. Niektórzy siedzieli z twarzami ukrytymi w dłoniach, inni klęczeli. Warren zauważył dwóch mężczyzn w kapeluszach rybackich, którzy modlili się, kołysząc się w przód i w tył, jednak w wyciągniętych rękach nie trzymali Pisma Świętego ani modlitewnika, tylko… telefony komórkowe.

Warren puścił drzwi, które zamknęły się po cichu. Wrócił do swojego gabinetu, gdzie czekali czterej pozostali duchowni z Coldwater.

– Przepraszam – powiedział Warren, zajmując miejsce. – Przyglądałem się ludziom.

– Swojej trzódce – odezwał się ksiądz Carroll.

– To nie moja trzódka. Przyjechali tu z powodu historii jednej z parafianek.

– Przyjechali tu z powodu Boga – powiedział ksiądz Carroll.

Tak, tak – zabrzmiał chór potwierdzeń.

– Wreszcie to wierni szukają nas, Warren, a nie odwrotnie.

– Tak, ale…

– Na zebraniu mieszkańców w przyszłym tygodniu powinniśmy to podkreślić. Wykorzystać jako przykład dla innych. Czy nie mamy już wszyscy dosyć biegania za ludźmi, żeby rozpalić ich wiarę?

Inni duchowni kiwali głowami.

– Tak jest.

– Ma rację.

– Amen.

– Ten renesans religijności, Warren, to dar większy niż wszystkie głosy, które mogą przemawiać do nas z nieba…

– Albo nie – wtrącił Warren.

– Albo może – odparował ksiądz.

Warren przyjrzał się wyrazowi twarzy księdza Carrolla. Duchowny wydawał się jakiś inny. Spokojniejszy. Niemal uśmiechnięty.

– A czy ksiądz wierzy w ten cud?

Zgromadzeni wyciągnęli szyje. Kościół Świętego Wincentego był największy w mieście. Zdanie księdza Carrolla było sprawą kluczową.

– Pozostaję… sceptyczny – odparł, starannie dobierając słowa. – Zadzwoniłem jednak do biskupa i poprosiłem go o odwiedzenie naszej parafii.

Duchowni popatrzyli po sobie. Była to ważna wiadomość.

– Z całym szacunkiem, proszę księdza – odezwał się Warren – ci dwoje… są od dawna w naszym kościele. To baptyści. Wie ksiądz o tym.

– Tak.

– Zatem biskup – ten, który ma przyjechać – nie rozmawiałby z nimi, jako że nie są katolikami.

– Zgadza się.

Ksiądz Carroll opuścił brodę. Splótł dłonie na podołku. Wszystko stało się jasne.

Jest ktoś jeszcze.

⤲

Ksiądz Carroll nie wyjawił, że dwa dni wcześniej otrzymał wiadomość od byłej parafianki, Tess Rafferty. Czy zechce ją odwiedzić? To niezwykle ważne.

Aż do tego momentu odrzucał te „zaświatowe" historyjki jako głupoty. Fałszywki. Nie mógł przecież uznać, że może być inaczej: że Pan w swej nieskończonej mądrości opuścił Kościół katolicki, objawiając światu królestwo

114

niebieskie – i że wybrał tego niedojdę, pastora Warrena, zamiast niego.

Tess Rafferty zmieniła wszystko. W kuchni w jej domu, który przetrwał ostatnio próbę ognia, ta szczupła kobieta, która utraciła niegdyś wiarę, wyznała mu, że ona także doświadczyła kontaktu z zaświatów – że odezwała się do niej zmarła matka, Ruth, którą ksiądz Carroll pamiętał. Co więcej, zgodnie z obliczeniami, jej pierwszy telefon miał miejsce o 8.20, na kilka godzin przed rozmową Katherine Yellin.

To była doprawdy miła wiadomość, wiadomość, którą ksiądz Carroll miał zamiar podzielić się z wyczekującym niecierpliwie światem.

Skoro dusze z nieba kontaktowały się ze śmiertelnikami na ziemi, to Tess, katoliczka, była pierwsza.

❧

We czwartek po południu Sully odebrał Julesa ze szkoły. Spotkał go, kiedy chłopiec właśnie z niej wychodził.

– Cześć, synu.

– Cześć.

– Jak było dzisiaj?

– Dobrze. Bawiłem się z Peterem.

– Peter to ten chłopak bez przednich zębów?

– Tak.

Ruszyli w stronę samochodu. Sully spojrzał w dół i zauważył, że z kieszeni w kurtce synka wystaje coś jasnoniebieskiego.

– Co tam masz?

Chłopiec nie odpowiedział.

– Jules, co masz w kieszeni?

– Nic.

Sully otworzył drzwi do samochodu.

– To nie jest nic.

– Pani mi to dała. Możemy jechać do domu?

Jules wdrapał się na tylne siedzenie i zakrył kieszeń ręką. Sully westchnął i ją odsunął.

W kieszeni była plastikowa słuchawka.

– Och, Jules.

Chłopiec wyciągnął rękę po słuchawkę, ale Sully mu ją odebrał.

– To nie twoje! – wrzasnął Jules na tyle głośno, by ściągnąć spojrzenia stojących nieopodal rodziców.

– Dobrze już, dobrze – powiedział Sully, oddając mu przedmiot.

Jules wepchnął go sobie do kieszeni.

– Czy chodzi o mamę?

– Nie.

– Dlatego o to poprosiłeś?

– Nie.

– Co ci powiedziała pani?

– Powiedziała, że mogę porozmawiać z mamusią, jak będę chciał.

– Jak?

– Że mogę zamknąć oczy i użyć tego telefonu.

– I?

– I że może mamusia zadzwoni do mnie, tak samo jak tamci.

Sully oniemiał. Dlaczego nauczycielka miałaby powiedzieć coś takiego? Przecież chłopiec i tak już przeżywał żałobę. Żeby dać mu fałszywą nadzieję? Czy całe to miasto zwariowało? Tłum w sklepie z telefonami, nagranie w internecie, świry modlące się na trawniku u Katherine Yellin, jakby była jakąś prorokinią. A teraz jeszcze to?

– Jules, nie powinieneś tego zatrzymywać, wiesz?

– Dlaczego?

– To zabawka.

– I co?

– Nie zadziała tak, jak byś ty chciał.

– A skąd ty możesz wiedzieć?

– Po prostu wiem.

– Wcale nie!

Sully przekręcił kluczyk w stacyjce i wypuścił powietrze z płuc, aż poczuł, że zapada mu się klatka piersiowa. Kiedy dojechali do domu dziadków, Jules pociągnął za klamkę i wybiegł z samochodu, nie oglądając się za siebie.

۵

Kwadrans później Sully jechał drogą numer osiem, dwupasmówką łączącą Coldwater ze światem zewnętrznym. Nadal był wściekły. Miał ochotę pognać z powrotem do szkoły, złapać tę nauczycielkę i ryknąć: „Co pani sobie w ogóle wyobraża?".

Jutro. Zrobi to jutro. Teraz musiał jechać do pracy, odebrać czek ze sklepu meblowego w Moss Hill. Jezdnia była mokra po lekkich opadach deszczu ze śniegiem, więc Sully włączył wycieraczki, żeby usunąć z szyby breję, którą ochlapywały ją przejeżdżające samochody.

Wyjeżdżając zza zakrętu na otwartą przestrzeń zwaną Lankers Field, zobaczył starą tablicę „COLDWATER ŻEGNA – DZIĘKUJEMY ZA ODWIEDZINY".

Zamrugał oczami.

Na dole tablicy widniała nalepka: „CZY ZOSTAŁEŚ ZBAWIONY?". Na polu za nią stał co najmniej tuzin samochodów i przyczep kempingowych. Były też wielkie białe namioty, a wokół nich kręciło się jakieś trzydzieści, czterdzieści osób w zimowych płaszczach – niektórzy mieli otwarte książki, inni przygotowywali ognisko, ktoś grał na gitarze. Wszystko razem wyglądało Sully'emu na pielgrzymkę religijną – tylko że takie rzeczy spotyka się nad Gangesem w Indiach albo przed bazyliką Matki Boskiej z Guadalupe w Meksyku. Nie na Lankers Field, gdzie za szkolnych czasów jeździli z kumplami na rowerach i odpalali petardy.

To się musi skończyć, powiedział sobie Sully, zwalniając. Wyznawcy? Eksperci od spraw paranormalnych? I co jeszcze?

Zjechał samochodem na pobocze i otworzył okno. Mężczyzna w średnim wieku, z haczykowatym nosem i długimi srebrnymi włosami związanymi w kucyk, zrobił kilka kroków w jego stronę.

– Co się tutaj dzieje? – ryknął Sully.

– Witaj, bracie – powiedział mężczyzna.

– Co to ma być?

– To święte miejsce. Bóg przemawia tu do swoich dzieci.

Sully zapienił się na słowo „dzieci".

– Kto wam tak powiedział?

Mężczyzna przyjrzał się minie Sully'ego, po czym uśmiechnął się szeroko.

– Czujemy to. Chcesz się z nami pomodlić, bracie? Może i ty to poczujesz.

– Ja akurat tutaj mieszkam. A wy się mylicie. Nikt do nikogo nie przemawia.

Mężczyzna złożył dłonie jak do modlitwy i znów się uśmiechnął.

– Jezu – wymamrotał Sully.

– Od razu inaczej, bracie – powiedział mężczyzna.

Sully wdepnął gaz i odjechał z piskiem opon. Chciał wrzasnąć do każdego z tych durnych wyznawców, do harcerzyków od ogniska, do chłopaka z gitarą, do pań ze szkoły Julesa, do klientów ze sklepu z telefonami: obudźcie się! Żywi nie mogą rozmawiać ze zmarłymi! Myślicie, że gdyby mogli, to ja bym tego nie robił? Czy nie zamieniłbym kolejnych stu oddechów na jedno słowo od swojej żony? To niemożliwe. Nie ma Boga, który robi takie rzeczy. W Coldwater nie ma żadnego cudu. To jakaś sztuczka, oszustwo, wymysł, bujda na resorach!

Miał dosyć. Przeciwstawi się nauczycielce Julesa. Doprowadzi do konfrontacji z całą radą pedagogiczną, jeśli będzie musiał. I jeszcze jedno. Zdemaskuje ten niebiański szwindel. Udowodni wszystkim, że to oszustwo. Owszem, był w więzieniu, został zniesławiony, ledwie radzi sobie w tym nowym, parszywym życiu, ale wciąż ma głowę na karku. Potrafi odróżnić prawdę od kłamstwa. Dla swojego syna – i innych, którzy muszą pozbierać się po prawdziwej stracie – zrobi to, czego nikt nie zrobił dla niego.

Dotrze do sedna sprawy.

# Dziewiąty tydzień

– Powtórz.

    – Trzy tysiące czternaście.

    – Z jednego sklepu?

    – Z jednego.

    – A ile tam normalnie mają?

    – Cztery.

    – Oddzwonię do ciebie.

Terry Ulrich, regionalny wicedyrektor Samsunga, odłożył słuchawkę i zanotował parę liczb. Sklep Dial-Tek w Coldwater w stanie Michigan złożył nieprawdopodobne zamówienie na jeden model telefonu, Samsunga 5GH. Nie był to żaden wyjątkowy model. Miał klapkę, dzwonił i, przy odpowiednim planie taryfowym, mógł się połączyć z internetem. I tyle. Obecnie telefony potrafiły znacznie więcej – nagrywały filmy, obsługiwały gry. Dlaczego jeden sklep miałby tysiącami sprzedawać starszy, gorszy model?

Odpowiedź, jak go przed chwilą poinformowano, była taka, że Samsung 5GH był to telefon używany przez kobietę, która twierdziła, że rozmawia z niebem.

I kupiła go w sklepie w Coldwater.

Terry przeciągnął dwoma palcami po brodzie. Wyjrzał przez okno na panoramę Chicago. Zysk z tego jednego zamówienia byłby blisko sześciocyfrowy. Zwrócił się z powrotem w stronę komputera, wszedł do internetu i znalazł tam szereg artykułów o zjawisku w Coldwater. Obejrzał nagranie z *Nine Action News* w Alpenie, które zrobiło na nim wrażenie przesadnie sentymentalnego.

Kiedy jednak zobaczył, ile razy nagranie zostało obejrzane, chwycił za telefon.

– Ściągnijcie tu ludzi z marketingu. Szybko.

❧

Matka Alexandra Bella niedosłyszała. Kiedy ludzie do niej mówili, używali do tego gumowej trąbki. Alexander jednak robił inaczej. Dosyć wcześnie wyczuł, że matka rozumie go lepiej, kiedy jego usta znajdują się niedaleko jej czoła, a on mówi niskim, dźwięcznym głosem. W ten sposób wibracje lepiej się absorbowały – zasada, która pewnego dnia okaże się kluczowa dla wynalezienia telefonu.

Kiedy Giselle była w szpitalu, Sully rozmawiał z nią w ten sposób, z ustami przy jej czole, a jego ściszony głos wibrował każdym wspomnieniem, jakie tylko przychodziło mu do głowy.

Pamiętasz nasze pierwsze mieszkanie? Pamiętasz ten żółty zlew? Pamiętasz Włochy? Pamiętasz lody pistacjowe? Pamiętasz, jak Jules się urodził?

Mówił tak i mówił, czasem przez godzinę, z nadzieją, że dotrą do niej wibracje. Zawsze umiał ją rozśmieszyć. Marzył o przywołaniu wspomnienia tak niemożliwie śmiesznego, że wyrwie ze śpiączki Giselle, która powie: „O Boże, no chyba, że to pamiętam!".

Nigdy tego nie zrobiła. Nawet w więzieniu Sully siedział sam z zamkniętymi oczami, recytując wspomnienia, jakby jego myśli były w stanie pofrunąć do jej łóżka w szpitalu. Od dnia katastrofy aż do dnia śmierci Giselle przez cały czas pragnął tylko usłyszeć jej głos.

Usłyszeć jej głos.

Nigdy do tego nie doszło.

Właśnie dlatego te bajki w Coldwater tak bardzo go draźniły. I dlatego w poniedziałek rano zabrał z szafki w biurze „Gazette" parę notatników i teczek i zakupił mały magnetofon, żeby rozpocząć własne śledztwo.

On już próbował tego, o czym mówili ci ludzie. Wołał Giselle. Nikt mu nie odpowiedział. Nie ma żadnego nieba. Śmierć to śmierć.

Nadszedł czas, żeby wszyscy przyjęli to do wiadomości.

❦

Największym zadaszonym pomieszczeniem, mogącym służyć za miejsce zebrań w Coldwater, była hala sportowa w liceum. Po wyniesieniu trybun i ustawieniu na podłodze rzędów krzeseł mogła pomieścić blisko dwa tysiące osób.

O osiemnastej we wtorek każde miejsce było zajęte.

Niewielkie podium znalazło się pod tylną ścianą, pod flagą amerykańską i szkarłatno-białym sztandarem z napisem: „DRUŻYNA KOSZYKÓWKI Z COLDWATER – MISTRZOWIE OKRĘGU, 1973, 1998, 2004". Na podium siedzieli ksiądz Carroll, pastor Warren i członek okręgowego ciała ustawodawczego, którego brzuch zwisał ciężko nad paskiem i który od czasu do czasu wycierał czoło chustką. Był tam również Jack Sellers, ubrany w niebieski mundur policyjny, przypominający zgromadzonym, że należy zachowywać się odpowiednio.

Burmistrz Jeff Jacoby, w rozpiętej pod szyją koszuli i granatowej sportowej marynarce, wszedł na podium i ujął w dłonie mikrofon. Jego pierwsze słowa – „Dobry wieczór" – zagłuszył pisk sprzężenia. Ludzie zasłonili uszy.

– Proszę państwa… Raz, raz… Teraz lepiej?

W spotkaniu brali udział tylko mieszkańcy Coldwater. Przy drzwiach należało okazać prawo jazdy. Media nie miały wstępu, ale reporterzy czekali na zewnątrz, w samochodach z zapalonymi silnikami. Ludzie, którzy rozbili obozy pod miasteczkiem, również byli na miejscu; zgromadzeni pod latarnią na parkingu grzali ręce nad ogniem rozpalonym w blaszanym kuble na śmieci. Ray i Dyson z policji na przemian obchodzili ogrodzenie, choć każdy z nich zastanawiał się, co by zrobili, gdyby tłum wymknął się spod kontroli – dwóch policjantów przeciwko wszystkim tym ludziom.

Wewnątrz burmistrz poradził sobie z mikrofonem.

– A zatem – rozpoczął – sądzę, że wszyscy wiemy, dlaczego tu jesteśmy. To, co dzieje się w Coldwater – i z panią, Katherine – jest czymś niezwykłym.

Katherine, która siedziała w pierwszym rzędzie, skromnie skinęła głową, a wśród zgromadzonych rozległ się pomruk aprobaty.

– Niesie jednak ze sobą liczne wyzwania.

Kolejne pomruki.

– Obecnie musimy radzić sobie z licznymi gośćmi, zatorami na drogach, bezpieczeństwem publicznym oraz mediami.

Głośniejszy pomruk. Jack poruszył się na krześle.

– Oto niektóre z zagadnień, którymi będziemy się dziś zajmować. Najpierw, proszę księdza, czy możemy poprosić o oficjalne rozpoczęcie?

Ksiądz Carroll podszedł do mikrofonu i wyregulował jego wysokość. Pastor Warren przyglądał się i czekał. Powiedział burmistrzowi, że nie czuje się pewnie, zwracając się do świeckiego zgromadzenia. Ksiądz Carroll radził sobie z takimi rzeczami znacznie lepiej. Choćby jego sposób poruszania się. Niemal monarszy, pomyślał Warren.

– Zacznijmy od modlitwy – powiedział ksiądz Carroll. – Niech dobry Pan da nam tego wieczora siłę…

Kiedy ludzie pochylili głowy, Sully, który siedział na krześle blisko przejścia, sięgnął do kieszeni kurtki i namacał grzbiet notatnika. Wsunął rękę do drugiej kieszeni i wcisnął guzik nagrywania na magnetofonie.

– Przyjaciele, nie zawsze znamy boży plan – kontynuował ksiądz Carroll. – Karty Pisma Świętego roją się od wątpliwych bohaterów, którzy nie chcą usłyszeć wezwania. Mojżesz nie chciał rozmawiać z faraonem. Jonasz schował się przed Panem. Młody Jan Marek opuścił Pawła i Barnabę. Strach leży w naszej naturze. Bóg wie o tym…

Ludzie kiwali głowami. Kilku zawołało:

– Amen.

– Dziś chcę poprosić was o jedno: nie lękajcie się. Jesteście wśród przyjaciół. Jesteście wśród sąsiadów. Pismo uczy nas, że powinniśmy rozgłaszać dobrą nowinę. A to jest dobra nowina.

Zdezorientowany pastor Warren spojrzał na innych duchownych. Czy ksiądz Carroll nie miał tylko pobłogosławić zgromadzonych?

– A zatem, pytam na początek… kto z nas otrzymał słowo z nieba? Albo wierzy, że otrzymał. Powiedzcie nam, kim jesteście i jakie łaski was spotkały.

Przez salę przebiegł szmer. Tego nikt się nie spodziewał. Publiczne wezwanie do ujawnienia cudów? Ludzie rozglądali się dookoła.

Katherine Yellin, siedząca w pierwszym rzędzie, wstała dumnie, z rękoma skrzyżowanymi na piersi.

– Moja siostra – oznajmiła. – Diane Yellin. Chwała Panu!

Zebrani pokiwali głowami. Katherine – o tym wiedzieli. Rozglądali się dalej, wypatrując innych. Gdzie jest Elias Rowe? Tess, siedząca pięć rzędów dalej, spojrzała w stronę podium. Ksiądz Carroll skinął głową. Tess zamknęła oczy, zobaczyła twarz mamy, zrobiła wdech i wstała.

– Moja matka Ruth Rafferty! – oznajmiła.

Obecni wydali okrzyk zdumienia. Katherine otworzyła usta.

A potem, z lewej strony, kolejny głos:

– Mój syn!

Ludzie zwrócili głowy w tamtą stronę. Oczy Jacka się rozszerzyły.

– Robbie Sellers. Zginął w Afganistanie – powiedziała Doreen.

Stała ze splecionymi dłońmi. Patrzyła na Jacka na podium, a on nagle poczuł się, jakby patrzyli na niego także wszyscy zgromadzeni. Zerknął na Tess, która napotkawszy jego spojrzenie, odwróciła wzrok. Ludzie szeptali. Troje? Teraz już troje?

W jednym z rzędów na przedzie wstał Hindus.

– Zadzwoniła do mnie moja córka! Chwała Panu!

Kilka rzędów dalej za jego przykładem poszedł starszy mężczyzna.

– Moja była żona!

A potem nastolatka.

– Moja najlepsza przyjaciółka!

Mężczyzna w garniturze.

– Mój dawny wspólnik!

Każdy komunikat wywoływał głośniejsze reakcje, jak organy w starych kinach, kiedy narasta napięcie. Sully wyciągnął notatnik i bazgrał w nim szybko, usiłując zapamiętać twarze.

Kiedy okrzyki zdumienia ucichły, było ich siedmioro, siedmioro mieszkańców Coldwater, którzy stali niczym wysokie trzciny na polu niskiej trawy, a każde z nich twierdziło, że dokonało tego, co do tej pory było niewyobrażalne: rozmawiało z niebem.

Hala ucichła. Jeff odciągnął księdza Carrolla na stronę.

– Boże, proszę księdza – wyszeptał. – Co my teraz zrobimy?

# Cztery dni później

WIADOMOŚCI
ABC News

SPIKER: Na koniec przenosimy się dziś do położo-
nego w stanie Michigan niewielkiego miasteczka,
którego mieszkańcy utrzymują, że udało im się
połączyć z bliskimi w sposób co najmniej nie-
zwykły. Na miejscu jest już Alan Jeremy.

*(Ujęcia Coldwater)*

ALAN: Jego ludność to niecałe cztery tysiące osób. Najbardziej charakterystycznym punktem
w okolicy jest tłocznia cydru. Coldwater w stanie Michigan niczym nie różni się od tysięcy
małomiasteczkowych amerykańskich społeczności —
a w każdym razie nie różniło, dopóki jego mieszkańcy nie zaczęli odbierać telefonów, które, jak
twierdzą, pochodzą z nieba.

*(Krótkie fragmenty wypowiedzi)*

TESS: Mama dzwoni do mnie od dłuższego czasu.
DOREEN: Syn regularnie się ze mną kontaktuje.

NASTOLATKA: Moja przyjaciółka w zeszłym roku zginęła w wypadku samochodowym. Trzy tygodnie temu zadzwoniła do mnie i powiedziała, żebym przestała płakać.

*(Zdjęcia zmarłych)*

ALAN: Tym, co łączy te historie, jest fakt, że wszystkie dzwoniące osoby nie żyją, niektóre od lat. Miejscowe duchowieństwo zmaga się z pytaniami o to, co na pozór niemożliwe.

KSIĄDZ CARROLL: Musimy być otwarci na boże cuda. Wiele osób powraca na łono Kościoła, usłyszawszy o tych telefonach. Być może taka właśnie jest wola Pana.

*(Ujęcia modlących się tłumów)*

ALAN: Coldwater szybko staje się mekką dla pielgrzymów, którzy organizują spontaniczne nabożeństwa na parkingach i otwartych polach. Stanowi to nie lada wyzwanie dla miejscowej policji.

*(Twarz komisarza policji Jacka Sellersa)*

JACK: Nasz wydział jest niewielki. Nie sposób być wszędzie. Prosimy tylko ludzi, żeby szanowali prywatność i urządzali modlitwy o przyzwoitych porach. Żadnych śpiewów o północy.

*(Nagrania archiwalne)*

ALAN: Począwszy od jasnowidzów aż po seanse spirytystyczne, ludzie od wieków twierdzili, że potrafią rozmawiać ze zmarłymi. Badacze zjawisk związanych z głosem elektronicznym są zdania, że

Coldwater nie jest pierwszym przypadkiem, w którym mamy do czynienia z głosami z tamtej strony.

*(Twarz Leonarda Kopleta, eksperta od zjawisk paranormalnych)*

LEONARD: Historia zna przypadki, w których głos zmarłej osoby nagrał się na taśmie magnetofonowej czy radioodbiorników, które gubiły sygnał i zaczynały odbierać zdumiewające rzeczy. Tym razem jednak telefon wykorzystywany jest do tego celu z niespotykaną do tej pory regularnością. To po prostu kolejny krok na naszej drodze do nawiązania łączności z tamtą stroną.

*(Ujęcie planszy reklamowej Samsunga)*

ALAN: Nawet Samsung zdecydował się wykorzystać tę koniunkturę. Ta reklama — z wizerunkiem chmur, telefonu używanego przez jedno ze szczęśliwych odbiorców oraz słowem „boski" — wisi obecnie przy drodze numer osiem.

*(Twarz jednego z dyrektorów w firmie Samsung, Terry'ego Ulricha)*

TERRY: Nie zaprojektowaliśmy tego telefonu z myślą o takim celu, cieszymy się jednak, że został „wybrany". Z pokorą przyjmujemy ten zaszczyt. Postaraliśmy się, by model ten był szeroko dostępny.

*(Ujęcie naukowca przy biurku)*

ALAN: Jak można się było spodziewać, nie brakuje również osób nastawionych sceptycznie do wydarzeń w Coldwater. Daniel Fromman z Międzynarodowego Stowarzyszenia Odpowiedzialnych Naukowców w Waszyngtonie.

*(Zbliżenie na naukowca, który rozmawia z Alanem)*

FROMMAN: Usługi telekomunikacyjne są dziełem człowieka. Satelity również wykonują ludzie. Podobnie urządzenia trasujące. Zjawisko sugerowane przez te osoby jest nie tylko niemożliwe, ale wręcz śmiechu warte. Po prostu nie należy brać tego poważnie.

ALAN: Jak zatem wyjaśniłby pan te telefony?

FROMMAN: Te, które ci ludzie twierdzą, że odbierają?

ALAN: Chce pan przez to powiedzieć, że oni kłamią?

FROMMAN: Chcę powiedzieć, że osoby pogrążone w żałobie potrafią wyobrazić sobie wiele rzeczy. To sprawia, że czują się lepiej. Nie sprawia jednak, że te rzeczy stają się prawdą.

*(Alan stoi przed wielkim namiotem)*

ALAN: Niemniej jednak do Coldwater tłumnie zjeżdżają się wyznawcy.

*(Twarz srebrnowłosego mężczyzny)*

MĘŻCZYZNA: To znak. Wieczność istnieje, niebo istnieje, zbawienie istnieje — ale ludzie powinni zatroszczyć się o uregulowanie rachunków z Panem Bogiem! Nadchodzi dzień sądu!

*(Zbliżenie na Alana)*

ALAN: Czy to prawda, czy złudzenie, coś niewątpliwie dzieje się w tym zwyczajnym małym
miasteczku, do którego zbliża się zima. Co to
właściwie jest? Wielu z obecnych tutaj twierdzi,
że... odpowiedzi należy poszukać w modlitwie.
Z Coldwater mówił dla państwa Alan Jeremy.

*(Powrót do studio)*
SPIKER: Cała ekipa programu *ABC News* życzy państwu dobrej nocy.

# Dziesiąty tydzień

1 listopada można już było mówić o najeździe na Coldwater. Samochody blokowały ulice. Nie było gdzie parkować. Długie kolejki stały się zwyczajnym widokiem na targu, w banku, na stacji benzynowej i w każdym miejscu, gdzie można było dostać coś do jedzenia czy picia.

We wtorek wieczorem Sully z rękoma w kieszeniach pospiesznie mijał tłumy na Lake Street. Przeszedł obok grupy młodzieży, siedzącej na masce samochodu i śpiewającej pieśni religijne. Zmierzał do Biblioteki Publicznej w Coldwater, parterowego budynku z białej cegły z zatkniętą przy wejściu amerykańską flagą oraz wiszącym szyldem, na którym co tydzień pojawiało się inne hasło. W tym tygodniu było to: „WYRAŹ WDZIĘCZNOŚĆ! NA ŚWIĘTO DZIĘKCZYNIENIA PODARUJ NAM PRZECZYTANĄ KSIĄŻKĘ!".

Była prawie dwudziesta, więc Sully ucieszył się, że w środku jeszcze się świeci. W mieszkaniu nie miał dostępu do internetu, a komputery w „Gazette" nie wchodziły w grę (nie chciał, żeby ktokolwiek wiedział, co on robi — a już zwłaszcza reporterzy), toteż biblioteka była jego najlepszą, a zarazem jedyną, możliwością prowadzenia poszukiwań. To tutaj jako uczeń podstawówki pisał wypracowania z lektur.

Wszedł do środka. Miejsce robiło wrażenie opustoszałego.

– Dobry wieczór?

Z kąta sali dał się słyszeć szelest. Zza biurka wychyliła się młoda kobieta – wyglądała na jakieś dwadzieścia lat.

– Zimno na zewnątrz?

– Przeraźliwie – odpowiedział Sully. – Pani jest tu bibliotekarką? Czy dalej mówi się na was „bibliotekarze"?

– To zależy. A na was dalej mówi się „czytelnicy"?

– Chyba tak.

– W takim razie jestem bibliotekarką.

Uśmiechnęła się. Włosy miała ufarbowane na kolor oberżyny z jednym jaskrawoczerwonym pasemkiem i ostrzyżone na chłopaka. Nosiła jasnoróżowe okulary. Cerę miała kremową i nieskazitelną.

– Wygląda pani trochę młodo – powiedział Sully.

– Przede mną pracowała tu moja babcia. Ona bardziej przypominała bibliotekarkę.

– Ach, tak.

– Eleanor Udell.

– Tak się pani nazywa?

– Nie, babcia.

– Jako dziecko miałem kiedyś taką nauczycielkę, panią Udell.

– Szkoła Podstawowa w Coldwater?

– Tak.

– Trzecia klasa?

– Tak…

– To była ona.

– O, Boże. – Sully zamknął oczy. – Pani jest wnuczką pani Udell.

– I co, teraz myśli pan, że jestem strasznie młoda?

Sully pokręcił głową.

– Macie tutaj komputer, prawda?

– Mhm. O, tam.

Spojrzał w stronę kąta sali. Stał tam beżowy model w obudowie typu wieża. Wyglądał przedpotopowo.

– Czy mogę…

– Jasne. Śmiało.

Sully zdjął płaszcz.

– Liz, tak przy okazji.

– Hmm?

– Jestem Liz.

– A. Cześć.

Sully przesunął po biurku myszką – myszką z przewodem, zauważył – ale na ekranie nic się nie zadziało.

– Czy trzeba tu znać jakąś specjalną sztuczkę?

– Poczekaj. Musisz się zalogować.

Liz wstała. Sully przyjrzał jej się ponownie. Choć jej twarz tryskała zdrowiem, młodością i urodą, lewa noga dziewczyny była zgięta, przez co Liz kolebała się silnie przy chodzeniu i ciężko lądowała na prawej stopie. Jej ręce wydawały się nieco za krótkie w stosunku do tułowia.

– Momencik – powiedziała, przesuwając się obok niego – ja to zrobię.

Sully zszedł jej z drogi. Za szybko.

– Mam stwardnienie rozsiane – powiedziała Liz, znów się uśmiechając. – Wiesz, żebyś nie pomyślał, że to jakiś nowy styl tańca.

– Nie... ja wiem... ja...

Sully poczuł się jak idiota. Dziewczyna wstukała hasło, a ekran się rozjaśnił.

– Chcesz poczytać na temat życia po śmierci?

– Dlaczego pytasz?

– Daj spokój. Coldwater to teraz praktycznie niebiańska infolinia.

– Nie po to tu przyjechałem.

Sully sięgnął po papierosy.

– W bibliotece nie wolno palić.

– No, tak.

Wcisnął je z powrotem do kieszeni.

– Byłeś na tym zebraniu? – zapytała Liz.

– Jakim zebraniu?

– Tym w liceum. To był jakiś obłęd. Ci wszyscy ludzie, do których dzwonią zmarli krewni.

– Wierzysz w to?

– Niee. To zbyt dziwne. Tu musi chodzić o coś innego.

– Na przykład co?

– Nie wiem.

Liz poruszyła myszką, patrząc, jak kursor mknie po ekranie.

– Ale fajnie by było, nie? Gdyby człowiek mógł sobie porozmawiać ze wszystkimi, których stracił.

– Pewnie tak.

Pomyślał o Giselle. Była mniej więcej w wieku tej dziewczyny, kiedy się poznali, w czwartkowy wieczór w pizzerii Giuseppe, tuż obok kampusu. Giselle pracowała tam jako kelnerka. Była ubrana w uniform: obcisłą fioletową bluzkę i czarną portfelową spódnicę. W oczach miała tyle cudownego życia, że Sully poprosił ją o numer na oczach wszystkich kolegów. Roześmiała się i odparowała:

– Nie umawiam się ze studentami.

Kiedy jednak podała mu rachunek, Sully zobaczył, że na odwrocie jest zapisany telefon i słowa: „chyba że z przystojnymi".

– Tak czy inaczej… – Liz poklepała się dłońmi po udach.

– Dzięki.

– Nie ma sprawy.

– O której zamykacie?

– O dziewiątej dziś i we czwartki. A w pozostałe dni o szóstej.

– Okej.

– Krzyknij, jak będziesz czegoś potrzebował. Chociaż zgodnie z przepisami powinieneś – Liz zniżyła głos – szeptać.

Sully się uśmiechnął. Dziewczyna wróciła do swojego biurka. Patrzył, jak boleśnie utyka, jak niezgrabnie wykręcone jest jej młode ciało.

– Sully – powiedział. – Jestem Sully Harding.

– Wiem – powiedziała, nie odwracając się.

Kilka godzin później, sama w swojej sypialni, Katherine rozścieliła łóżko i wsunęła się pod kołdrę. Wbiła wzrok w sufit.

Zaczęła płakać.

Od wielu dni nie była w pracy. Nie zwracała się do modlących się ludzi zgromadzonych na jej trawniku. Czuła się sprofanowana. Zdradzona. To, co było jej prywatną łaską, stało się cyrkiem. Widziała jeszcze te tłumy w hali, jak ją wymijają, roją się wokół innych osób, które ogłosiły, że mają kontakt z niebem. Panował hałas i zamieszanie, a burmistrz wrzeszczał w kółko przez mikrofon:

– Odbędzie się kolejne zebranie! Proszę się dowiadywać w urzędzie miasta!

Na zewnątrz było jeszcze gorzej. Oślepiający blask lamp przy kamerach; kakofonia wrzasków, modlitw i podnieconych rozmów; ludzie, którzy pokazywali palcami, kiwali głowami i przywoływali jeden drugiego, żeby podzielić się jakimś nowym szczegółem, który przed chwilą usłyszeli.

Sześć innych osób? Niemożliwe. Ewidentnie zazdrościli jej kontaktu z Diane i w desperacji wymyślili własne bajeczki. Weźmy takiego Eliasa Rowe'a. Zgłosił się, po czym zniknął, zapewne zawstydzony z powodu własnego kłamstwa. Nastoletnia przyjaciółka? Wspólnik w interesach? To nie były więzy krwi, które uznawałoby niebo. Katherine zaczęła się zastanawiać, czy którykolwiek z tych ludzi w ogóle chodzi do kościoła.

Wsłuchała się we własny przyspieszony oddech. Uspokój się. Otrzyj łzy. Pomyśl o Diane. Pomyśl o Bogu.

Zamknęła oczy. Jej pierś wznosiła się i opadała.

Zadzwonił telefon.

⁓

Następnego ranka Tess stała przed lustrem, upinając włosy. Zapięła bluzkę pod szyję. Ze szminki zrezygnowała. Spotkanie z katolickim biskupem wymagało skromności.

– Tak może być? – zapytała, wchodząc do kuchni.

– Jak najbardziej – odpowiedziała Samantha.

Samantha spędzała teraz z Tess dużo czasu. Nasłuchiwała telefonu, kiedy Tess musiała gdzieś pójść. Jako że rozmowy zdarzały się już nie tylko w piątki, Tess martwiła się, że może przegapić choćby jeden sygnał. Czuła się głupio, do tego stopnia przejęta telefonem. Kiedy jednak słyszała głos mamy, ogarniało ją niewypowiedzianie błogie uczucie, zmywając wszystko, co w życiu złe.

– Tess, nie pozwól, żeby to się stało dla ciebie ciężarem – powiedziała mama.

– Mamo, muszę się tym z kimś podzielić.

– Co cię powstrzymuje, kochanie?... Powiedz wszystkim.

– Zadzwoniłam do księdza Carrolla.

– To dobry początek.

– Tyle czasu nie chodziłam do kościoła.

– Ale... chodziłaś do Boga. Co wieczór.

Tess była zdumiona. Rzeczywiście modliła się przed pójściem spać – ale to zaczęło się dopiero po śmierci mamy.

– Mamo, skąd o tym wiedziałaś?

Połączenie się urwało.

Tess spojrzała teraz na Samanthę. Usłyszały trzask drzwi w samochodzie.

Chwilę później zadźwięczał dzwonek do drzwi.

❧

Ksiądz Carroll wszedł za swoim towarzyszem, biskupem Brenardem Hibbingiem z rzymskokatolickiej diecezji Gaylord, rumianym mężczyzną o szerokiej twarzy, z okularami w drucianych oprawkach i krzyżem na piersi. Wpuszczając ich do środka, Tess zauważyła tłumek po drugiej stronie ulicy. Szybko zamknęła drzwi.

– Kawy, herbaty? – zapytała.

– Nie, dziękuję.

– Usiądźmy tutaj.

– Doskonale.

– W takim razie – Tess spojrzała na nich – jak to się odbywa?

– No cóż, najprościej będzie – zaczął biskup Hibbing – jeśli opowie mi pani, co się stało. Od początku.

Usiadł wygodnie. Badanie domniemanych cudownych zdarzeń należało do obowiązków biskupa – podobnie jak zachowywanie wobec nich sceptycyzmu, jako że większość okazywała się zbiegiem okoliczności albo wyolbrzymieniem. Gdyby uznał, że rzeczywiście miało miejsce coś nadprzyrodzonego, miał niezwłocznie zawiadomić o tym Watykan, który z kolei przekaże dochodzenie Kongregacji do spraw Świętych.

Tess zaczęła opowieść od śmierci matki w wyniku choroby Alzheimera. Następnie szczegółowo opisała rozmowy telefoniczne. Biskup Hibbing słuchał, szukając poszlak. Czy kobieta postrzega się jako „wybraną"? Czy wierzy, że zapoczątkowała to zjawisko? Jedno i drugie stanowiło sygnał ostrzegawczy. Nieliczne prawdziwe cuda zdawały się wybierać swoich świadków, a nie odwrotnie.

– Proszę opowiedzieć mi o swoim dzieciństwie. Czy kiedykolwiek słyszała pani głosy?

– Nie.

– Miewała pani wizje albo objawienia?

– Nigdy nie czułam się aż tak związana…

– A czym się pani zajmuje?

– Prowadzę przedszkole.

– Dla ubogich?

– Między innymi. Przyjmujemy dzieci, których rodzice nie są w stanie płacić. Z biznesowego punktu widzenia nie jest to najlepsze posunięcie, ale, sam ksiądz rozumie… – Wzruszyła ramionami.

Biskup Hibbing zanotował jej odpowiedzi. Sceptycznie odnosił się do Coldwater jako zagadnienia dla Kościoła. Jest różnica między zjawiskami cudownymi a paranormalnymi. Krew na posągu Panny Maryi? Święta Teresa z Ávila, która napotyka anioła, dzierżącego włócznię? Te wypadki przynajmniej łączył kontakt z sacrum. Nie dało się tego powiedzieć o rozmowach z duchami.

Z drugiej strony sprawa tych telefonów mogła budzić uzasadniony niepokój z jednej przyczyny. Był to główny powód, dla którego biskup Hibbing przyjechał tutaj, a jego przełożeni w Kościele katolickim prywatnie oczekiwali szybkiego sprawozdania.

Skoro ludzie szczerze wierzą, że rozmawiają z niebem, ile czasu minie, zanim zaczną oczekiwać bezpośredniego kontaktu z Bogiem?

&

– Podczas tych rozmów – ciągnął dalej biskup – czy pani matka mówi o Jezusie?

– Tak.

– I o Bogu Ojcu?

– Wielokrotnie.

– O łasce bożej?

– Mówi, że wszystko jest wybaczone. Te rozmowy są bardzo krótkie.

– Co matka kazała pani zrobić z tymi wiadomościami?

Tess spojrzała na Samanthę.

– Powiedzieć wszystkim.

– Powiedzieć wszystkim?

– Tak.

Biskup wymienił spojrzenia z księdzem Carrollem.

– Czy mogę obejrzeć telefon?

Tess pokazała mu go. Odtworzyła pierwsze nagranie na starej sekretarce automatycznej, głos mamy. Przesłuchali je wielokrotnie. Na życzenie duchownego Tess przyniosła zdjęcia rodzinne i nekrolog, który ukazał się w „Gazette" po śmierci matki.

Potem ksiądz Carroll i biskup Hibbing zebrali swoje rzeczy.

– Dziękuję za czas, który nam pani poświęciła – powiedział biskup.

– I co będzie teraz? – zapytała Tess.

– Może pomódlmy się w tej sprawie? – podsunął ksiądz Carroll.

– W rzeczy samej – powiedział biskup Hibbing.

Dwóch mężczyzn się uśmiechnęło. Pożegnali się.

Kiedy otworzyli drzwi, na chodniku czekała na nich gromada reporterów.

❧

Życie na posterunku policji zmieniło się radykalnie. Od czasu zebrania mieszkańców telefony nie przestawały dzwonić. Jeżeli nie chodziło o problemy z przegęszczeniem, skargi na hałas, samochody zaparkowane na cudzych trawnikach ani osoby spoza miasta, dzwoniące po wskazówki dojazdu, to telefonowano z radia albo gazet, prosząc Jacka, aby skomentował rewelacje swojej byłej żony albo nakłonił ją do wzięcia udziału w jakimś spotkaniu czy konferencji na temat życia po śmierci. Numer Doreen był zastrzeżony, ale „komisariat w Coldwater" nietrudno było znaleźć.

Jack skłamał za pierwszym razem, kiedy spytano go:

– A czy z panem, panie komisarzu, kontaktował się ktoś z tamtej strony?

Od tamtej pory nie miał wyboru, musiał ciągnąć to dalej. Jego dni wypełniała mieszanina prywatnych i zawodowych zaprzeczeń – mówił ludziom, żeby się rozeszli, przesunęli się, uspokoili, przez cały ten czas dobrze wiedząc, że ich podejrzenia są prawdziwe. Pod koniec każdego dnia czuł się tak, jakby ktoś przepuścił go przez wyżymaczkę.

Tym, co pozwalało mu to znosić – jedynym, co pozwalało mu to znosić – był dźwięk głosu Robbiego. Telefony trwały nadal, regularnie, a Jack zdał sobie sprawę, jak bardzo tęsknił za rozmowami z synem, jak bardzo starał się ukryć przed sobą ten ból od czasu pogrzebu. To, że mógł go znów usłyszeć, było niczym łatanie dziury w sercu, pokrywanie jej świeżymi żyłami i tkanką.

– Synu, twoja mama wszystkim powiedziała – odezwał się Jack podczas ich ostatniej rozmowy.

– Wiem, tato.

– Było tam całe miasteczko.

– To fantastycznie.

– Czy dobrze zrobiła?

– Bóg chce, żeby ludzie wiedzieli...

– Co wiedzieli?

– Że nie trzeba się bać... Tato, ja się tak bałem, kiedy walczyłem... Codziennie bałem się o życie, że mogę je stracić... Ale teraz wiem.

– Co wiesz?

– To strach sprawia, że traci się życie... po troszeczku... To, co dajemy strachowi, zabieramy... wierze.

Te słowa wywołały u Jacka gęsią skórkę. Gdzie jest jego wiara? Dlaczego boi się zrobić to, co Doreen – ujawnić się? Czy reputacja aż tyle dla niego znaczy?

– Robbie?

– Tak?

– Nie przestaniesz do mnie dzwonić, prawda?

– Nie bój się, tato... Koniec to wcale nie koniec.

Połączenie się urwało. Koniec to wcale nie koniec. Jack poczuł, że po policzkach płyną mu łzy, ale ich nie otarł. Te łzy także były częścią cudu, a on chciał zatrzymać jedno i drugie najdłużej, jak się da.

❧

Sully kliknął myszką. Potarł oczy. W bibliotece było przedpołudnie, a on siedział tutaj, odkąd zawiózł Julesa do szkoły. Nie mógł uwierzyć, ile rzeczy znalazł po samym wpisaniu do wyszukiwarki frazy „kontakt z tamtym światem". Tyle było tego typu informacji! Od głosów przemawiających we śnie, poprzez jasnowidzów, utrzymujących, że widzą zmarłych, aż po media, zapisujące wiadomości ze świata duchów. Wielu ludzi twierdziło, że odebrali telefony od najbliższych

146

kilka godzin po ich śmierci, zanim ciała zostały znalezione. Prowadzono liczne badania nad EVP – zjawiskiem głosu elektronicznego – wspomnianym w programie *ABC News* i polegającym na tym, że dźwięki zmarłych nagrywają się w jakiś sposób na taśmy magnetofonowe lub tak zwane skrzynki duchów. Sully przeczytał o szwedzkim malarzu, który pół wieku wcześniej nagrywał głosy ptaków. Odtwarzając je, usłyszał głos swojej zmarłej żony.

Sully kliknął w inny link.

Godzinę później odsunął się od ekranu i westchnął, wpatrując się znów w swoje zapiski w żółtym notatniku. Siedmioro ludzi wstało w hali sportowej – a on nie był w stanie znaleźć żadnego punktu zaczepienia. Miał tylko podejrzenie, że te telefony nie są autentyczne. Ale jeżeli nie, to czym były? Skoro to nie niebo je zsyłało, w takim razie kto?

Podobnie jak za czasów, kiedy był w wojsku, zgromadził informacje i przeanalizował je w poszukiwaniu wzoru. Bądź metodyczny i systematyczny – uczyli go w lotnictwie. Wtedy chodziło o mapy, pogodę, awarie sprzętu, dane wywiadu. Tutaj zebrał te siedem nazwisk, za pośrednictwem rejestru mieszkańców hrabstwa ustalił adresy, korzystając z internetu w bibliotece, znalazł numery telefonów i poprzez niezobowiązującą pogawędkę przy obiedzie z Ronem Jenningsem w „Gazette" zdobył sporo prywatnych informacji na ich temat. Wypisał to wszystko po lewej stronie notatnika, po czym na prawo utworzył kategorię „CO ICH ŁĄCZY?".

Czy są ze sobą spokrewnieni? Nie. Czy mieszkają przy tej samej ulicy? Nie. Czy chodzą do tego samego kościoła? Nie. Czy pracują w tej samej branży? Nic podobnego. Ta sama płeć? Nie. Ten sam wiek? Nie. Czy ich nazwiska zaczynają się na tę samą literę? Czy wszyscy mają dzieci?

Nie. Nie. Nie. Nie.

Sully bezmyślnie przesunął długopisem po papierze. Zerknął na Liz, siedzącą za biurkiem ze słuchawkami w uszach. Zauważyła jego spojrzenie i uśmiechnęła się, z przesadnym rozmachem kiwając głową do rytmu swojej muzyki.

Tarirari! Tarirari!

To była komórka Sully'ego. Dostał ją od „Gazette" wraz z przykazaniem, żeby był w kontakcie, zapewne po to, by dopilnować, żeby nie obijał się w czasie pracy – jak na przykład w tej chwili.

– Yy… halo? – powiedział ściszonym głosem.

– Mówi Ron Jennings. Gdzie jesteś?

– Płacę za benzynę. Co tam?

– Zapomniałem wpisać ci w grafik jednego klienta. Pojechałbyś tam dziś po południu?

Sully nie pojechał jeszcze nawet do tych trzech, których miał odwiedzić przed południem.

– Kto to taki?

– Davidson i Synowie.

Sully przez chwilę nic nie mówił.

– Ten dom pogrzebowy?

– Znasz go?

– Byłem tam raz.

– O Boże, no tak… Przepraszam, Sully.

Niezręczna cisza.

– Nie szkodzi – powiedział Sully. – Nie wiedziałem, że się reklamują.

– To jeden z naszych klientów z najdłuższym stażem. Zapytaj o Horace'a.

– To ten wysoki facet? Trochę blady?

– To on.

Po plecach Sully'ego przebiegł dreszcz. Miał nadzieję, że więcej nie spotka tego człowieka.

– Powiedz mu o specjalnym wydaniu „Niebo na linii". Zobacz, czy nie zechce wykupić całej strony.

– Dobrze, Ron.

– Znasz taryfikator?

– Mam go ze sobą.

– Cała strona byłaby dobra.

– Postaram się, Ron.

– Muszę lecieć – powiedział Jennings. – Pod moim gabinetem czeka reporter z telewizji. Obłęd, nie?

Rozłączył się. Sully potarł czoło. Jeszcze jeden reporter z telewizji? Specjalne wydanie? Dom pogrzebowy?

– Hej. Żadnych telefonów.

Sully podniósł wzrok. Liz stała obok stołu.

– Tu jest biblioteka, pamiętasz?

– Przepraszam.

– Mam to skonfiskować?

– Nie, proszę pani. Wyłączę go.

– Obiecujesz?

– Obiecuję.

– Tym razem ci wybaczymy.

– Dziękuję.

– Pod jednym warunkiem.

– Jakim?

Usiadła, opierając małe dłonie na stole. Spojrzała na końce swoich palców.

– Jakim? – zapytał Sully jeszcze raz.

– Opowiedz mi, co ci się przydarzyło.

Sully odwrócił wzrok.

– Co masz na myśli?

– Daj spokój, rozmawiasz z bibliotekarką. Ja przez cały dzień czytam różne rzeczy. Ty jesteś stąd. Twoi rodzice dalej tu mieszkają. Ludzie dużo o tym gadali, kiedy to się stało. Kiedy twój samolot zderzył się z tym drugim. A ty musiałeś iść do więzienia.

– Tak? I co ludzie mówili?

Liz spojrzała na swoje ręce. Wzruszyła ramionami.

– Głównie ci współczuli. Z powodu tego, co się stało z twoją żoną i tak dalej. – Spojrzała wprost na niego. – Co się wydarzyło tak naprawdę?

Sully zrobił głęboki wdech.

– Proszę cię. Nikomu nie powiem – dodała Liz.

Sully zastukał knykciami w stół.

– Wyłączę tylko ten telefon, dobrze?

Co się wydarzyło tak naprawdę? Ludzie pytali go o to od dnia katastrofy aż do dnia, kiedy wsadzili go za kratki.

Lotnisko w Lynton był to położony w stanie Ohio niewielki obiekt, z którego korzystały zarówno samoloty wojskowe, jak i cywilne. Była sobota rano. Sully podchodził do lądowania. Zdecydował się zastąpić Blake'a Pearsona i polecieć odrzutowcem Hornet F/A-18 przez cały kraj, bo dawało mu to szansę spotkać się z Giselle na parę godzin w trakcie dwutygodniowej służby rezerwowej. Potem pofrunie dalej na Zachodnie Wybrzeże, gdzie samolotu oczekiwano przed zmrokiem.

Chmury otoczyły maszynę. Sully spojrzał na wskaźniki, wciśnięty w ciasny kokpit z jednym miejscem – czuł się, jakby siedział w wysokim, ciasnym kajaku. Zbliżała się burza, nie była jednak na tyle blisko, żeby zagrozić jego trasie. Nastawił radio i odezwał się przez maskę tlenową i niewielką tubę w kształcie ryjka, która z niej zwisała.

– Firebird 304, proszę o pełne lądowanie – nadał.

W tamten sobotni poranek na służbie było tylko kilka osób, z których większość kończyła nocną zmianę i szykowała się do wyjścia do domu. Elliott Gray, kontroler lotów, dopiero co przyszedł. Miał piskliwy, nosowy, wysoki głos – taki, którego człowiek nie miałby ochoty usłyszeć, jak śpiewa.

Sully nigdy nie zapomni tego głosu.

Kosztował go wszystko.

– Firebird 304, zrozumiałem – powiedział głos szybko. – Jesteś na prostej do pasa 27 prawego.

– Firebird 304, odebrałem – odpowiedział Sully.

Była to rutynowa wymiana zdań, Sully otrzymał zgodę na prawy pas. Pomyślał, że za kilka minut spotka się z Giselle.

Chcę cię zobaczyć.

Ja też chcę cię zobaczyć.

Może wybiorą się do tej cukierni koło Zanessville. Jules uwielbia gofry z lodami.

– Lynton wieża, Firebird 304. Ośmiokilometrowa prosta do pasa 27 prawego – powiedział Sully.

– Firebird 304, zrozumiałem. Możesz lądować na pasie 27 prawym, samolot w kręgu do pasa 27 lewego.

Sully zwolnił. Z wypuszczonym podwoziem wyważenie samolotu się zmieniło – z gładkiej rakiety w latający czołg. Sully dopasował trymowanie, dostosował ciąg i ustalił się na ścieżce do lądowania. Na zewnątrz widać było tylko gęste chmury.

W radio usłyszał trzeszczenie, kilka zniekształconych słów. Może to samolot z drugiego pasa. Poczekał na coś więcej, ale nic nie nadeszło.

W odległości pięciu kilometrów od lotniska Sully wyprowadził horneta z mgły. Zobaczył pod sobą ziemię, pociętą na ogromne kwadraty pól, drzew i gospodarstw. Mignął mu pas startowy. Był dokładnie na ścieżce. Jeszcze dziesięć minut i będzie omawiał z żoną wyjście na gofry.

I wtedy.

Traaach!

Łoskot i szarpnięcie gdzieś z dołu. Potężny wstrząs. Samolot podskoczył jak oszalały.

– Co, u diabła? – powiedział Sully.

Wrażenie było takie, jakby coś przejechał – trzysta metrów nad ziemią.

⁓

Awiacja. Nawigacja. Komunikacja.

Dowiadujesz się tego podczas nauki latania. Każdy instruktor wbija ci w głowę ten wielokrotnie sprawdzony sposób na kłopoty w powietrzu.

Awiacja. Kiedy pojawia się problem, po pierwsze leć dalej.

Nawigacja. Po drugie ustal, dokąd musisz dolecieć.

Komunikacja. Po trzecie daj znać tym na ziemi, co się dzieje.

Jeżeli którąkolwiek z tych rzeczy zrobisz nie po kolei, jesteś w tarapatach. Dlatego zanim jeszcze zdołał zrozumieć, skąd wziął się wstrząs, Sully zwiększył moc i spróbował ustabilizować samolot.

Awiacja. Leć tym przeklętym samolotem! Kilka sekund wystarczyło, by Sully zdał sobie sprawę, że to niemożliwe. Panel ostrzegawczy migał na czerwono. Wskaźniki spadały. W uszach miał nieprzerwany pisk: bip-bip-bip. Dwieście metrów. Tracił moc. Kadłub zaczął dygotać. Sto osiemdziesiąt metrów. Nawet przez hełm Sully słyszał, jak hałas silnika słabnie, dźwięk jest coraz niższy, aż wreszcie milknie.

Nawigacja. Czy ma jeszcze szansę dotrzeć na lotnisko? Sprawdził ścieżkę schodzenia, wyjrzał przez okno i uświadomił sobie, że nie trafi na pas startowy, a przy takim stopniu uszkodzenia samolotu kolejne podejście do lądowania nie wchodzi w grę. Sto pięćdziesiąt metrów. Opadał za szybko. Nie było bezpiecznego miejsca do wylądowania, toteż wybór był prosty: należało pokierować samolotem tak, by znalazł się z dala od ludzi, i się z nim pożegnać. Sto dwadzieścia metrów. Zauważył pustą polanę oddaloną o jakiś kilometr od lotniska i skierował maszynę w tamtą stronę.

Komunikacja.

— Firebird 304 zgłasza awarię! — ryknął. — Straciłem kontrolę nad maszyną. Rozpoczynam katapultowanie.

Ćwiczył to raz do roku na symulatorze w bazie i, jak każdy pilot, modlił się, by nigdy nie musieć przeżywać tego na własnej skórze. Serce waliło mu teraz jak młotem; każdy nerw naładowany był elektrycznością. Poczuł, że nagle się poci. Ustawił urządzenia sterujące na pikowanie, po czym puścił drążek i przywarł plecami do oparcia, żeby siła odrzutu nie złamała mu karku. Wyciągnął ręce nad głowę w poszukiwaniu uchwytu.

Ciągnij!

Pod nim eksplodowała rakieta. W ciągu sekundy przebił szybę i wyfrunął w niebo.

Awiacja. Nawigacja. Komunikacja.

Ewakuacja.

Na ganku domu pogrzebowego Davidson i Synowie leżał śnieg. Sully zdjął czapkę narciarską, otupał buty na wycieraczce i wszedł do środka. Miał nadzieję, że może nie zastanie Horace'a, ale oczywiście zastał – mężczyzna wyszedł szybko z gabinetu, ze swoimi rzadkimi włosami koloru słomy, podłużnym podbródkiem i ponurym, chorobliwym wyrazem twarzy.

– Dzień dobry – powiedział Sully, podając mu rękę.

– Dzień dobry.

– Pamięta mnie pan?

– Pan Harding.

– Proszę mówić mi Sully.

– Dobrze.

– Ron Jennings przesyła pozdrowienia.

– Dziękuję, proszę pozdrowić go ode mnie.

– Tym razem przyszedłem w innym charakterze.

– Tak.

– Pracuję dla „Gazette".

– Ach, tak. Lubi pan prasę?

Sully wciągnął powietrze. Właściwie, miał ochotę powiedzieć, nienawidzę jej.

– Pańska umowa na reklamę kończy się w tym miesiącu...

Urwał z nadzieją, że Horace powie: „Ach, tak, proszę, oto czek". Mężczyzna stał jednak wyprostowany, jakby połknął kij od szczotki.

– Ron wspominał, że należy pan do długoletnich klientów „Gazette", więc…

Nadal nic.

– Więc… czy chciałby pan przedłużyć umowę?

– Tak, oczywiście – powiedział Horace. – Proszę za mną.

Wreszcie. Sully poszedł za Horace'em do jego gabinetu, w którym przedsiębiorca podał mu przygotowaną już kopertę.

– Proszę bardzo – odezwał się Horace.

Sully włożył ją do torby.

– Ach, poza tym Ron prosił, żebym wspomniał panu, że przygotowują specjalne wydanie poświęcone… – urwał. – Temu, co się ostatnio dzieje w mieście.

– W mieście?

– Te telefony. Ludzie rozmawiają ze… – Przełknął ślinę, po czym dokończył: – … zmarłymi.

– Ach – powiedział Horace. – Tak.

– „Niebo na linii". Tak będzie się nazywać to wydanie.

– „Niebo na linii".

– Może chciałby pan wykupić w nim reklamę?

Horace dotknął podbródka.

– Czy Ron uważa, że to dobry pomysł?

– Tak uważa. Tak. Myśli, że dużo ludzi to przeczyta.

– A pan co o tym myśli?

Sully nie mógł tego znieść. Miał ochotę powiedzieć, że to wszystko to jedna wielka bzdura. Nie był nawet w stanie spojrzeć Horace'owi w oczy.

– Myślę, że Ron ma rację. Dużo ludzi to przeczyta.

Horace wbił w niego wzrok.

– Zapewne dużo ludzi – wymamrotał Sully.

– Jak duża ma być ta reklama?

– Ron proponował całą stronę.

– Doskonale – powiedział Horace. – Niech mi przyśle fakturę.

&

Kiedy wychodzili, Horace przypomniał sobie o czymś.

– Zaczeka pan tu chwilę?

Wrócił z jeszcze jedną kopertą.

– Czy mógłby pan przekazać Ronowi jeszcze ten czek za nekrologi? Miałem wysłać go pocztą, ale skoro pan tutaj jest…

– Jasne, nie ma sprawy. – Sully wziął kopertę. – Czy mogę zapytać, co pan ma na myśli, mówiąc „nekrologi"?

– Wchodzi to w zakres naszych usług.

– Naprawdę?

– Tak. Większość ludzi, którzy do nas przychodzą, jest ze zrozumiałych względów przybita. Nie chcą rozmawiać z przypadkową osobą. Mamy tu wspaniałą panią, Marię, która gromadzi wszystkie informacje i na ich podstawie tworzy nekrologi. „Gazette" publikuje je co tydzień.

– Ach tak.

– Często towarzyszą im ładne zdjęcia.

– Rzeczywiście.

– Dostarczamy także ich.

– Rozumiem.

– Zbieramy pieniądze w imieniu „Gazette" i płacimy im pod koniec każdego miesiąca. Jeden rachunek mniej dla rodziny zmarłego.

Sully skinął głową. Jego spojrzenie gdzieś odpłynęło.

– Czy coś nie tak? – zapytał Horace.

– Nie, ja tylko... myślałem, że to dziennikarz pisze te nekrologi.

Horace uśmiechnął się blado.

– Mieszkamy w małym miasteczku. A „Gazette" to niewielkie czasopismo. Zresztą, żaden dziennikarz nie potrafiłby zgromadzić informacji lepiej niż Maria. Jest niezwykle delikatna i sumienna. Naprawdę wie, jak postępować z ludźmi.

Dziwnie to brzmi, pomyślał Sully, w ustach tego gościa.

– Okej, czyli zawiozę to Ronowi – i to chyba wszystko.

– Doskonale – powiedział Horace.

Odprowadził Sully'ego do drzwi. A potem, ni stąd, ni zowąd, położył mu rękę na ramieniu.

– Jak pan się czuje, panie Harding?

Sully był tak zaskoczony, że potrafił tylko przełknąć ślinę. Spojrzał w oczy mężczyzny, które nagle nabrały współczującego wyrazu. Przypomniał sobie, jak wychodził stąd ostatnim razem, z prochami Giselle przyciśniętymi do piersi.

– Nie najlepiej – szepnął.

Horace ścisnął jego ramię.

– Rozumiem.

Pod wpływem katapultowania się z samolotu kręgosłup ulega kompresji. Sully mierzył metr osiemdziesiąt osiem, kiedy pociągnął za uchwyt. Gdy dotknie ziemi, będzie o półtora centymetra niższy.

Kiedy spływał w jej stronę, już bez fotela, z otwartym spadochronem, czuł ból w całym ciele i otępienie, które sprowadzało go do roli biernego obserwatora, jakby cały świat był zanurzony w lejącym się wolno miodzie. Patrzył, jak jego samolot uderza w ziemię. Jak staje w płomieniach. Jego ręce ściskały uchwyty sterownicze. Stopy kołysały się pod nim. Wąż z tlenem, nadal przyczepiony do maski, trzepotał mu pod nosem. W oddali widać było gęste szare chmury. Wszystko spowijała cisza, jak we śnie.

Potem, w jednej chwili, przytomność wróciła mu gwałtownie, jak u boksera, który otrząsa się po ciosie. Sully zerwał maskę, żeby łatwiej mu się oddychało. Jego zmysły płonęły żywym ogniem, myśli zderzały się ze sobą jak atomy.

Najpierw pomyślał jak pilot: żyje, to dobrze; spadochron zadziałał, dobrze; samolot spadł na niezamieszkaną polanę, dobrze.

Potem jak oficer: właśnie zniszczył maszynę wartą wiele milionów dolarów, to niedobrze; zostanie poddany dochodzeniu, niedobrze; spędzi miesiące na papierkowej robocie i pisaniu sprawozdań, niedobrze; i wciąż nie ma pojęcia, w co uderzył i jakich szkód narobił jego własny samolot, niedobrze.

W tym samym czasie myślał jak mąż – Giselle, biedna Giselle, musi dać jej znać, że wszystko z nim w porządku, że nie płonie tam wśród metalowych szczątków rozbitej maszyny, znad której unosi się pióropusz czarnego dymu. Jest tutaj, dryfuje, mała plamka w powietrzu. Czy ona go zobaczyła? Czy ktokolwiek go widział?

Tym, o czym nie mógł wiedzieć, wisząc tak nad ziemią, były działania podjęte przez osoby znajdujące się na ziemi. Nie mógł wiedzieć, że w ciągu następnych kilku minut Elliot Gray, kontroler lotów, człowiek kryjący się za piskliwym nosowym głosem, ucieknie z wieży, opuszczając miejsce zdarzenia.

Nie mógł wiedzieć, że za kilka minut Giselle, która się spóźniła, będzie w swoim samochodzie na jednopasmowej drodze i zobaczy w oddali dym. I że, jako żona pilota, przyciśnie gaz do dechy, gdy przez jej głowę przebiegać będą najstraszniejsze myśli.

Nie mógł wiedzieć, że ostatnią rzeczą, jaką wymówi jego żona, biorąc gwałtownie zakręt, będą słowa modlitwy.

O Boże, proszę, spraw, niech on będzie cały i zdrowy.

Chwycił za linki i zaczął opuszczać się w stronę ziemi.

⚮

Z radia dobiegały pieśni gospel. Amy wyjrzała przez okno, kiedy przejeżdżały obok lokalu U Friedy. Był pełny po brzegi, a samochody były zaparkowane po obu stronach ulicy.

– Cieszę się, że jej się wiedzie – powiedziała Katherine z oczyma utkwionymi w drodze i obiema rękami na kierownicy. – Zanim się to wszystko zaczęło, mówiła mi, że chyba będzie musiała sprzedać dom.

– Ach tak? – odparła Amy. Odpowiadała tak teraz na prawie wszystko, co mówiła Katherine.

– A mają trójkę dzieci. Trudno byłoby jej znaleźć coś w sensownej cenie.

Katherine się uśmiechnęła. Nastrój jej się poprawił po ostatniej rozmowie z Diane. To była odpowiedź na jej modlitwy.

– Kath... Nie smuć się.

– Diane, a co z tymi innymi ludźmi?

– Mają swoje błogosławieństwa... Ale Bóg pobłogosławił także nam. Jesteśmy razem, żebyś ty mogła wyzdrowieć... Znajomość nieba... jest tym, co uzdrawia nas na ziemi.

Katherine powtórzyła sobie te słowa. Znajomość nieba jest tym, co uzdrawia nas na ziemi.

– Czy jestem wybrana? Czy to ja mam rozgłaszać tę wiadomość?

– Tak, siostro.

Te słowa wprawiły Katherine w stan błogiego spokoju.

Amy natomiast z dnia na dzień była coraz bardziej przejęta.

Miała nadzieję, że uda jej się utrzymać monopol na tę historię, może wygrać jakąś nagrodę, wzbudzić zainteresowanie szerszego rynku. Ale po zebraniu mieszkańców okazało się to mrzonką. Teraz w miasteczku obozowało przynajmniej pięć stacji telewizyjnych. Między innymi Network News. Network News! Amy stała trzy metry od Alana Jeremy'ego, słynnego reportera z ABC, ubranego w dżinsy, niebieską koszulę i krawat pod kosztowną kurtką z kapturem i napisem „ABC News". W każdej innej sytuacji natychmiast podeszłaby do niego, może trochę poflirtowała. Nigdy nie wiadomo, jak ktoś może pomóc człowiekowi w karierze.

Jednak w tych okolicznościach Alan Jeremy stanowił konkurencję. Chciał porozmawiać z Katherine, ale kiedy ta zapytała Amy, co o tym sądzi, Amy szybko zasugerowała, że mężczyzna może nie być godny zaufania. Przyjechał z Nowego Jorku. Jaki może mieć w tym cel?

– W takim razie nie będziemy z nim rozmawiać – powiedziała Katherine.

– Tak jest – powiedziała Amy.

Poczuła ukłucie winy. Ale Phil przecież przykazał jej: „Bądź zawsze o krok przed nimi. Byłaś tam pierwsza. Pamiętaj, że to nasz temat roku".

Nasz temat roku. Jak ona marzyła o takiej szansie. Ale to przypominało grupę rekinów, które wpadły w szał jedzenia. Network News? I ona, Amy z Alpeny, taszcząca wciąż własną kamerę. Czuła się totalną amatorką. To upokarzające dawać się tratować akurat tym stacjom, do których miała nadzieję dołączyć.

A zatem zrobiła to, czego oni nie mogli zrobić. Przykleiła się do Katherine i postarała się stać się dla niej niezbędna. Zaproponowała, że będzie robić jej zakupy, dostarczać przesyłki, przechwytywać niezliczone wiadomości w jej skrzynce i radzić sobie z gośćmi na trawniku przed jej domem. Zachowywała się jak jej przyjaciółka i tak też się określała. Przez ostatnie parę nocy Katherine pozwoliła nawet Amy spać u siebie w pokoju gościnnym, gdzie teraz stała jej walizka.

Dziś wybierały się do pobliskiego szpitala odwiedzić pacjenta w zaawansowanym stadium białaczki. Napisał do Katherine z prośbą, by podzieliła się z nim swoją wiedzą o niebie. Początkowo Katherine chciała, żeby towarzyszył jej pastor Warren, ale coś wewnątrz niej sprzeciwiło się, mówiąc, że da sobie radę sama.

– Nie sądzisz? – zapytała Katherine.

– O, tak – odparła Amy.

❧

W szpitalu Katherine wzięła za rękę siedemdziesięcioczteroletniego emerytowanego pracownika zakładów samochodowych nazwiskiem Ben Wilkes. Był osłabiony miesiącami chemioterapii, z włosów zostały mu tylko pojedyncze kosmyki, policzki miał zapadnięte, a zmarszczki wokół ust sprawiały wrażenie, jakby pękały, kiedy się odzywał.

Był uszczęśliwiony, że Katherine przyjechała się z nim zobaczyć, i okazywał wielkie zainteresowanie jej opowieścią.

– Pani siostra – zapytał Ben. – Czy ona opisuje świat wokół siebie?

– Mówi, że jest piękny – odparła Katherine.

– A objaśniła zasady?

– Zasady?

– Kto może się tam dostać.

Katherine uśmiechnęła się łagodnie.

– Wszyscy, którzy przyjmują Pana.

Diane nigdy nie powiedziała tego dosłownie, ale Katherine wiedziała, że tak właśnie powinna odpowiedzieć.

– Jest pani pewna, że ona jest w niebie? – zapytał Ben, ściskając mocno jej rękę. – Nie mam nic złego na myśli. Tylko tak bardzo chcę wierzyć, że to prawda.

– To prawda – powiedziała Katherine. Uśmiechnęła się, zamknęła oczy i położyła drugą rękę na ich złączonych dłoniach. – Po tym życiu jest nowe życie.

Usta Bena lekko się uchyliły i mężczyzna zrobił słaby wdech. A potem się uśmiechnął.

Amy, która stała za kamerą, również się uśmiechnęła. Filmowała całe spotkanie. Żadna inna stacja nie pokazała tego od tej strony. Po tym życiu jest nowe życie.

A po tej pracy – lepsza praca.

⁓

Następnego dnia Ben zmarł.

Lekarze nie wiedzieli, co o tym myśleć. Jego parametry życiowe były jak należy. Leki bez zmian. Nie było podstaw, by spodziewać się nagłego zgonu.

Najsensowniejszym nasuwającym się wnioskiem było to, że po wizycie Katherine jego organizm „dobrowolnie" przestał działać.

Mówiąc najprościej, Ben się poddał.

# Jedenasty tydzień

Rankiem 14 lutego 1876 roku Alexander Graham Bell złożył wniosek o wydanie patentu na jego telefoniczny wynalazek. Tego samego dnia Elisha Gray, inżynier z Illinois, zgłosił swoją własną wersję. Wiele osób uważa, że podanie Graya było pierwsze, ale niestosowne konszachty pomiędzy prawnikiem Bella a urzędnikiem patentowym, alkoholikiem, który był mu winny pieniądze, doprowadziły ostatecznie do zwycięstwa Bella. Jego wniosek zaksięgowano jako piąty w tym dniu. Graya – jako trzydziesty dziewiąty. Gdyby Gray zadziałał choćby dzień wcześniej, jego miejsce w historii mogłoby być zupełnie inne.

Zamiast tego setki lat później Bell nadal cieszy się uznaniem należnym temu, kto był pierwszy.

W Coldwater zaczęły się podobne przepychanki. Według archidiecezji wiadomość Tess Rafferty od jej matki – ta, która sprawiła, że wstrząśnięta kobieta upuściła słuchawkę – nadeszła w piątek o godzinie 8.17, jak głosił komputerowy głos na jej automatycznej sekretarce. Było to blisko dwie godziny wcześniej niż to, co do tej pory uważano za pierwszy telefon, ten zgłoszony przez Katherine Yellin z kościoła baptystycznego Żniwo Nadziei.

Pora ma znaczenie, stwierdziła archidiecezja. Choć Kościół katolicki nadal deliberował nad statusem „cudu", mógł w każdym razie śmiało powiedzieć, że cokolwiek działo się ze społecznością tego miasteczka w stanie Michigan, Tess Rafferty była w tym pierwsza.

– W takim razie co to znaczy? – zapytała Samantha Tess, kiedy usłyszały o oświadczeniu Kościoła.

– Nic – odparła Tess. – Co to za różnica?

Jednak tego popołudnia, kiedy Tess odsunęła zasłony, dostrzegła tę różnicę.

Jej trawnik wypełniał tłum modlących się ludzi.

❧

Sully trzymał Julesa za rękę, idąc z nim do samochodu. Jasnoniebieski plastikowy telefon nadal tkwił w kieszeni chłopca.

Sully stawił czoła nauczycielce Julesa i dyrektorce szkoły, a jego głos brzmiał tak donośnie, że przestraszył samego siebie.

Od kiedy to, chciał wiedzieć, rola nauczyciela polega na dawaniu dziecku rad w sprawie życia pozagrobowego? Na wręczaniu mu telefonu zabawki i wmawianiu, że będzie mógł porozmawiać z nieżyjącą matką?

– Kiedy on wyglądał tak smutno – powiedziała błagalnie Ramona, niska, korpulentna kobieta przed trzydziestką. – Od pierwszego dnia szkoły był wycofany. Nigdy nie chciał odpowiedzieć na żadne pytanie, nawet najprostsze. A potem któregoś dnia podniósł rękę. Zupełnie niespodziewanie. Powiedział, że w telewizji mówili, że da się porozmawiać z niebem. Powiedział, że jego mamusia jest w niebie, więc to znaczy, że ona żyje. Wszystkie inne dzieciaki tylko na niego patrzyły. A potem jedno z nich zaczęło się śmiać i wie pan, jakie są dzieci – reszta się do niego przyłączyła. A Jules skulił się tylko na swoim krześle i zaczął płakać.

Sully zacisnął pięści. Miał ochotę coś rozbić.

– Podczas przerwy znalazłam zabawkowy telefon w części przedszkolnej. Szczerze mówiąc, panie Harding, zamierzałam pokazać mu właśnie, że telefony nie są zaczarowane. Ale kiedy go zawołałam, Jules zobaczył telefon i uśmiechnął się tak szybko, i zaraz mnie o niego poprosił, i… Tak mi przykro. Nie miałam nic złego na myśli. Powiedziałam mu tylko to, w co bardzo chciał uwierzyć. – Zaczęła płakać. – Jestem wierząca – powiedziała.

– A ja nie – powiedział Sully. – To chyba jeszcze legalne w tym mieście, prawda?

Dyrektorka, poważna osoba w granatowym swetrze, zapytała, czy Sully chce wnieść skargę.

– Wyrażanie opinii w kwestiach religijnych nie jest zgodne z linią szkoły i pani Ramona dobrze o tym wie. Jesteśmy placówką publiczną.

Sully pochylił głowę. Usiłował nie odpuszczać, czuł jednak, jak jego gniew słabnie. Gdyby Giselle tu była, dotknęłaby jego ramienia, przekazując mu w ten sposób: uspokój się, wybacz, bądź miły. Jaki to ma sens? Oficjalna skarga? I co potem?

Opuścił szkołę żegnany obietnicą, że to się więcej nie powtórzy.

Siedząc teraz w samochodzie, odwrócił się do syna, swojego pięknego syna, który zaraz skończy siedem lat, syna z falistymi włosami, szczupłymi ramionkami i radosnymi oczyma swojej matki, z którą nie rozmawiał od dnia katastrofy, od blisko dwóch lat. Sully poczuł, że chciałby znów uwierzyć w Boga, żeby tylko móc go zapytać, jak może być tak okrutny.

– Czy możemy pogadać o mamusi?

– Dobrze.

– Wiesz, że bardzo ją kochałem.

– Tak.

– I wiesz, że ona kochała cię bardziej niż cokolwiek na tym świecie.

Jules skinął głową.

– Ale, Jule-i-o – zwrócił się do niego pieszczotliwym przezwiskiem, które nadała mu Giselle – nie możemy z nią porozmawiać. Chciałbym, żeby tak było, ale nie możemy. Tak się dzieje, kiedy ktoś umiera. Odchodzi.

– Ty też sobie poszedłeś.

– Wiem.

– I wróciłeś.

– To co innego.

– Czemu?

– Bo ja nie umarłem.

– Może mamusia też nie umarła.

Sully poczuł, że do oczu napływają mu łzy.

– Umarła, Jules. Nie podoba nam się to, ale umarła.

– Skąd wiesz?

– Jak to, skąd wiem?

– Nie było cię tam.

Sully przełknął ślinę. Potarł twarz ręką. Patrzył prosto przed siebie, bo nagle było mu zbyt trudno spojrzeć na własne dziecko, które czterema prostymi słowami odnowiło mękę, którą przeżywał codziennie.

❧

Nie było cię tam.

Na niebie nad nim unosił się czarny dym z rozbitego samolotu, kiedy Sully dotknął ziemi, nie prostując nóg i upadając na bok. Spadochron, który wykonał swoje zadanie, stracił animusz i rozpłaszczył się na dole. Trawa była wilgotna. Niebo szare jak lufa pistoletu.

Sully rozpiął swój osprzęt, uwolnił się ze spadochronu i wyciągnął z kamizelki awaryjny nadajnik. Był obolały, zdezorientowany i nade wszystko pragnął porozmawiać z Giselle. Znał jednak protokół wojskowy. Należy postępować zgodnie z procedurami. Nawiązać łączność radiową. Żadnych nazwisk. Osoby na służbie ją powiadomią.

– Wieża Lynton, tu Firebird 304. Katapultowałem się bez przeszkód. Lokalizacja kilometr na południowy zachód od lotniska. Samolot uderzył w polanę. Lokalizacja wraku jakiś kilometr dalej na południowy zachód. Czekam na przyjazd służb.

Czekał. Nic.

– Lynton wieża. Słyszycie mnie?

Nic.

– Lynton wieża? Nic nie słyszę.

Nadal brak odpowiedzi.

– Lynton wieża?

Cisza.

– Firebird 304… Bez odbioru.

Co się dzieje? Gdzie jest wieża? Zebrał swój spadochron, próbując z początku złożyć go kompaktowo. Coś jednak obudziło się w Sullym i w miarę jak obraz zdenerwowanej Giselle stawał się coraz wyrazistszy, mężczyzna robił się coraz bardziej niespokojny i składał spadochron jak popadnie, przyciągając go do piersi, jakby zbierał wielkie poduszki. W oddali zobaczył biały samochód, jadący w kierunku wraku samolotu.

Awiacja. Zaczął machać rękami.

Nawigacja. Pobiegł w stronę drogi.

Komunikacja.

– Nic mi nie jest, nic mi nie jest! – krzyczał, jakby żona mogła go w jakiś sposób usłyszeć.

# *Dzień później*

*(Amy na tle kościoła baptystycznego Żniwo Nadziei)*

AMY: Nazywają to cudem w Coldwater. Po tym jak Katherine Yellin zaczęła odbierać telefony, które, jak mówi, pochodzą od jej zmarłej siostry, ludzie zapragnęli dowiedzieć się więcej. Jedną z tych osób jest Ben Wilkes. Cierpi na zaawansowaną białaczkę.

*(Nagrania ze szpitala)*

BEN: Pani siostra? Czy ona opisuje świat wokół siebie?

KATHERINE: Mówi, że jest piękny.

*(Ujęcia Bena)*

AMY: Lekarze powiedzieli Benowi, że nie ma dla niego nadziei. Jednak rozmowa z Katherine podniosła go na duchu.

*(Nagrania ze szpitala)*

BEN: Jest pani pewna, że ona jest w niebie? Nie mam nic złego na myśli. Tylko tak bardzo chcę wierzyć, że to prawda.

KATHERINE: To prawda... Po tym życiu jest nowe życie.

*(Amy na tle kościoła)*

AMY: Choć pojawiają się doniesienia o innych osobach, odbierających telefony z nieba, oczy wszystkich nadal skierowane są na Katherine.

KATHERINE: Skoro Pan wybrał mnie, żebym głosiła tę nowinę, to muszę to robić. Cieszę się, że udało się nam wlać dzisiaj w serce Bena trochę nadziei. To wspaniałe uczucie.

AMY: Z Coldwater mówiła dla państwa Amy Penn, *Nine Action News*.


Phil zatrzymał taśmę. Spojrzał na Antona, prawnika stacji.

– Nie widzę, dlaczego mielibyśmy ponosić za to odpowiedzialność.

– My nie – odparł Anton. – Ale ta Yellin może zostać pozwana. Wyraźnie mówi pacjentowi, że nie ma się czego bać. To nagranie może zostać wykorzystane jako podstawa do procesu.

Amy przeniosła spojrzenie z jednego mężczyzny na drugiego – Phil ze swoją brodą wikinga, Anton z ogoloną głową i w grafitowym garniturze. Tego ranka wezwano ją z powrotem do Alpeny. Usłyszała, że mogą być kłopoty. Jej reportaż – zmontowany w pośpiechu, bo Program 9

173

nie mógł się doczekać kolejnych doniesień z Coldwater – został wyświetlony jeszcze tego samego dnia, kiedy miała miejsce wizyta w szpitalu. Jak zwykle szybko rozprzestrzenił się w sieci.

Następnego dnia Ben zmarł.

Teraz wszyscy internauci prześcigali się w piętnowaniu winnych.

– Planowane są protesty – powiedział Phil.

– Jakie protesty? – zapytała Amy.

– Ludzi, którzy nie wierzą w niebo – albo nie chcą. Twierdzą, że ten facet zabił się z powodu kłamstwa.

– Przecież on się nie zabił – wtrącił Anton.

– Winią za to Katherine? – zapytała Amy.

– Powiedziała mu, że po tym życiu jest nowe życie...

– Podobnie jak każda religia na świecie – zauważył Anton.

Phil zastanowił się nad tym.

– Czyli nie mają żadnego realnego punktu zaczepienia?

– Kto wie? Do sądu można pójść ze wszystkim.

– Czekajcie – powiedziała Amy. – Te protesty...

– Co mówi rodzina? – zapytał Anton.

– Na razie nic – odpowiedział Phil.

– Trzeba z nimi uważać.

– Te protesty? – powtórzyła Amy.

– Nie wiem – odparł Phil, odwracając się do niej. – Chyba jutro. Zależy, którego bloga czytasz.

– Ty tylko relacjonujesz wydarzenia – powiedział Anton. – Pamiętaj o tym.

– Zgadza się. – Phil skinął głową. – Masz rację. – Zwrócił się znów do Amy: – Wracaj tam.

– A co z tymi protestami? – zapytała.

Phil spojrzał na nią, jakby odpowiedź była niedorzecznie prosta.

– Zrób o nich materiał – powiedział.

&

„Bądź gotowa o dziesiątej rano", napisała w mailu Samantha. „Mam dla ciebie niespodziankę".

Tess po raz pierwszy od wielu tygodni zrobiła makijaż. Ostatnio miała dość niespodzianek. Ale w domu zaczynała powoli wariować i, mówiąc szczerze, każda odmiana od codziennej rutyny byłaby mile widziana.

Przeszła przez kuchnię i, jak to teraz miała w zwyczaju, zerknęła na telefon, żeby się upewnić, że jest na widełkach. Do Święta Dziękczynienia zostały dwa tygodnie. Nie miała żadnych planów. Czuła zresztą awersję do tego święta. Po rozwodzie mama urządzała z tej okazji dom otwarty i zapraszała całą okolicę; każdego, kto nie miał rodziny, niedawno owdowiał, był stary czy samotny. Było jak w tym filmie Woody'ego Allena, w którym zbiera niewydarzonych artystów estradowych – brzuchomówcę-jąkałę, kobietę, która gra na szklankach – i szykuje im świąteczny posiłek z mrożonego indyka. Ruth zawsze robiła mnóstwo zamieszania wokół tego, komu przypadła w udziale kość widełkowa, która zgodnie z tradycją miała spełniać życzenia.

– Pomyśl życzenie! Pomyśl życzenie!

Tess wyobrażała sobie, że każda osoba w tym domu życzy sobie jednego: żeby nie musieć tu wracać w przyszłym roku.

Teraz jednak zdała sobie sprawę, ile życzliwości miała jej matka dla ludzi w ciężkich chwilach. I że jednocześnie było to dla Ruth sposobem na walkę z własną samotnością. Tess marzyła dawniej, że ojciec zajedzie przed ich dom, zatrąbi i porwie ją daleko stąd.

– Boże, Tess – szepnęła teraz, wściekła na siebie, że mogła być tak naiwna.

Promień słońca wpadł przez świetlik w kuchni. Tess pomyślała o ludziach na trawniku przed domem. Czy oni tam nie marzną?

Złapała kilka papierowych kubków i dzbanek pełen świeżo zaparzonej kawy.

Kiedy otworzyła drzwi frontowe, przez tłum na trawniku przeszedł pomruk. Wielu ludzi wstało. Niektórzy zawołali: „Dzień dobry!" albo „Niech ci Bóg błogosławi, Tess!". A potem nagle wszyscy zaczęli krzyczeć. Musiało tam być ze dwieście osób.

Tess podniosła kubeczki i zmrużyła oczy w porannym słońcu.

– Chce ktoś kawy? – zawołała.

Uświadomiła sobie, że tym dzbankiem będzie w stanie napoić zaledwie ułamek tego tłumu. Poczuła się jak idiotka. Kawa? Oni chcą cudów, a ty proponujesz im kawę?

– Mogę zaparzyć więcej – wymamrotała.

– Tess, czy mama dziś z tobą rozmawiała?

Tess przełknęła ślinę. Pokręciła głową.

– Czy powiedziała, dlaczego zostałaś wybrana?

– Byłaś pierwsza!

– Pomodlisz się z nami?

– Niech Bóg cię błogosławi, Tess!

W zgiełk wdarły się nagle trzy szybkie dźwięki klaksonu. Żółta furgonetka z Dobrego Początku, jej przedszkola, zajeżdżała przed dom. Kiedy ludzie się odsunęli, z samochodu wysiadła Samantha i otworzyła przesuwane drzwi. Na ziemię wyskoczyła dwunastka dzieci w zimowych kurteczkach i zaczęła przyglądać się tłumowi.

Tess zakryła usta dłonią. Skoro ona nie mogła przychodzić do pracy, przyjaciółka przywiozła pracę do niej.

Nigdy w życiu nie czuła się tak szczęśliwa na widok tych dzieci.

❧

Doreen przyniosła do stołu dwie cole. Usiadła przy jednym końcu, Jack przy drugim, a ich goście pośrodku. Nadal czuła się nieswojo w towarzystwie byłego męża. Rozwód. Papiery. Klucze do domu, które zostawił na blacie w przedpokoju. Każdy wycinek ich zdemontowanego małżeństwa w jego obecności stawał jej przed oczami.

Czy naprawdę minęło już sześć lat? Była żoną innego człowieka. Miała inne życie. Ale oto Jack siedział przed nią przy ich dawnym stole, w ich dawnym domu, domu, który ona dostała po rozwodzie. Mel, jej nowy mąż, nie chciał się zgodzić, żeby w ogóle postała w nim noga Jacka, dopóki Doreen mu nie powiedziała:

– Przyjaciele Robbiego chcą z nami porozmawiać.

Mel burknął na to, że świetnie, nic go to nie obchodzi, idzie sobie na piwo.

– Dziękuję, pani Sellers – powiedział młody człowiek imieniem Henry.

– Dziękuję, pani Sellers – powtórzył drugi, imieniem Zeke.

– Nazywam się teraz Franklin – powiedziała Doreen.

Chłopcy spojrzeli po sobie.

– Nic nie szkodzi – dodała.

Byli to przystojni młodzi ludzie, wysportowani, barczyści, przyjaciele Robbiego z dzieciństwa. Dzwonili do drzwi, a Robbie w podskokach zbiegał po schodach, ściskając piłkę, i przemykał się obok Doreen, wołając:

– Na razie, mamo!

Ona mówiła:

– Zapnij kurtkę – a jej słowa frunęły za nim jak powiew powietrza od wachlarza.

Wszyscy trzej zaciągnęli się zaraz po szkole średniej. Razem odbyli przysposobienie wojskowe i dzięki komuś, kto znał kogoś, zostali przydzieleni do tej samej jednostki w Afganistanie. Ani Henry, ani Zeke nie byli z Robbiem tego dnia, kiedy został zabity. Doreen cieszyła się z tego.

– Kiedy wróciliście, chłopcy? – zapytał Jack.

– We wrześniu – odparł Zeke.

– Tak, we wrześniu – powiedział Henry.

– Cieszycie się, że już po wszystkim?

– O, tak.

– Zdecydowanie.

Wszyscy pokiwali głowami. Zeke napił się coli.

– No więc, tak sobie rozmawialiśmy... – powiedział Henry.

– Właśnie – podjął Zeke. – Pytaliśmy jeden drugiego... – zerknął na Henry'ego. – Chcesz ty powiedzieć?

– Nie, w porządku, możesz ty...

– Nie...

– To znaczy...

Obaj urwali.

– Nie przejmujcie się – powiedział Jack. – Nam możecie powiedzieć.

– Tak – powiedziała Doreen, skręcając się na dźwięk słowa „nam". – Oczywiście, chłopcy, możecie mówić o wszystkim.

Wreszcie Zeke powiedział:

– Zastanawialiśmy się po prostu... W sensie... Co Robbie państwu mówi? Jak dzwoni?

Jack odchylił się do tyłu. Poczuł, jak po plecach przebiega mu dreszcz.

– Robbie rozmawia tylko z matką. Doreen?

Powiedziała im. Jej rozmowy składały się głównie z zapewnień, słów otuchy, że u Robbiego wszystko w porządku, że jest bezpieczny, że jest w pięknym miejscu.

– Często powtarza coś, co lubię – dodała. – Mówi... „Koniec to wcale nie koniec".

Zeke i Henry spojrzeli po sobie, uśmiechając się z za-kłopotaniem.

– To zabawne – powiedział Henry.

– Co takiego? – zapytał Jack.

Henry zaczął obracać w palcach butelkę z colą.

– Nie, to tylko… taki zespół. On ich uwielbiał. House of Heroes.

– Nagrali taką płytę – powiedział Zeke. – *The End Is Not The End*. Koniec to wcale nie koniec. No i on cały czas pytał ludzi, czy ktoś nie mógłby mu tego wysłać.

– No, normalnie miesiącami. *The End Is Not The End*. Przyślijcie mi *The End Is Not The End*. To taki jakby punk.

– Tak, ale poza tym to chyba jest taka chrześcijańska kapela.

– No.

– House of Heroes.

– Jego ulubiona płyta.

– *The End Is Not The End*.

Jack spojrzał na swoją byłą żonę. Zespół?

– No, a tak poza tym – ciągnął dalej Henry – to mówi coś czasem o chłopakach z eskadry?

❧

Jason Turk, sprzedawca ze sklepu z telefonami, zatarł energicznie ręce, zatrzaskując drzwi przed zamiecią. Znowu zapomniał rękawiczek. Jego dziewczyna znów miała rację. Twój mózg pracuje na pół etatu, Jason.

Otworzył szafkę z napisem „DIAL-TEK. TYLKO DLA PERSONELU". Policzki miał mokre, a z nosa mu ciekło. Ściągnął z półki pudełko chusteczek i usłyszał stukanie do tylnych drzwi.

– Ej no, dajcie spokój – mruknął. – Nie ma jeszcze ósmej.

Kiedy otworzył drzwi, stał za nimi Sully, opatulony w zamszową kurtkę i czapkę narciarską.

– Patrzcie państwo, Iron Man. – Jason uśmiechnął się szeroko.

– No cześć.

– Wejdź do środka.

– Dzięki.

– Nie mam dla ciebie żadnej kasy, stary.

– Wiem.

– Chcesz colę?

– Nie, dzięki.

Razem weszli do biura.

– To co tam?

Sully wypuścił powietrze. Wyciągnął z torby żółty notatnik.

– Chcę cię poprosić o przysługę.

ॐ

Godzinę później Sully wrócił do samochodu, zadając sobie pytanie, w co on się właściwie wpakował.

Działając pod wpływem impulsu, pokazał Jasonowi nazwiska, numery i adresy siedmiorga mieszkańców Coldwater, twierdzących, że są w kontakcie z niebem. Wiedział, że Katherine Yellin kupiła swój telefon w tym sklepie – wyglądało na to, że wie o tym cały kraj – ale Sully był ciekaw, czy inni również.

Jason wstukał informacje w komputer. Wyniki, które uzyskał, były zastanawiające. Cztery z siedmiu osób były klientami sklepu – nic dziwnego, biorąc pod uwagę skromną liczbę sklepów z telefonami w okolicach Coldwater – natomiast sześć z siedmiu, wszyscy poza nastolatką Kelly Podesto, należało do tej samej sieci telefonicznej.

I korzystało z jednego typu usługi.

– Na czym to polega? – zapytał Sully Jasona.

– To coś, co służy do przechowywania danych w sieci, coś takiego jak chmura, wiesz, o co chodzi? Trzymasz tam swoje maile, zdjęcia, masz je na jednym koncie.

Sully zajrzał do swojego notatnika. Przejechał palcem wzdłuż kilkunastu kategorii, które sobie wypisał. Jedną z nich było „DZ" – data zgonu.

– Jesteś w stanie sprawdzić, od jak dawna każde z nich ma włączoną tę usługę?

– Chyba tak. Może mi to zająć parę minut. – Jason zaczął stukać w klawisze, po czym nagle przerwał i odchylił się do tyłu. – Jak ci to pokażę, mogę sobie narobić nielichych kłopotów.

– Przyszło mi to do głowy – przyznał Sully.

Jason zabębnił palcami na kolanie.

– A zresztą, co tam. Raz kozie śmierć, jak to mówią. – Wyszczerzył zęby. – I tak nie cierpię tej roboty. Moja

182

dziewczyna mówi, że powinienem zostać zawodowym fotografem.

– Może ma rację.

– Męcząca jest. A ty masz dziewczynę?

– Nie.

– Żonę?

– Miałem.

– Ona rzuciła ciebie czy ty ją?

– Zmarła.

– O rany. Przykro mi, stary.

Sully westchnął.

– Mnie też.

&#x2767;

Alexander Bell spotkał miłość swego życia, Mabel, kiedy przyszła do niego jako niesłysząca uczennica. Była młodsza od niego o dziesięć lat, ale Bell zakochał się w niej po uszy, a przez kolejne lata jej wsparcie było dla niego bodźcem do rozwoju w pracy. Gdyby jej łzy nie skłoniły go do wskoczenia do pociągu do Filadelfii, jego największy wynalazek być może nigdy nie przyniósłby owoców. Niemniej telefon do samego końca pozostał czymś, czego Mabel, która straciła słuch w wyniku przebytej szkarlatyny, nie mogła dzielić z mężem.

Czasem miłość łączy ludzi, mimo że życie ich rozdziela.

W karetce po wypadku z samolotem Sully zażądał telefonu komórkowego (jego własny telefon, podobnie jak reszta dobytku, płonął razem z wrakiem samolotu) i dwanaście razy próbował dodzwonić się do Giselle. Nikt nie odbierał. Zadzwonił do rodziców. Tam także cisza. Znów spróbował połączyć się z lotniskiem przez radio. Brak odzewu. Coś tu się nie zgadzało. Gdzie są wszyscy?

W głowie mu huczało, a dolna część pleców krzyczała z bólu. W szpitalu – niedużym regionalnym ośrodku w Lynton – poddali go standardowym badaniom, sprawdzili mu wszystkie parametry życiowe, pobrali krew, oczyścili rany i prześwietlili kręgosłup. Podali mu leki przeciwbólowe, które go ogłupiły. Ktoś mu powiedział, że samolot, z którym się zderzył, mała dwusilnikowa cessna, wylądował bezpiecznie. Nie zapytał, dlaczego dwa samoloty znalazły się na tej samej ścieżce podejścia. Przez cały czas dopytywał się o żonę.

– Proszę mi podać jej numer – powiedziała pielęgniarka. – Będziemy do niej dzwonić, aż się dodzwonimy.

– I na lotnisko – wychrypiał Sully.

Ślizgając się po powierzchni pomiędzy jawą a snem, Sully widział, jak pielęgniarka rozmawia z kimś i wydaje mu polecenia, widział, jak ktoś wchodzi i wywołuje ją na zewnątrz, jak pielęgniarka wraca i rozmawia z kimś innym, a potem jak wszyscy znikają.

Oczy mu się zamknęły. Umysł się uspokoił. Miały to być ostatnie minuty błogiej nieświadomości tego, czego nie mógł wiedzieć.

Że Giselle zauważyła dym i dodała gazu, jadąc swoim chevy blazerem w kierunku lotniska.

Że Elliot Gray, kontroler lotów, uciekł z lotniska i wskoczył do niebieskiej toyoty camry.

Że Giselle zmówiła modlitwę – „O Boże, proszę, spraw, niech on będzie cały i zdrowy" – ściskając kierownicę tak mocno, że jej dłonie aż się trzęsły.

Że toyota Elliota Graya jechała z prędkością stu kilometrów na godzinę po wąskiej drodze dojazdowej.

Że chevy Giselle wyleciał zza zakrętu i w jednej oszałamiającej sekundzie na maksymalnej szybkości uderzył w toyotę.

Że siła uderzenia wyrzuciła Elliota Graya na dziesięć metrów w górę.

Że przypięta pasem Giselle przekoziołkowała trzykrotnie razem z dachującym chevroletem. Że jej samochód wylądował w rowie.

Że miała na sobie lawendowy sweter. Że radio grało *Hey, Jude* Beatlesów.

Że trzeba ją będzie uwolnić, rozcinając pogięty metal karoserii. Że zostanie przewieziona helikopterem do szpitala w Columbus.

Że docierając tam, będzie już nieprzytomna.

Że nigdy się nie obudzi.

Że Elliot Gray zginął.

# Dwunasty tydzień

– TU I TERAZ, NIE W PRZYSZŁYM ŻYCIU! TU I TERAZ, NIE W PRZYSZŁYM ŻYCIU! TU I TERAZ, NIE…

Katherine zakryła uszy rękami.

– Dobry Boże, czemu oni nie przestaną?

– Może lepiej zejdźmy na dół – powiedziała Amy. – Tam jest ciszej.

– Nie! – krzyknęła Katherine. – To mój dom. Nie będę się chować w piwnicy.

Na zewnątrz trwały protesty.

– TU I TERAZ, NIE W PRZYSZŁYM ŻYCIU! TU…

Ludzie zgromadzili się na ulicy tuż przed południem. Było ich co najmniej pięćdziesięcioro. Wielu niosło transparenty z hasłami w rodzaju: „NIEBO MOŻE POCZE-KAĆ!", a niektórzy – z ostrzejszymi: „WIARA ZABIJA!" albo „ŚMIERĆ PRZEZ OSZUSTWO!".

Nagranie z Benem Wilkesem rozpowszechniło się jeszcze szybciej niż to pierwsze, *Telefon z nieba*, po tym jak rozeszła się wiadomość o śmierci Bena. Towarzyszyły mu doniesienia o sześciu innych nieuleczalnie chorych osobach na całym świecie, które obejrzały nagrania z Coldwater, po czym niespodziewanie zmarły – jakby rozmyślnie dały za wygraną.

Choć wszystkie te osoby i tak prędzej czy później by odeszły, tajemnicą śmierci pozostaje, dlaczego wybiera ten a nie inny moment. Kiedy ludzie na ziemi nie potrafią znaleźć odpowiedzi, zbieg okoliczności może łatwo stać się podstawą teorii spiskowej. A biorąc pod uwagę nienasycony apetyt mediów na Coldwater, historiom o tym, że być może niebo zabija ludzi, nie sposób było się oprzeć.

– Te religijne świry powinny trzymać się z dala od chorych – powiedział do kamery pewien rozgniewany mężczyzna.

– Niczym się nie różnią od terrorystów, którzy obiecują nagrodę, jeśli wysadzisz się w powietrze – dodała młoda kobieta.

– Znałem Bena Wilkesa wiele lat temu – stwierdził leciwy pracownik fabryki. – Ten facet nigdy się nie poddawał. Nie dałby się tak łatwo, gdyby ci ludzie go nie zahipnotyzowali – czy co oni tam robią.

Niebawem uformowała się grupa Rozłącz Się z Niebem i zorganizowano protesty – takie jak te, które trwały właśnie przed domem Katherine.

– TU I TERAZ, NIE W PRZYSZŁYM ŻYCIU! TU I TERAZ…

W środku Amy zagotowała wodę i zaparzyła herbatę miętową. Zaniosła filiżankę Katherine, ale ta była tak zamyślona, że nawet jej nie zauważyła.

– Napij się – zachęciła Amy.

– Och. – Katherine zamrugała oczami. – Dziękuję.

Amy czuła się rozdarta. Wiedziała, że Phil oczekuje materiału o protestujących – ale jak mogła z nimi rozmawiać, nie tracąc zaufania Katherine, jedynej rzeczy, która pozwalała jej wciąż być o krok przed pozostałymi dziennikarzami?

– Prawdziwa z ciebie przyjaciółka – powiedziała Katherine.

– Naturalnie – wymamrotała Amy.

– To wszystko się zaczęło, kiedy wmieszali się tamci inni, prawda? Tess Rafferty? Bądźmy poważni. Ona przestała chodzić do kościoła całe lata temu. Sama się do tego przyznała!

Katherine gestykulowała, jakby usiłowała przekonać niewidocznego świadka. Ścisnęła swój różowy telefon. Obróciła go w dłoni. Przez kilkanaście sekund wpatrywała się w niego. A potem jej ton się zmienił.

– Amy?

– Tak?

– Czy ty mi wierzysz?

– Wierzę.

Prawda była taka, iż Amy wierzyła, że Katherine wierzy. To prawie to samo, czyż nie?

– Zadzwoniłam do swoich dzieci – powiedziała Katherine. – Mieszkają w Detroit. Wiesz, co mi powiedziały?

– Co?

– Powiedziały, że za dużo czasu poświęcam religii. – Katherine prawie się roześmiała. – Miałam nadzieję, że może tu przyjadą. Pomieszkają ze mną. Ale John mówi, że ma mnóstwo pracy. A Charlie...

Głos uwiązł jej w gardle.

– Co?

– Że... przynoszę mu wstyd. To samo usłyszałam od córek Diane. Dlatego nie przyjechały się ze mną zobaczyć.

Zaczęła płakać. Amy odwróciła wzrok. Jak można było nie współczuć tej kobiecie – choćby nawet nie miała kontaktu z rzeczywistością?

Okrzyki protestujących były coraz głośniejsze. Amy zerknęła przez okno wykuszowe i zobaczyła wóz policyjny, zaparkowany przy krawężniku. Jack Sellers, komisarz policji, mówił coś, podnosząc ręce. Ekipa telewizyjna stała nieopodal, trzymając w górze mikrofony na wysięgnikach. Wiadomości rozejdą się błyskawicznie. Phil będzie wściekły.

– Nikogo nie zabiłam – wyszeptała Katherine.

– Oczywiście – powiedziała Amy.

Katherine ukryła twarz w dłoniach.

– Jak oni mogą mówić takie rzeczy? Moja siostra jest w niebie. Bóg widzi nas wszystkich. Dlaczego miałabym kogoś zabijać?

Amy spojrzała na swoją kamerę, leżącą na stole kuchennym.

– Wiesz co? – odezwała się. – Powiedzmy im to.

Pastor Warren czytał Pismo Święte codziennie po południu, siedząc w swoim gabinecie na brązowej skórzanej kanapie. Dziś skupił się na Księdze Izajasza. W rozdziale sześćdziesiątym natrafił na następujący fragment:

> Podnieś oczy wokoło i popatrz: ci wszyscy zebrani zdążają do ciebie. Twoi synowie przychodzą z daleka, na rękach niesione twe córki. Wtedy zobaczysz i promienieć będziesz, a serce twe zadrży i rozszerzy się.

Kochał te słowa. Innym razem zaznaczyłby może ten ustęp i zachował na niedzielne kazanie. Teraz jednak zaczął się zastanawiać, czy nie zostanie on wykorzystany jako potwierdzenie boskiego pochodzenia tych telefonów od zmarłych. „Podnieś oczy wokoło i popatrz: ci wszyscy zebrani zdążają do ciebie". Nie potrafił pogodzić się z tym, że musi w ten sposób filtrować swój przekaz. Miał takie uczucie, jakby był kartką papieru, którą ktoś ciągle przedziera na pół, a ona robi się coraz mniejsza. Służ Bogu. Służ ludziom. Bogu. Ludziom.

Koledzy mówili mu, że powinien być zadowolony. Wszystkie kościoły w Coldwater były pełne, a podczas niedzielnych nabożeństw można było liczyć tylko na miejsce stojące. Kościół Świętego Wincentego, zgromadzenie księdza Carrolla, był najpopularniejszy; od czasu wyznania Tess Rafferty i odwiedzin biskupa liczba wiernych wzrosła czterokrotnie.

Dryń!

– Tak?

– To ja, proszę księdza.

– Pani Pulte, proszę wejść.

Weszła do środka bez swojego notesika z wiadomościami do przekazania. Po minie pani Pulte było widać, że coś jest nie tak.

– Proszę księdza, muszę coś księdzu powiedzieć. To dla mnie niełatwe.

– Śmiało, może mi pani powiedzieć wszystko.

– Muszę odejść.

– Odejść dziś wcześniej?

– Odejść z pracy. To jest za bardzo… – Do oczu zaczęły napływać jej łzy. – Przepracowałam tu siedem lat.

– Jest pani wspaniałą…

– Chciałam pomóc kościołowi…

Oddychała coraz szybciej.

– Proszę, niech pani usiądzie. Już dobrze.

Pani Pulte stała nadal, ale zaczęła mówić prędko, jakby słowa się z niej wylewały:

– Wszystkie te telefony z całego świata – ja sobie już z tym nie radzę. Pytają mnie o różne rzeczy – odpowiadam, że nie wiem, ale oni nie przestają, jedni płaczą, inni krzyczą, a ja… Ja nie wiem, co robić. Niektórzy opowiadają mi o najbliższych, błagają, żeby mogli z nimi jeszcze raz porozmawiać. A inni są strasznie źli! Mówią, że głosimy fałszywą nowinę. Przez wszystkie te lata nigdy nie pomyślałam… No cóż. Co wieczór wracam do domu i po prostu padam, proszę

191

księdza. Moje ciśnienie, doktor zmierzył mi w zeszłym tygodniu, jest bardzo wysokie i Norman się martwi. Przykro mi, tak mi przykro. Nie chcę sprawiać księdzu zawodu. Ja po prostu nie potrafię…

Rozpłakała się i nie była w stanie dalej mówić. Warren uśmiechnął się do niej ze współczuciem.

– Rozumiem, pani Pulte.

Podszedł do niej i położył jej dłoń na ramieniu. Zza drzwi gabinetu dobiegało niemilknące dzwonienie telefonów.

– Czy Bóg mi wybaczy? – szepnęła pani Pulte.

Na długo, zanim wybaczy mnie, pomyślał Warren.

❧

Jack Sellers zamigał światłem na dachu policyjnego samochodu i krótko uruchomił syrenę. Wierni na trawniku Tess zaczęli niespokojnie poruszać się i rozglądać. Jack wysiadł z wozu.

– Dzień dobry – powiedział sztywno.

– Dzień dobry – odpowiedziało kilka osób.

– Co państwo tutaj wszyscy robią?

Co chwila zerkał na drzwi. Tak naprawdę chciał tego samego co oni – żeby Tess wyszła.

– Modlimy się – odpowiedziała chuda kobieta.

– O co?

– O kontakt z nieba. Chce pan się z nami pomodlić?

Jack odsunął myśl o Robbiem.

– Nie można tak po prostu gromadzić się na czyimś trawniku.

– Panie komisarzu, czy pan jest osobą wierzącą?

– To, w co ja wierzę, nie ma znaczenia.

– To, w co pan wierzy, ma ogromne znaczenie.

Jack kopnął butem w ziemię. Najpierw ci protestujący przed domem Katherine Yellin. A teraz to. Spośród wszystkich rzeczy, z którymi nie przypuszczał, że będzie musiał kiedykolwiek radzić sobie w malutkim Coldwater. Kontrola nad tłumem.

– Będziecie państwo musieli opuścić to miejsce – powiedział.

Młody człowiek w zielonej kurtce z kapturem wysunął się naprzód.

– Prosimy. Nie sprawiamy żadnych problemów.

– Chcemy się tylko pomodlić – dodała dziewczyna klęcząca na trawniku.

– Zaraz, czytałem o panu – powiedział chłopak. – Ten policjant. Pańska żona – odezwał się do niej wasz syn. Ona też jest wybrana. Jak pan może kazać nam się rozejść?

Jack odwrócił wzrok.

– Moja była żona. I nie jest to pańska sprawa.

Tess stanęła w drzwiach. Na ramionach miała koc w kratę, na nogach wystrzępione dżinsy i niebieskie kozaki, a włosy związane w koński ogon. Jack bardzo się starał na nią nie gapić.

– Potrzebujesz pomocy!? – zawołał.

193

Tess popatrzyła na modlących się ludzi.

– Nie, w porządku! – odkrzyknęła.

Jack zasygnalizował gestem: czy mogę wejść? Tess skinęła głową, a on ostrożnie przeszedł między zebranymi, którzy ucichli, kiedy ich mijał. Był do tego przyzwyczajony – działo się tak zawsze, kiedy miał na sobie mundur.

❧

Jack wyglądał na gliniarza – prosta linia ust, mocny podbródek, badawcze, głęboko osadzone oczy – nigdy jednak nie przepadał za pracą w policji. Jego ojciec był policjantem, a przed nim – ojciec jego ojca. Po odbyciu służby wojskowej oczekiwano, że pójdzie w ich ślady. Zaczął w Grand Rapids. Przez sześć lat patrolował ulice. Potem urodził się Robbie, a on i Doreen przenieśli się do Coldwater. Życie w małym miasteczku. Tego właśnie chcieli. Jack odłożył odznakę na półkę i otworzył sklep ogrodniczy.

– Lepiej być własnym szefem – powiedział ojcu.

– Gliniarz to gliniarz, Jack – odparł ojciec.

Trzy lata później sklep zbankrutował. Nie mając żadnych innych umiejętności, Jack powrócił do rodzinnego zawodu. Wstąpił do policji w Coldwater.

W wieku trzydziestu siedmiu lat był już komisarzem.

Przez kolejne osiem lat ani razu nie był zmuszony użyć pistoletu. Wyciągnął go zaledwie sześć razy; w jednym z przypadków okazało się, że to lis (a nie włamywacz), który myszkował w piwnicy pewnej kobiety.

– Nie zgłosiłeś się na zebraniu – powiedziała Tess, podając mu kubek z kawą.

– Nie.

– Dlaczego?

– Nie wiem. Ze strachu? Ze względu na swoją pracę?

Zacisnęła usta.

– Przynajmniej jesteś szczery.

– Syn mówi, że powinienem powiedzieć wszystkim. O niebie. Kiedy dzwoni.

– Moja mama też.

– Czy ja sprawiam mu zawód?

Tess wzruszyła ramionami.

– Nie wiem. Czasami mam wrażenie, że nic już nie ma znaczenia. Myślę, że to życie jest tylko poczekalnią. Moja mama jest tam – a ja znów ją spotkam. Ale potem zdaję sobie sprawę, że zawsze w to wierzyłam. A przynajmniej tak utrzymywałam.

Jack przesuwał swój kubek tam i z powrotem po blacie kuchennym.

– Może po prostu chciałaś dowodu.

– I teraz go mam?

Jack pomyślał o swoich dyskusjach z kumplami Robbiego z wojska. Koniec to wcale nie koniec. Coś mu w tym nie pasowało.

– Nie wiem, co mamy.

Tess spojrzała na niego.

– Byłeś dobrym ojcem?

Nikt go nigdy o to nie pytał. Pomyślał o tym, jak zachęcał Robbiego, żeby się zaciągnął. O nieporozumieniu z Doreen.

– Nie zawsze.

– Następna szczera odpowiedź.

– A ty byłaś dobrą córką?

Uśmiechnęła się.

– Nie zawsze.

&

Prawda była taka, że Tess i Ruth także miały w swojej historii burzliwe lata. Kiedy Tess wyjechała do college'u, jej uroda została tam szybko dostrzeżona. Zaczęli się pojawiać kolejni chłopcy. Ruth nie podobał się żaden z nich. Nad rozmowami matki z córką unosił się duch nieobecnego ojca.

– Co ty możesz wiedzieć o tym, jak zatrzymać przy sobie mężczyznę? – wykrzyczała kiedyś Tess.

– To nie są mężczyźni, to chłopcy!

– Nie wtrącaj się do tego!

– Próbuję cię chronić!

– Nie potrzebuję twojej ochrony!

I tak bez końca. Po skończeniu studiów Tess mieszkała z trzema różnymi mężczyznami. Trzymała się z dala od Coldwater. Któregoś dnia, kiedy miała dwadzieścia dziewięć lat, zaskoczył ją telefon od Ruth, która szukała pewnego numeru. Chodziło o kobietę nazwiskiem Anna Kahn.

– Po co ci numer do Anny?

– W ten weekend jest jej ślub.

– Mamo, Anna wyszła za mąż, kiedy ja miałam jakieś piętnaście lat.

– O czym ty mówisz?

– Mieszka w New Jersey.

Zakłopotana pauza.

– Nie rozumiem.

– Mamo? Dobrze się czujesz?

Zdiagnozowano u niej początki Alzheimera. Choroba postępowała gwałtownie. Lekarze ostrzegali, że Ruth nie należy zostawiać samej, że osoby w jej stanie czasem oddalają się w niewiadomym kierunku, przechodzą przez ruchliwe ulice, zapominają o podstawowych zasadach bezpieczeństwa. Polecali zatrudnienie pielęgniarki lub rozważenie domu opieki. Tess jednak wiedziała, że ta przypadłość nieuchronnie pozbawi jej matkę jedynej rzeczy, która przez całe życie była jej droga – niezależności.

Dlatego wróciła do domu. I były niezależne razem.

&

Stosunki między Sullym i jego matką układały się inaczej. Ona pytała. On odpowiadał. Ona odgadywała. On zaprzeczał.

– Co robisz? – zapytała poprzedniego wieczora.

Jules jadł, a Sully siedział na kanapie, przeglądając z uwagą swoje notatki.

– Sprawdzam coś.

– Do pracy?

– Coś w tym rodzaju.

– Coś ze sprzedażą?

– Tak jakby.

– Dlaczego cię to obchodzi?

Sully podniósł wzrok. Matka stała nad nim ze skrzyżowanymi ramionami.

– Skoro ludzie chcą rozmawiać z duchami, pozwól im na to.

– Skąd wiesz, że…

– Sully.

Wystarczyło jedno słowo.

– No dobrze – powiedział przyciszonym głosem. – Nie podoba mi się to. Jules nosi ze sobą telefon. Żyje w świecie fantazji. Ktoś musi to zdemaskować.

– Czyli jesteś detektywem?

– Nie.

– Masz notatki.

– Nie.

Dedukcja. Zaprzeczenie.

– Myślisz, że ci wszyscy ludzie kłamią?

– Nie wiem.

– A nie sądzisz, że Bóg potrafi zdziałać cuda?

– Skończyłaś?

– Prawie.

– Co jeszcze?

Matka spojrzała na Julesa, który oglądał telewizję. Ściszyła głos.

– Robisz to dla niego czy dla siebie?

Myślał o tym teraz, popijając kawę na siedzeniu w swoim buicku, zaparkowanym kawałek od przedsiębiorstwa Davidson i Synowie. Może rzeczywiście robi to częściowo dla siebie, żeby mieć poczucie, że jego życie ma jakiś sens; a może także dlatego, żeby reszta świata poczuła ten ból, który on czuje, że zmarli nie żyją, i koniec, że Giselle już nigdy się do niego nie odezwie – tak samo jak ich matki, siostry czy synowie.

Poruszył się na fotelu. Siedział tu od godziny, czekał i obserwował. W końcu tuż po dwunastej zobaczył, jak wychodzi Horace, ubrany w długi płaszcz. Mężczyzna wsiadł do samochodu i odjechał. Sully miał nadzieję, że wybrał się na lunch. Musiał coś sprawdzić.

Podbiegł do drzwi i wszedł do środka.

Wewnątrz było, jak zawsze, cicho i ciepło. Sully poszedł do głównego biura. Nikogo. Przeszedł korytarzem, zaglądając do różnych pokojów. W tle grała łagodna muzyka. Nadal nikogo. Skręcił za róg i usłyszał stukot klawiszy komputerowych. W wąskim gabinecie wyłożonym wykładziną siedziała nieduża kobieta z rumianymi policzkami, zadartym nosem i fryzurą na pazia. Miała pulchne ramiona i srebrny krzyżyk na szyi.

– Szukam Horace'a – powiedział Sully.

– Och, tak mi przykro, dopiero co wyszedł na obiad.

– Mogę zaczekać.

– Jest pan pewien? Może go nie być z godzinę.

– Nic nie szkodzi.

– Napije się pan kawy?

– O tak, chętnie. Dziękuję pani – wyciągnął rękę. – Jestem Sully.

– Maria – odpowiedziała kobieta.

Wiem, pomyślał Sully.

❧

Maria Nicolini rzeczywiście umiała postępować z ludźmi, zgodnie z opinią Horace'a. Gawędziła. I gawędziła. Na każde zdanie ze strony rozmówcy rewanżowała się trzema. Była nieustannie zainteresowana, a kiedy wspominało się o jakimś wydarzeniu czy miejscu, podnosiła oczy i mówiła:

– Ooch, proszę mi o tym opowiedzieć.

Fakt, że należała do Klubu Rotarian i Komitetu Historycznego Coldwater, z pewnością w niczym nie przeszkadzał, a wręcz przeciwnie – podobnie jak to, że w weekendy pracowała w piekarni u Zeldy, gdzie połowa miasta zaopatrywała się w pieczywo. Maria albo znała ciebie, albo kogoś, kto cię znał.

Toteż kiedy pogrążone w żałobie rodziny spotykały się z nią w domu pogrzebowym, nie miały oporów, żeby opowiadać o swoich zmarłych najbliższych – prawdę mówiąc, cieszyli się wręcz, że mogą podzielić się z kimś wspomnieniami. Dzięki temu czuli się lepiej. Drobne historyjki. Zabawne szczegóły. Z pełnym zaufaniem powierzali Marii napisanie nekrologu. Jej teksty w „Gazette" były zawsze długie i pochlebne.

– Sprzedaż powierzchni reklamowej, niech pan mi o tym opowie – poprosiła Sully'ego.

– To dosyć proste. Jedzie się do firmy, pyta, czy chcą się u nas reklamować, i sprzedaje im powierzchnię.

– Czy Ron Jennings jest dobrym szefem?

– Jest w porządku. A swoją drogą, pani nekrologi są naprawdę dobrze napisane. Czytałem parę.

– Ojej, bardzo dziękuję. – Sprawiała wrażenie wzruszonej. – Kiedyś chciałam być prawdziwą pisarką – jak byłam młodsza. Ale to jest dobry sposób, żeby pomagać ludziom. Rodziny je zachowują, dlatego jest ważne, żeby były dokładne i rzetelne. Napisałam już sto czterdzieści dziewięć, wie pan?

– Sto czterdzieści dziewięć nekrologów?

– Tak. Wszystkie mam tutaj.

Maria otworzyła szufladę z dokumentami, z której aż biły schludność i porządek. Każdy nekrolog skatalogowany był według roku i nazwiska. Znajdowały się tam też dodatkowe skoroszyty, oznaczone równiutko ułożonymi plastikowymi etykietkami.

– A to co takiego? – zapytał Sully.

– Moje notatki. Spisuję nasze rozmowy, żeby nic mi nie umknęło – ściszyła głos. – Czasem niektórzy tak bardzo płaczą, że za pierwszym razem trudno mi ich zrozumieć. Dlatego używam dyktafonu.

Sully był pod wrażeniem.

– Przygotowuje się pani gruntowniej niż jakikolwiek dziennikarz, którego spotkałem.

– Zna pan prawdziwych dziennikarzy? – zapytała Maria. – Ooch, proszę mi o tym opowiedzieć.

&

Pierwszy raz, kiedy Sully trafił na łamy prasy, związany był z najgorszą rzeczą, jaka mu się kiedykolwiek przytrafiła.

„PILOT ROZBIJA SAMOLOT PO KOLIZJI W PO-WIETRZU", głosił nagłówek. A pod nim, mniejszymi literami: „ŻONA I KONTROLER OFIARAMI TRAGICZ-NEGO WYPADKU".

Sully zobaczył tę gazetę w kawiarence w szpitalu w Ohio, gdzie Giselle leżała w łóżku, podłączona do rurek i kroplówek, z siniakami w przedziwnych sino-pomarańczowych barwach. Sully spędził tam już dwie bezsenne noce. Ledwo widział na oczy.

Pielęgniarka w Lynton, gdzie odwieziono go po katastrofie, powiedziała mu, co zaszło. Pamiętał, że usłyszał słowa „żona", „wypadek" i „Columbus", a zaraz potem siedział w taksówce, krzycząc na kierowcę, żeby jechał szybciej, jego myśli na przemian odzyskiwały i traciły znów koncentrację, potem jakimś cudem biegł zgięty przez oddział nagłych wypadków, wrzeszcząc na lekarzy: „Gdzie ona jest!? Gdzie ona jest!?", potem załamał się przy jej łóżku, kiedy ją zobaczył – „O Boże, o Boże, o Boże" – a potem poczuł na sobie ramiona: pielęgniarzy, ludzi z ochrony, potem teściów, i wreszcie swoje własne ręce, którymi się obejmował, drżąc na całym ciele.

Dwa dni. Dwie noce. Plecy straszliwie go bolały, nie mógł spać, był rozbity i w okropnym stanie. Poszedł po kawę na parter tylko po to, żeby zmusić ciało do ruchu. A tam na bocznym stoliku leżała porzucona gazeta. Zerknął na nią raz i za chwilę znowu. Rozpoznał własną młodszą twarz na starej fotografii z wojska. Obok niej widniały zdjęcia uszkodzonej cessny, która wylądowała bezpiecznie, i rozbitego F/A-18 Sully'ego, z rozrzuconymi po polu szczątkami kadłuba, końcem skrzydła i spalonym silnikiem. Wpatrywał się w to, jakby oglądał obraz. Zastanawiał się, jak gazety podejmują decyzje o nagłówkach. Dlaczego „PILOT ROZBIJA SAMOLOT" było wyżej niż „ŻONA I KONTROLER OFIARAMI TRAGICZNEGO WY-PADKU"? Dla niego „żona" była nieskończenie ważniejsza. Giselle, biedna, niewinna, piękna Giselle, która nie zrobiła nic złego, tylko jechała po męża – męża, który nie zrobił nic złego, tylko posłuchał kontrolera lotów; kontrolera, który popełnił poważny błąd i był zbyt słaby, żeby się z nim zmierzyć, i uciekł jak tchórz, zabijając siebie samego i omal nie zabijając najlepszej osoby, jaką Sully miał kiedykolwiek poznać. Taki powinien być nagłówek. Wszystko pokręcili.

Zgniótł gazetę w dłoni. Wyrzucił ją do śmieci. Każde życie ma dwie historie: tę, którą człowiek przeżywa, i tę, którą opowiadają inni.

Na tydzień przed Świętem Dziękczynienia w promieniu piętnastu kilometrów od Coldwater w żadnym hotelu nie było wolnych pokoi. Liczbę pielgrzymów zgromadzonych na Lankers Field szacowano obecnie na jakieś pięć tysięcy osób, a pod domem Katherine Yellin demonstrowało przynajmniej trzysta – połowa przeciwko, połowa za. Posterunek policji w Coldwater, bezradny wobec takich tłumów, poprosił o pomoc policjantów z Moss Hill i innych okolicznych miasteczek, ale nadal było to za mało. Mogliby całe dnie spędzać na samym wypisywaniu mandatów za złe parkowanie. Ciężarówki dostawcze zajeżdżały teraz na targ w Coldwater kilka razy dziennie, zamiast – jak dotychczas – raz na tydzień. Stacja benzynowa musiała co pewien czas przerywać pracę z powodu braku benzyny. Frieda zatrudniła dodatkowy personel, a jej restauracyjka awansowała na pierwszy w historii Coldwater lokal czynny przez całą dobę. W sklepie z materiałami budowlanymi brakowało farby i sklejki, częściowo z powodu mieszkańców, masowo wykonujących tablice, które wyrastały na każdym trawniku: „PARKING 5$", potem „PARKING 10$", a potem „PARKING 20$".

Wyglądało na to, że ta histeria nigdy się nie skończy. Każdy w miasteczku nosił ze sobą telefon, czasem dwa albo trzy. Do Jeffa Jacoby'ego, burmistrza, napływały dziesiątki podań o wydanie licencji na otwarcie przedsiębiorstwa, od firm produkujących koszulki po handel dewocjonaliami; wszyscy chcieli szybko zająć zabite deskami sklepy przy Lake Street.

Tymczasem ogólnokrajowy talk-show, najpopularniejszy w Stanach, planował przysłać z Los Angeles ekipę – wraz ze słynną prowadzącą! – na specjalny program na żywo. Wielu mieszkańców skarżyło się na to najście, jednak Jeff nie mógł narzekać na brak chętnych zgłaszających mu po cichu, że dysponują miejscem, w którym można by go nakręcić.

Nazwiska siedmiorga odbiorców telefonów stały się znane każdemu w mieście – podobnie jak ich historie. Oprócz Katherine, Tess i Doreen był jeszcze Eddie Doukens i jego nieżyjąca eksżona, Jay James i jego dawny wspólnik, Anesh Barua i jego zmarła córka oraz Kelly Podesto i jej nastoletnia przyjaciółka, przejechana rok temu przez pijanego kierowcę.

Wszyscy poza Katherine zgodzili się wziąć udział w programie. Ona planowała coś na własną rękę.

# Dwa dni później

WIADOMOŚCI
Program 9, Alpena

*(Zbliżenie na Katherine)*
KATHERINE: Nikogo nie zabiłam. Nigdy nie zrobiłabym czegoś podobnego. Głoszę słowo, które otrzymałam z nieba.

*(Amy na tle protestujących)*
AMY: Oto przesłanie, które Katherine Yellin kieruje do protestujących z nadzieją na zrozumienie z ich strony. To, co stało się z Benem Wilkesem, nieuleczalnie chorym byłym pracownikiem zakładów samochodowych, było odpowiedzią na jego pragnienia.

*(Nagranie ze szpitala)*
BEN: Tak bardzo chcę wierzyć, że to prawda.

*(Amy na tle protestujących)*
AMY: Ben Wilkes zmarł na nieuleczalnego raka. Niemniej ci gniewni ludzie twierdzą, że Katherine Yellin jest za to w jakiś sposób odpowiedzialna.

Brzemię bycia „wybraną" okazało się bardzo ciężkie dla Yellin, jak ujawnia w ekskluzywnej rozmowie z *Nine Action News*.

*(Zbliżenie na płaczącą Katherine)*

KATHERINE: Nie prosiłam o tę łaskę. Bóg nie przypadkiem pozwolił mojej siostrze tutaj wrócić.

AMY: Co jest dla ciebie najtrudniejsze?

KATHERINE: Że ludzie mi nie wierzą.

AMY: Jak ci protestujący przed twoim domem?

KATHERINE: Tak, dokładnie. Krzyczą całymi dniami. Mówią straszne rzeczy. Niektóre transparenty...

*(Wybucha płaczem)*

AMY: Już dobrze.

KATHERINE: Przepraszam.

AMY: Nic się nie stało.

KATHERINE: Widzisz, to właśnie ich coś omija. To oni nie słyszą przesłania od Boga — że niebo jest prawdą i że nikt z nas nie musi się już bać.

*(Ujęcia protestujących)*

PROTESTUJĄCY: TU I TERAZ, NIE W PRZYSZŁYM ŻYCIU!

*(Amy na tle domu)*

AMY: Katherine Yellin powiedziała, iż jest tak pewna tego przesłania, że gotowa jest zrobić coś, na co nikt wcześniej się nie odważył.

*(Zbliżenie na Katherine)*

KATHERINE: Pozwolę wszystkim tym osobom uczestniczyć w jednej z rozmów z moją siostrą.

AMY: Tym protestującym?

KATHERINE: Każdemu. Nie boję się. Poproszę siostrę, żeby z nimi porozmawiała, powiedziała im
prawdę. Kiedy usłyszą jej słowa, zrozumieją.

*(Amy na ulicy)*
AMY: Nie znamy jeszcze szczegółów tego przełomo-
wego wydarzenia, ale być może wkrótce całe miasto
będzie miało okazję posłuchać, jak brzmi niebo.
A *Nine Action News* jak zwykle dostarczy państwu
najświeższych informacji z pierwszej ręki.
Z Coldwater mówiła dla państwa Amy Penn.

W swoim gabinecie w Alpenie Phil obejrzał ostatni kadr
reportażu i na jego twarzy pojawił się uśmiech.

Fantastyczne – stwierdził.

Niewykluczone, że tej Amy Penn w końcu uda się
przebić.

❧

Jules siedział przy stole w bibliotece, przerzucając strony
książeczki o Ciekawskim George'u. Liz stała nad nim.

– Lubisz małpki?

– W miarę – wymamrotał Jules.

– Tylko w miarę?

– Wolę tygrysy.

– Może uda się znaleźć dla ciebie książkę z tygrysami.

Jules podniósł wzrok.

– Chodź – powiedziała Liz.

Chłopiec zeskoczył z krzesła i włożył rączkę w jej dłoń. Sully patrzył na to z mieszanymi uczuciami. Był zachwycony, że jego synek dał się wziąć za rękę kobiecie. Nadal jednak wolałby, żeby była nią Giselle.

Przed nim leżały rozłożone nekrologi każdej z osób, która jakoby zadzwoniła do Coldwater z nieba. Dzięki Marii pełne były szczegółów – historii rodzinnych, zawodowych, ulubionych miejsc na urlop, charakterystycznych zwrotów. Sully wahał się, czy może o nie poprosić w biurze „Gazette" (jaki powód mógłby podać, żeby nie wyjść na kogoś, kto lubi wtykać nos w nie swoje sprawy?), ale kiedy wspomniał coś o tym Liz, ta podeszła do szafki, wyciągnęła dwie szuflady i powiedziała:

– Czego potrzebujesz? Trzymamy tu wszystkie numery.

No tak, uświadomił sobie Sully – lokalna gazeta, lokalna biblioteka, dlaczego nie mieliby ich trzymać? Teraz przepisywał szczegóły do swojego notatnika. Im więcej pisał, tym częściej w jego myślach pojawiały się te skoroszyty w gabinecie Marii – transkrypcje rozmów z rodzinami. Tam szczegóły byłyby jeszcze większe; na tyle, by stworzyć całościowy obraz zmarłej osoby i być może ujawnić połączenie, którego Sully do tej pory nie zauważył.

Prawdziwą zagadką, oczywiście, pozostawały same głosy. Każda osoba, z którą nawiązano kontakt, przysięgała, że są prawdziwe. To nie mógł być podstawiony aktor. Nikt nie byłby w stanie dokonać czegoś takiego. Czy istnieje maszyna, potrafiąca zmieniać tonację głosu? Urządzenie, przez które człowiek mógłby mówić i brzmieć jak ktoś inny?

Telefon Sully'ego zawibrował. Mężczyzna spojrzał na wyświetlacz. Ron Jennings. Zignorował go. Minutę później na ekranie pojawiła się wiadomość:

Gdzie jesteś?

Sully wyłączył telefon.

– Tato, zobacz.

Jules trzymał książeczkę z obrazkami. Na okładce widniał tygrys.

– Szybko wam poszło – powiedział Sully.

Liz uśmiechnęła się szeroko.

– Sporo czasu spędzam, patrząc na te półki.

Jules wdrapał się na krzesło i zaczął kartkować książkę.

– Kochany jest – powiedziała Liz.

– To prawda – potwierdził Sully. – Dobra ta książka, Jule-i-o?

– No – chłopiec z przejęciem przerzucał strony. – Powiem mamusi, że przeczytałem całą.

Liz odwróciła wzrok. Sully znów zajął się nekrologami, szukając poszlak, które pozwolą mu udowodnić, że śmierć nie mówi.

౿

Złe wieści nie mają ograniczeń. Często wydaje nam się, że powinny; jak burza, która już naprawdę nie może być gwałtowniejsza. Ale burza zawsze może przybrać na sile, a z brzemieniem, jakie nakłada na nas życie, jest podobnie.

Samolot Sully'ego został zniszczony, jego żona miała straszny wypadek, nagrań z wieży kontrolnej nie dało się odcyfrować, a człowiek, którego głos się na nich znajdował – jedyny człowiek, który mógł oczyścić Sully'ego z zarzutów – nie żył; jego ciało było podobno zbyt zmasakrowane, żeby rodzina mogła urządzić pogrzeb przy otwartej trumnie.

To było więcej, niż jakikolwiek człowiek byłby w stanie udźwignąć. Jednak osiem dni po katastrofie, kiedy stan Giselle nadal pozostawał bez zmian, Sully podniósł wzrok i zobaczył dwóch oficerów lotnictwa, wchodzących do jej pokoju w szpitalu.

– Musi pan pójść z nami – powiedział jeden z nich.

Okazało się, że może być jeszcze gorzej.

Ze szpitala nadeszły wyniki badania krwi. Wykazały ślady obecności alkoholu w organizmie Sully'ego. Choć nie było o tym mowy, kiedy oficerowie śledczy w niedużym biurze wojskowym w Columbus zaczęli go przesłuchiwać – „Proszę nam opowiedzieć po kolei, co wydarzyło się poprzedniego wieczora" – Sully domyślił się natychmiast i poczuł, jakby dostał cios w brzuch gigantycznym młotem. Wśród następujących błyskawicznie jedno po drugim zdarzeń, ciągnących go w dół niczym wir, w ogóle nie myślał o wieczorze poprzedzającym lot. Nie planował nigdzie lecieć. Nie przejmował się piciem. Myśl, myśl! Razem z dwoma kolegami z eskadry wypili w hotelowej restauracji po wódce z tonikiem przed pójściem spać, ale która to była godzina? I czy to był jeden drink, czy dwa? O której on leciał? Zasada głosiła: „Dwanaście godzin między kieliszkiem a sterami"…

O Boże, pomyślał.

Poczuł, jak przyszłość rozpada się w pył na jego oczach.

– Chcę się skontaktować z prawnikiem – powiedział drżącym głosem.

# Trzynasty tydzień

W Coldwater spadł śnieg i o wschodzie słońca w Święto Dziękczynienia ulice pokrywała gruba biała pierzynka. W całym miasteczku ludzie wychodzili z domów po gazetę albo żeby odśnieżyć chodnik prowadzący do drzwi. Wciągali w płuca zimne, ciche powietrze, balsam na nerwy skołatane ostatnimi gorączkowymi tygodniami.

W swoim domu na Cuthbert Road Tess otuliła się szczelniej szlafrokiem i weszła do kuchni. Liczyła, że śnieg przepłoszy ludzi z jej trawnika, i rzeczywiście wielu z nich poszło szukać schronienia w którymś z kościołów w Coldwater.

A jednak, kiedy Tess otworzyła drzwi frontowe – na zewnątrz światło słoneczne odbijało się wesoło od świeżego białego puchu – było tam jeszcze co najmniej trzydzieści osób, przykrytych kocami albo skulonych w namiotach. Zobaczyła puste łóżeczko, którego dno zaścielał śnieg, a matka z dzieckiem wyglądali z jednego z namiotów.

– Dzień dobry, Tess.
– Niech ci Bóg błogosławi, Tess.
– Pomódl się z nami, Tess.

Poczuła dławienie w gardle, jakby miała się rozpłakać – wszyscy ci ludzie na mrozie, ludzie, do których nikt nie dzwonił, którzy ściskali swoje telefony w nadziei, że przydarzy im się to samo, co spotkało ją, jakby cuda były zaraźliwe. Pomyślała o mamie. O domu otwartym w Święto Dziękczynienia.

– Wejdźcie do środka – powiedziała nagle. A potem głośniej: – Proszę! Wejdźcie wszyscy do środka i się ogrzejcie!

⁊

W kościele baptystycznym Żniwo Nadziei kuchnią zawładnął zapach smażonych ziemniaków. Indyki krojono na porcje i rozdawano. Sos rozlewano chochlą z garnka ze stali nierdzewnej.

Pastor Warren poruszał się wśród nieznajomych, nalewając im mrożoną herbatę i przekazując słowa otuchy. Większość wolontariuszy stanowili jego parafianie, którzy opóźnili własne świąteczne obiady, żeby usłużyć innym. Śnieg sprawił, że w kościele pojawiło się więcej osób z zewnątrz, niż się spodziewali. Ze składziku donoszono kolejne rozkładane krzesła.

Wcześniej do pastora zadzwoniła Katherine Yellin. Nie rozmawiali ze sobą od kilku tygodni.

– Wesołego święta, proszę księdza.

– Tak, Katherine. I tobie także.

– Jak się ksiądz miewa?

– Pan pozwolił mi obudzić się rano – wbrew wszelkim przewidywaniom.

To był stary tekst, ale pastor usłyszał, jak Katherine chichocze. Niemal zapomniał, jak, jeszcze zanim się to wszystko zaczęło, Katherine często go odwiedzała – żeby opłakiwać siostrę, owszem, ale także szukać u niego rady albo studiować Pismo Święte. Była lojalną, gorliwą parafianką i hołubiła go niczym członka rodziny, zawiozła go nawet raz do lekarza, kiedy Warren zmagał się z uporczywym katarem.

– Proszę księdza, chciałabym pomóc dziś przy świątecznym posiłku.

– Rozumiem.

– Myśli ksiądz, że mogę?

Warren się zawahał. Był świadkiem poruszenia, jakie obecnie wywoływała Katherine. Protestujący. Ekipy telewizyjne.

– Oczywiście, moja droga, normalnie z radością przyjęlibyśmy twoją pomoc. Myślę jednak…

Pauza.

– Nie szkodzi, rozumiem – powiedziała Katherine.

– To trudne…

– Nie, nie, ja…

– Może powinniśmy…

– Nic się nie stało. Chciałam tylko życzyć księdzu dobrego święta.

Warren przełknął ślinę.

– Szczęść Boże, Katherine.

Usłyszał, jak ona ciężko wypuszcza powietrze.

– Tak. Szczęść Boże.

Nie każde błogosławieństwo działa tak samo dla wszystkich. Podczas gdy inni „wybrani" czuli uzdrawiające ciepło za każdym razem, kiedy najbliżsi odzywali się do nich z nieba, Doreen niestety przestała tak to odczuwać. Jej początkowy zachwyt ustąpił miejsca czemuś nieoczekiwanemu: wzmożonemu smutkowi. A nawet depresji.

Zdała sobie z tego sprawę rankiem w Święto Dziękczynienia, kiedy stała w swojej kuchni i liczyła gości oczekiwanych na kolacji. Wymieniając imiona – Lucy, Randy, dwójka dzieci, ja i Mel – wliczyła Robbiego, jakby on także miał przyjść. Ale on nie przyjdzie. Nic się nie zmieniło. Zanim się do niej odezwał, rana w sercu Doreen, spowodowana jego śmiercią, zaczynała się zasklepiać. Wreszcie doszła do porozumienia z Melem, który w ciągu ostatnich lat tyle razy gderał: „Wystarczy. Życie należy do żywych. Musimy iść naprzód".

Teraz ktoś porwał ją z powrotem. Robbie znów stał się częścią jej życia. Ale jaką częścią? Początkowa radość z tego, że go słyszy, zmieniła się w dojmujące poczucie niedosytu. Zamiast czuć się na nowo złączoną ze swoim jedynym dzieckiem, Doreen odczuwała stratę tak namacalnie jak wtedy, kiedy dotarła do niej wiadomość o jego śmierci. Nieoczekiwany telefon raz na jakiś czas? Urwana rozmowa? Zjawisko, które może zniknąć tak samo szybko, jak się pojawiło? To, co najstraszniejsze, nigdy się nie zmieni. Robbie nigdy nie wróci do domu. Już nigdy więcej

nie pochyli się nad kuchennym stołem w swojej bluzie
z kapturem, luźnej na jego muskularnej, młodej sylwet-
ce; nigdy więcej nie napcha sobie do ust namoczonych
w mleku płatków śniadaniowych; nigdy więcej nie rozłoży
się na kanapie, z bosymi stopami, przerzucając pilotem
kanały z jednej kreskówki na drugą; nigdy nie podjedzie
starym camaro pod dom z Jessicą, swoją krótko ostrzyżoną
dziewczyną, z muzyką włączoną na cały regulator; nigdy
nie podejdzie do Doreen od tyłu i nie zamknie jej w nie-
dźwiedzim uścisku, pocierając nosem jej kark i mrucząc:
„Mamuśkumamuśkumamuśku".

Niebo, powtarzali jej wszyscy. To dowód. Twój syn jest
w niebie. Ale ona już wcześniej była o tym przekonana,
na długo przedtem, zanim usłyszała jego głos. Z jakiegoś
powodu niebo niosło jej więcej pociechy, kiedy znajdowało
się tylko w jej myślach.

Wzięła do ręki kabel telefoniczny i poszła za nim do
ściany. A potem nagle wyciągnęła wtyczkę i pozwoliła jej
upaść na ziemię.

Przeszła się po domu i odłączyła wszystkie aparaty, zawi-
jając kable wokół samych urządzeń. Włożyła wszystko do
kartonu, wyjęła z szafy płaszcz i pojechała przez śnieg do
ośrodka dobroczynnego na Lake Street.

Koniec z telefonami. Koniec z zaprzeczaniem naturze,
powiedziała sobie. Jest czas powitań i czas pożegnań. Dlatego
właśnie grzebanie rzeczy wydaje się czymś naturalnym, ale
wykopywanie ich z powrotem – nie.

Sully i Giselle mieszkali razem w pięciu różnych stanach, co zawdzięczali głównie armii. Najpierw Illinois – tam poznali się za czasów studenckich – potem Wirginia, Kalifornia, Floryda (gdzie przyszedł na świat Jules) i Michigan, przedmieścia Detroit, gdzie się osiedlili, po tym jak Sully przeszedł do rezerwy. Było to dobre miejsce, w pół drogi między ich rodzinami.

Nieważne, gdzie byli, w każde Święto Dziękczynienia rodzice Sully'ego przyjeżdżali ich odwiedzić. Teraz, po raz pierwszy od czasów liceum, sytuacja się odwróciła; Sully znów siedział przy rodzinnym stole. Obok miał wujka Theo i ciotkę Marthę, oboje po osiemdziesiątce; Billa i Shirley Castle, długoletnich najbliższych sąsiadów; Julesa, z buzią umazaną ziemniaczanym purée – oraz Liz, bibliotekarkę, którą Jules zaprosił w zeszłym tygodniu, kiedy czytała mu książkę o Tygrysicy Tilly, i która natychmiast przyjęła zaproszenie.

– Zgadzasz się? – zapytał chłopiec babcię, bo Sully nalegał, że powinien to zrobić. – Liz to moja przyjaciółka.

– Oczywiście, kochanie. Ile ma lat?

– Dwadzieścia.

Starsza pani uniosła brwi i spojrzała na syna.

– Poczekaj, aż zobaczysz jej włosy – powiedział Sully.

Po cichu jednak cieszył się z tego. Liz była dla Julesa jak starsza siostra. Sully powierzał synka jej opiece, kiedy sam zajmował się swoją robotą. A zresztą, naprawdę można sobie wyobrazić wiele gorszych miejsc dla dziecka niż biblioteka.

Mama Sully'ego wniosła indyka.

– Proszę bardzo! – zawołała.

– Wspaniały – powiedział wuj Theo.

– Wow – powiedziała Liz.

– Musiałam go zamówić z miesięcznym wyprzedzeniem. Na targu nie można już na nic liczyć. Przy tych wszystkich wariatach, co się tutaj kręcą, jak człowiek wstępuje po keczup, to się okazuje, że zabrakło.

– Kto to słyszał, żeby na targu nie było keczupu? – odezwała się ciotka Martha.

– To miasto oszalało – powiedział Bill.

– A te korki! – dodała jego żona.

– Gdyby nie było tak zimno, chodziłbym wszędzie piechotą.

– Dokładnie.

– Powariowali.

I tak dalej, podobnie jak przy każdym niemal stole w mieście – rodzinne rozważania o tym, jak bardzo Coldwater się zmieniło od czasu cudów. Narzekanie, kręcenie głowami i znów narzekanie.

Rozmawiano jednak także o niebie. I o wierze. I Bogu. Było więcej modlitw niż w ubiegłych latach. Więcej próśb o wybaczenie. Liczba wolontariuszy w jadłodajniach dla ubogich wyraźnie przekraczała zapotrzebowanie. W kościołach znalazło się znacznie więcej materaców niż strudzonych pielgrzymów.

Pomimo zatorów na drogach, długich kolejek i przenośnych toalet porozstawianych na ulicach w mieście w te święta nikt w Coldwater nie był głodny ani bez dachu nad głową – fakt, który nie został odnotowany w niczyim dzienniku ani zrelacjonowany przez żadną stację telewizyjną.

&

– Proponuję toast.

Zebrani napełnili kieliszki winem. Sully wziął butelkę od wuja Theo, zerknął na rodziców i podał ją od razu ciotce Marcie.

Sully nie pijał już alkoholu przy ojcu. Fred Harding był w lotnictwie podczas wojny z Koreą. Sześćdziesiąt lat później miał wciąż tę samą kanciastą żołnierską fryzurę i ten sam zasadniczy pogląd na świat. Był dumny, kiedy Sully poszedł do szkoły oficerskiej zaraz po college'u. Gdy Sully dorastał, nie rozmawiali ze sobą zbyt wiele, w miarę jednak jak pokonywał kolejne szczeble w lotnictwie, znaleźli wspólne tematy – dzisiejszy sprzęt w porównaniu z tym z czasów wojny koreańskiej, kiedy myśliwce odrzutowe były nowością.

– Mój syn lata F/A-18 – opowiadał Fred z dumą. – Prędkość blisko dwa razy większa od dźwięku.

Wszystko to zmieniło się po wynikach testów na obecność alkoholu we krwi. Fred był wściekły. Każdy rekrut żółtodziób – krzyczał – rozumie fundamentalną zasadę o kieliszku i sterach! To jak znać się na zegarku!

– Co ty sobie myślałeś, do cholery?

– To było parę drinków, tato.

– Dwanaście godzin!

– Nie planowałem nigdzie lecieć.

– Trzeba było zwrócić się do dowódcy.

– Wiem, wiem, myślisz, że tego nie wiem? To nic nie zmienia. Ze mną wszystko było w porządku. To kontroler nawalił!

Ale to zdawało się nie mieć znaczenia – przynajmniej nie dla ojca ani, przez jakiś czas, dla kogokolwiek innego. Początkowo, kiedy doszło do wypadku, wszyscy odnosili się do niego ze współczuciem: drugi samolot na szczęście wylądował bezpiecznie, Sully musiał się katapultować, Giselle była ewidentnie niewinną ofiarą. Biedni ludzie.

Kiedy jednak wyniki testów wyszły na jaw, opinia publiczna rzuciła się na Sully'ego niczym zapaśnik wyślizgujący się z jego uchwytu i przygważdżający go do ziemi. Zaczęło się od nagłówka w gazecie: „CZY W TRAKCIE KATASTROFY PILOT BYŁ POD WPŁYWEM?". Potem dołączyła telewizja, a pytanie zmieniło się w coś bardziej przypominającego oskarżenie. Nieistotne, że ilość alkoholu była śladowa, że nie miała żadnego wpływu na działania Sully'ego. Armia, ze swoją polityką zerowej tolerancji, traktowała tego typu kwestie poważnie. To był najnowszy zwrot akcji (a media zawsze gonią za najświeższym tropem), więc tło sprawy zdążyło się zatrzeć, a Sully został wypchnięty naprzód z tabliczką „TO JEGO WINA". Nikt nie wspominał już o zaginionych nagraniach z wieży – sytuacji, która praktycznie nigdy się

nie zdarza – ani o Elliocie Grayu, który uciekł stamtąd
i spowodował wypadek samochodowy.

Nagle Sully Harding został pijanym lotnikiem, którego
nieodpowiedzialność, jak ujął to pewien cyniczny komen-
tator, „wpakowała jego żonę na OIOM".

Po przeczytaniu tego Sully na dobre przestał czytać.

Zamiast tego dzień po dniu siedział przy łóżku Giselle
w szpitalu w Grand Rapids, gdzie przewieziono ją, żeby
była bliżej rodziny. Trzymał ją za rękę. Głaskał ją po twarzy.
Szeptał:

– Zostań ze mną, kochanie.

Z czasem jej sińce zbladły, a skóra wróciła do bardziej
naturalnego odcienia, ale jej gibkie ciało było coraz chudsze,
a oczy pozostawały zamknięte.

Mijały miesiące. Sully nie mógł pracować. Wydawał
ogromne sumy na prawników. Początkowo za ich namo-
wą pozwał do sądu lotnisko w Lynton, ponieważ jednak
Elliot Gray zginął, a nieliczni świadkowie nie byli w stanie
niczego potwierdzić, Sully zmuszony był wycofać pozew
i zająć się własną obroną. Prawnicy zachęcali go, by zdecydował się na proces; mówili, że jego sprawa jest mocna,
a ława przysięgłych stanie po jego stronie. Prawda jednak
była taka, że jego sprawa wcale nie była mocna. W sądzie
wojskowym zasady są jasne. Spożycie alkoholu w odstępie
mniejszym niż dwanaście godzin od lotu było jednoznacz-
nym pogwałceniem NATOPS, biblii lotnictwa wojskowego. W dodatku mogli skazać go za zniszczenie własności
rządowej. Nie miało znaczenia, kto nawalił w wieży ani

czyja żona była nieszczęśliwą ofiarą. Było dwóch świadków, którzy mogli zeznać, że Sully pił w hotelowej restauracji. Mogli podać dokładną godzinę.

Sully znalazł się w piekle. Albo, co gorsza, w czyśćcu. Nad jego głową wisiał miecz. Nie miał pracy, jego żona leżała w szpitalu, ojciec się go wstydził, teściowie z nim nie rozmawiali, syn ciągle dopytywał się o mamę, nawiedzały go sny tak straszne, że nienawidził spać, a rzeczywistość była takim koszmarem, że nienawidził się budzić. To, co dla niego było najważniejsze, dla prawników nie miało znaczenia. Czas był krytycznym czynnikiem. Jeżeli przyzna się do winy, szybciej odsiedzi wyrok i prędzej wróci. Do Julesa. Do Giselle.

Wbrew życzeniom adwokata poszedł na ugodę.

Skazano go na dziesięć miesięcy.

Sully przekroczył bramę więzienia, wspominając ostatnie słowa, jakie wypowiedział do żony.

Chcę cię zobaczyć.

Ja też chcę cię zobaczyć.

Te słowa były jego mantrą, medytacją, modlitwą. Trzymały go przy życiu, sprawiały, że wciąż wierzył, aż do tego dnia, kiedy mu powiedziano, że Giselle nie żyje.

Kiedy wszelka wiara umarła w nim także.

❧

Nocą w Święto Dziękczynienia Sully pojechał do domu samochodem, na którego tylnym siedzeniu Jules już spał. Zaniósł chłopca po schodach na górę, położył go do łóżka i pozwolił mu spać w ubraniu. Poszedł do kuchni i nalał sobie kieliszek burbona.

Padł na kanapę, czując, że żołądek ma nadal pełny, włączył telewizję i trafił na mecz. Ściszył odbiornik i skoncentrował się na oglądaniu. Chciał nie pamiętać o niczym aż do rana.

Akurat w momencie, kiedy oczy mu się zamykały, Sully'emu wydało się, że słyszy stuknięcie. Zamrugał powiekami.

– Jules?

Nic. Zamknął oczy – i znów to usłyszał. Drzwi? Czy ktoś stoi pod drzwiami?

Wstał, podszedł do dziurki od klucza i poczuł, jak serce zaczyna mu szybciej bić.

Przekręcił gałkę i otworzył.

Przed nim stał Elias Rowe w kurtce roboczej i musztardowych rękawicach.

– Czy mogę z panem chwilę porozmawiać? – zapytał.

# Czternasty tydzień

*(Amy na Lake Street)*
AMY: Szokujące wiadomości z Coldwater. Kelly Podesto, nastolatka, która twierdziła, że przyjaciółka skontaktowała się z nią z nieba, mówi teraz, że wszystko wymyśliła.

*(Kelly na konferencji prasowej, błyskają flesze)*
KELLY: Chciałabym przeprosić wszystkich. Tak bardzo tęskniłam za przyjaciółką.

*(Dziennikarze wykrzykują pytania)*
DZIENNIKARZ: Dlaczego to zrobiłaś?
KELLY: Nie wiem. Chyba dzięki temu czułam się lepiej. Wszyscy ci inni ludzie odbierali telefony.

*(Znów krzyki)*
DZIENNIKARZ: Kelly, czy zrobiłaś to po prostu, żeby zwrócić na siebie uwagę?

KELLY *(płacze)*: Bardzo przepraszam. Szczególnie rodzinę Brittany, bardzo was przepraszam.

*(Amy na Lake Street)*

AMY: Pozostało sześć innych osób, które na zebraniu mieszkańców w zeszłym miesiącu oznajmiły, że odbierają telefony z nieba. Jak dotąd żadna z nich się z tego nie wycofała. Niektórzy, jak Eddie Doukens czy Jay James, wyrazili współczucie dla Podesto.

*(Twarze Doukensa i Jamesa)*

DOUKENS: To tylko dziecko. Jestem pewny, że nie chciała zrobić nic złego.

JAMES: Nie zmienia to tego, co przydarzyło się nam.

*(Amy przed kościołem baptystycznym Żniwo Nadziei)*

AMY: Kelly powiedziała rodzicom prawdę wczoraj, po tym jak przeprowadzono z nią wywiad, poprzedzający ogólnokrajowy talk-show. Rodzice nalegali, że powinna poinformować wszystkich. Teraz pojawiają się głosy: „A nie mówiłem".

*(Twarze protestujących)*

OSOBA 1: Nie, nie jesteśmy zaskoczeni. Od samego początku mówimy, że to jedna wielka ściema!

OSOBA 2: Nigdy nie mieli żadnych dowodów. Założę się, że do przyszłego tygodnia pozostali przyznają, że to oszustwo.

AMY: Jak na razie jednak pozostali trzymają się mocno.

*(Ujęcie Katherine)*

KATHERINE: W bożej miłości nie ma nic fałszywego.
Skoro musimy pokazać to wszystkim, zrobimy to.

*(Amy idzie Lake Street)*

AMY: Katherine Yellin mówi, że nadal planuje
umożliwić szerokiej publiczności wysłuchanie na
żywo rozmowy telefonicznej z jej zmarłą siostrą.
Będziemy kontynuować naszą ekskluzywną relację
z rozwoju wydarzeń.

*(Amy patrzy w kamerę)*

Z Coldwater mówiła dla państwa Amy Penn, *Nine
Action News.*


Jeff Jacoby poprosił sekretarkę, żeby przyniosła wodę mineralną i przekąski dla jego gości. Musiał dołożyć wszelkich starań, żeby poczuli się komfortowo.

– Proszę posłuchać. Wiem, że wszystkich nas trochę to zaskoczyło...

Przyjrzał się badawczo twarzom ludzi siedzących dookoła stołu konferencyjnego. Było tam czterech mężczyzn z kiosku z pamiątkami, otwartego jakiś czas temu w miasteczku, trzech producentów z ogólnokrajowego programu telewizyjnego, dwóch przedstawicieli sklepu z ekwipunkiem turystycznym, sprzedających namioty w dawnej tłoczni cydru, trzy kobiety z firmy handlującej dewocjonaliami i facet z Samsunga.

– Pragnę państwa zapewnić – kontynuował Jeff – wszystko jest w najlepszym porządku...

– Nic podobnego – warknął Lance, jeden z producentów, ubrany w czarny golf mężczyzna z falującymi włosami. – Niewykluczone, że będziemy musieli zrezygnować.

– Powiedziałbym, że to wysoce prawdopodobne – dodał jego kolega Clint.

– Przecież Kelly to tylko nastolatka – powiedział Jeff. – Nastolatki zachowują się głupio.

– To się zrobiło ryzykowne – odparł Lance.

– Nikt nie chce dać się zrobić w konia – powiedział Clint.

– Zgadza się – odezwał się Terry, dyrektor z Samsunga. – To rzuca cień wątpliwości na całą sprawę.

– Jedna nastolatka? – zapytał Jeff. – Macie przecież jeszcze całą resztę.

– Tak czy inaczej, wstrzymamy się z tym zamówieniem na billboardy. Chcemy najpierw zobaczyć, jak to się dalej potoczy.

Jeff przygryzł dolną wargę. Samsung wynajął od miasta osiem billboardów w ramach oficjalnego „patronatu" nad Coldwater, za który Jeff wynegocjował absurdalnie wysoką cenę. A teraz chcieli się wycofać?

Musiał coś z tym zrobić. Nabrał powietrza. Był tak wściekły na Kelly Podesto, że najchętniej zacząłby krzyczeć.

– Pozwólcie państwo, że o coś zapytam – powiedział, oblekając twarz w swój najbardziej profesjonalny uśmiech. – Czy naprawdę sądzicie, że wszystkie pozostałe osoby byłyby w stanie to wymyślić? To nie są dzieci. Muszą dbać o reputację. Anesh Barua jest dentystą, na miłość boską. Nie ryzykowałby utraty pacjentów. Tess Rafferty prowadzi przedszkole.

Doreen Sellers była żoną naszego komisarza policji! Jestem szczerze przekonany, że to był odosobniony przypadek.

Goście milczeli. Niektórzy bębnili palcami po stole.

– Możliwe, że nie da się tego uratować – powiedział Lance.

– Ta informacja wywołała duży oddźwięk – dodał Clint.

– Nieważne, dobrze czy źle, ważne, żeby o nas mówili – spróbował jeszcze raz Jeff.

– To się sprawdza w wypadku gwiazd.

– A nie wiadomości.

– Ani sprzedaży telefonów – dorzucił Terry.

Jeff zazgrzytał zębami. Myśl. Myśl.

– Proszę posłuchać. Chcę rozproszyć państwa obawy. Jestem burmistrzem. Co mogę dla państwa zrobić?

– Szczerze? – Lance rozejrzał się po pokoju. – Ci ludzie mówią, że rozmawiają z niebem? Przydałby się jakiś dowód.

Inni zaczęli przytakiwać. Jeff również skinął głową.

Jego myśli zwróciły się ku Katherine Yellin.

❧

Cisza panująca w pokoju w małym miasteczku jest inna od tej wielkomiejskiej, bo cisza pokoju w wielkim mieście znika, kiedy otworzy się okno. W miasteczku przejście z wewnątrz do zewnątrz jest często trudne do zauważenia – no, może z wyjątkiem odgłosów ptaków.

Była to cecha Coldwater, która zawsze cieszyła pastora Warrena. Dziś jednak z porannej drzemki wyrwało go coś, czego nigdy dotąd nie słyszał w swoim małomiasteczkowym pokoju: krzyki ludzi pod jego oknem.

Dwie grupy osób o przeciwnych poglądach szykowały się do rozprawy przed kościołem, najwyraźniej podburzone do tego wyznaniem Kelly Podesto. Początkowo stali tam tylko ze swoimi transparentami, mierząc się gniewnym wzrokiem, potem zaczęło się skandowanie, aż w końcu ktoś coś wrzasnął, ktoś inny mu odpowiedział i teraz grupa z transparentami: „CZYŃ POKUTĘ: NIEBO ISTNIEJE!", była o rzut kamieniem od grupy z transparentami: „LUDZIOM SŁYSZĄCYM GŁOSY Z REGUŁY BRAK PIĄTEJ KLEPKI".

Jedna zniewaga pociągała za sobą kolejne. Na groźbę odpowiadano groźbą.

– Zostawcie nas w spokoju!

– Banda oszustów!

– Chwalmy Pana!

– Róbcie to gdzie indziej!

– Chcemy pomóc ludzkości!

– Pozwalacie ludziom się zabijać!

– Jesteśmy w Ameryce! Mamy prawo do swojej wiary!

– Nie macie prawa nam jej narzucać!

– Bóg nas widzi!

– Kłamcy!

– Ratujcie swoje dusze…

– Oszuści!

– Anioły Pana…

– Zamknij się!

– Piekło…

– Nienormalni…

– Sam jesteś nienormalny!

– Odejdź ode mnie!

Ktoś się zachwiał, ktoś inny go odepchnął i dwie grupy połączyły się jak woda wylana z dwóch szklanek, wpadając bezładnie na siebie i tworząc nowy kształt. Transparenty poleciały na ziemię. Krzyki zrobiły się niezrozumiałe. Ludzie cisnęli się i biegli – jedni prosto w środek awantury, drudzy w przeciwnym kierunku.

Pastor Warren pokuśtykał na zewnątrz, trzymając się za głowę.

– Przestańcie, proszę! Przestańcie wszyscy!

Zabrzmiała syrena wozu policyjnego, z którego wyskoczyli Jack Sellers i Dyson i puścili się biegiem, krzycząc:

– Spokój! Wszyscy! W tej chwili!

Ale walczących było za dużo, przynajmniej kilkaset osób.

– Zróbcie coś! – usłyszał Jack czyjś krzyk.

A potem:

– Pomóżcie!… Tutaj!

Popatrzył w prawo i w lewo. Ludzie z grupy religijnej w większości się kulili, protestujący byli bardziej agresywni.

– Wezwij Moss Hill i Dunmore! – wrzasnął Jack do Dysona.

Coś takiego wymagało znacznie liczniejszych sił. W większych miastach policja ma tarcze, kamizelki, hełmy, wyposażenie bojowe. Ale Jack stał tutaj w zimowej kurtce, z drewnianą pałką przy pasie i tkwiącym w kaburze

231

pistoletem, którego nigdy nie wyciągnąłby wobec tego rodzaju tłumu. Ponad bezładną szarpaniną zobaczył, jak od strony ulicy biegiem nadciągają reporterzy i kamerzyści ze swoim sprzętem.

– PROSZĘ SIĘ COFNĄĆ! – ryknął, zanurzając się w tłum. – ROZEJŚĆ SIĘ!

Żadnych efektów. Jack sięgnął po pałkę, ale kiedy jego palce zacisnęły się na niej, pomyślał o Robbiem. Nagle poczuł się tak, jakby syn na niego patrzył i oceniał każdy jego ruch.

Przepychając się między ludźmi i usiłując ustalić, kto jest po której stronie, Jack zobaczył, jak młody człowiek w skórzanej kurtce – wyglądał mniej więcej na tyle lat, co Robbie – zasłania twarz łokciem i powtarza:

– Ratuj mnie, Ojcze. Ratuj mnie, Ojcze. Ratuj mnie, Ojcze!

Jack pośpiesznie ruszył w jego stronę – i wtedy poczuł, jak coś twardego uderza go w głowę. Zachwiał się i wylądował na czworakach. Wzrok mu się mącił, z głowy ciekła krew, a odgłos krzyków wznosił się w niebo nad cichym niegdyś Coldwater jak dym ze sterty płonących liści.

✑

Samantha wyciągnęła grzanki z pięciu różnych tosterów i zaniosła pełen talerz do salonu, gdzie Tess siedziała na podłodze z kilkudziesięciorgiem wiernych. Od czasu Święta Dziękczynienia Tess codziennie zapraszała ich do środka na śniadanie. Przychodzili na zmiany, zjadali coś i wracali na zewnątrz, pozwalając następnym zająć swoje miejsce. Niektórzy chodzili teraz na targ i kupowali tam chleb, dżem i płatki śniadaniowe.

Początkowo atmosfera była trochę niezręczna. Chociaż Tess nosiła stare swetry i dżinsy, ci ludzie widzieli w niej błogosławioną, wybraną, a ona kątem oka widziała, że się na nią gapią, kiedy sądzą, że nie patrzy.

Ich prawdziwe zainteresowanie wzbudzały jednak telefony i kiedy Tess dzieliła się z nimi tym, co słyszy od mamy, byli jak urzeczeni.

– Nie pracuj aż tyle, Tess.

– Dlaczego, mamo?

– Nie śpiesz się, daj sobie czas… na cieszenie się bożymi dziełami.

– Jak w niebie płynie czas?

– Czas został stworzony przez człowieka… My jesteśmy ponad słońcem i księżycem…

– Czy tam jest jasno?

– Zawsze jasno… ale nie tak, jak sobie wyobrażasz.

– Co masz na myśli?

– Pamiętasz, jak byłaś mała, Tess? Czy bałaś się ciemności… kiedy ja byłam w domu?

– Nie. Wiedziałam, że tam jesteś i że będziesz mnie chronić.

– W niebie… czujesz się tak samo… Nie ma strachu. Nie ma ciemności. Kiedy wiesz, że jesteś kochana… to jest to światło.

Kiedy Tess to powiedziała, pielgrzymi spuścili głowy. Uśmiechnęli się i wzięli się za ręce. Widać było wyraźnie, że sama Tess się wzruszyła, przytaczając słowa mamy. Ostatni rok swojego życia Ruth spędziła na wózku, jak żywy posąg, pozwalając córce czesać sobie włosy, zapinać guziki w bluzce i raz na jakiś czas zakładać naszyjnik. Tess ją karmiła. Myła. Pragnęła z całego serca, żeby mama się odezwała. Tak często odpychamy od siebie głosy najbliższych.

Ale kiedy ich zabraknie, wyciągamy po nie ręce.

– Twoja matka – powiedziała z hiszpańskim akcentem kobieta z krzyżykiem na szyi – to święta.

Tess wyobraziła sobie Ruth przy tym samym stole, jak przygotowuje kanapeczki z szynką albo sałatką jajeczną.

– Nie – odparła z uśmiechem. – Ona karmiła ludzi.

෴

Sully wyszedł ze sklepu meblarskiego z czekiem w torbie. Na pożegnanie usłyszał od sprzedawczyni:

– Wesołych świąt.

Do świąt zostały jeszcze trzy tygodnie, ale domy i sklepy w Coldwater obwieszone były kolorowymi światełkami. Na wielu drzwiach wisiały wieńce. Sully przekręcił kluczyk w stacyjce i włączył ogrzewanie, zacierając ręce. Spojrzał na zegarek; Jules skończy lekcje dopiero za dwie godziny. Pojechał w stronę sklepu Dial-Tek, gdzie umówił się na spotkanie z Eliasem Rowe'em.

Wrócił myślą do zeszłego tygodnia, do tej nocy, kiedy Elias zjawił się pod jego drzwiami. Sully zaproponował mu drinka i razem usiedli przy kuchennym stole.

– Od tygodni nie byłem w mieście – powiedział Elias.

Mieszkał w swoim domku na Górnym Półwyspie, unikając „tych wszystkich świrów", którzy usiłowali się z nim skontaktować. Przyjechał do domu dopiero na Święto Dziękczynienia, żeby spędzić je z rodziną brata. Kiedy jednak zobaczył miasto – te samochody, furgonetki, biwakowiczów, te tłumy – kiedy zobaczył, że rozrosło się tak, że trudno je poznać, poczuł, że musi przed odjazdem odnaleźć Sully'ego.

– Ciągle przypomina mi się ten dzień, kiedy podbiegłeś do mojej ciężarówki. Sporo myślałem, zastanawiałem się, czy nie byłoby lepiej, gdybym trzymał gębę na kłódkę... W każdym razie przykro mi, jeśli przeze mnie twój synek miał jakieś problemy.

Sully rzucił spojrzenie w stronę pokoju Julesa. Przyszło mu do głowy pokazanie Eliasowi plastikowego niebieskiego telefonu wciśniętego pod poduszkę chłopca.

Zamiast tego zapytał:

– Dlaczego wyjechałeś?

Elias opowiedział mu o Nicku Josephie, o ich historii, o tym, jak Nick umarł. Opowiedział o telefonach z pytaniem: „Dlaczego to zrobiłeś?", i o tym, jak wrzucił telefon do jeziora Michigan.

Sully z kolei zwierzył się Eliasowi ze swojego przekonania, że to wszystko jest oszustwem, i z odkrycia, że sześciu klientów korzysta z tej samej usługi operatora. Rzecz jasna, jedyną osobą, która jej nie miała, była Kelly Podesto.

Elias odrzucił głowę do tyłu.

– O rany. Ja też miałem włączoną tę usługę. Parę lat temu.

– To nie może być zbieg okoliczności – powiedział Sully.

Elias wzruszył ramionami.

– Może i nie. Ale nie tłumaczy, jak mogłem rozmawiać z Nickiem.

Sully spuścił wzrok. Na tym polegał problem.

– Ale od tego czasu już się z tobą nie kontaktował, prawda?

– Nie miałem telefonu.

– Czy zgodziłbyś się coś wypróbować? Żeby potwierdzić albo obalić moją teorię.

Elias pokręcił głową.

– Przykro mi, nie ma mowy. Czułem się, jakbym zadzierał z jakąś potężną magiczną mocą. Szczerze mówiąc, miałem porządnego pietra.

Sully przeczesał ręką włosy. Starał się ukryć frustrację. Wszyscy albo są zafascynowani rozmowami z niebem, albo przerażeni. Dlaczego nikt nie chce tego zdemaskować?

Zauważył, że Elias ogląda się przez ramię. Odwrócił się i zobaczył Julesa, który stał w korytarzu i tarł piąstkami oczy.

– Tatusiu?

Chłopiec oparł się o framugę i spuścił wzrok.

– Co się dzieje, synku?

– Brzuch mnie boli.

Sully podszedł do Julesa, wziął go na ręce i zaniósł do łóżka. Siedział z nim przez dłuższą chwilę i głaskał go po włosach, aż chłopiec znów usnął. Kiedy wrócił, Elias miał splecione ręce i opierał na nich czoło.

– Tęskni za mamą?

– Strasznie.

– Naprawdę sądzisz, że to oszustwo?

– Nie widzę innej możliwości.

Elias westchnął.

– Co mam zrobić?

Sully omal się nie uśmiechnął.

– Załatw sobie nowy telefon.

❦

Amy wjechała na stację benzynową i zaparkowała przy kompresorze. Nie zgasiła silnika. Phil wysiadł z samochodu i przeciągnął się jak zaspany niedźwiedź.

– Rany, ale zimno! – oznajmił i zaczął energicznie rozcierać sobie łokcie. – Chcesz kawę?

– Poproszę.

– Z mlekiem?

– Czarną.

Popędził do budynku.

Amy wiozła Phila, który uparł się, że chce pojechać do Coldwater, gdzie ona tkwiła przez ostatnie dwa miesiące.

Propozycja transmisji z rozmowy telefonicznej Katherine Yellin okazała się czymś, czego uznał, że powinien sam dopilnować. Amy nie miała nic przeciwko temu. Prawdę mówiąc, cieszyła się nawet, że Phil z nią jedzie. Zobaczy, ile ona poświęca dla stacji: dosłownie mieszka w tym zabitym deskami miasteczku, wkrada się w łaski Katherine. To wyłącznie za sprawą Amy Katherine nie zgodziła się wziąć udziału w nadchodzącym talk-show, wyłącznie dzięki niej zgodziła się, żeby *Nine Action News* mogło w pierwszej kolejności wyemitować jej rozmowę z siostrą. Podczas tej wycieczki Phil na pewno to dostrzeże. Choćby wszystko inne zawiodło, fenomen z Coldwater stanie się przepustką Amy do innej ligi, z dala od weekendowych wiadomości. Już teraz pojawiała się w programach od poniedziałku do piątku częściej niż którykolwiek inny reporter z ich stacji. Przezywali ją żartobliwie „Coldwater Amy".

Sięgnęła po telefon i wybrała numer Ricka, swojego narzeczonego.

– Halo?

– Cześć, to ja.

– No cześć – odparł głosem, w którym momentalnie zadźwięczała irytacja.

એ

Alexander Bell co prawda stworzył telefon, ale nigdy nie musiał zmierzyć się z jego specyficznym wpływem na relacje. Ponieważ Mabel, miłość jego życia, była głucha, nigdy nie podniosła słuchawki, a Bell nigdy nie usłyszał, jak jej głos staje się monotonny, apatyczny czy daleki. Nigdy nie poczuł tego dyskomfortu, kiedy słyszymy, ale nie widzimy ukochanej osoby, i musimy zinterpretować jej rozczarowanie za pomocą jednego pytania: „Co się stało?".

Amy zadawała je od wielu tygodni, dzwoniąc do Ricka z Coldwater po wysłaniu kolejnego reportażu. Rick zrobił się wycofany. Rozdrażniony. Zeszłej nocy podczas jednej z rzadkich wizyt w swoim własnym mieszkaniu Amy dowiedziała się dlaczego.

– Czy ty naprawdę chcesz się zajmować czymś takim? – zapytał Rick podniesionym głosem, sygnalizującym gotowość do kłótni.

– Co masz na myśli?

– Naciągać ludzi na jakieś chore zwierzenia?

– To się nazywa wiadomości, Rick. Taką mam pracę.

– To jakaś obsesja. Ty tam sypiasz. Na litość boską, Amy, znam dyrektorów, którzy pracują mniej od ciebie.

– Ja ci nie mówię, jak masz wykonywać swój zawód!

– Ale ja po pracy wracam do domu! I jestem gotowy rozmawiać o czym innym. Każda z twoich rozmów dotyczy Coldwater, tego, co powiedziała Katherine, co zrobiło ABC, co mają gazety, jak to ty ich przebijesz, jak to potrzebujesz własnego kamerzysty. Amy, czy ty się nie słyszysz?

– Przykro mi! Tak to działa, rozumiesz? Każdy, kto odnosi sukces, ma taki jeden temat, który przynosi mu rozgłos!

Rick pokręcił głową. Usta miał uchylone.

– Posłuchaj się przez chwilę. Rozgłos? Jaki rozgłos? Co komu po takim rozgłosie? Ani razu nie rozmawialiśmy o nas. Mamy się pobrać. Co powiesz o tym?

– To co twoim zdaniem mam zrobić? – warknęła Amy z twarzą ściągniętą złością.

Była to bardziej groźba niż pytanie.

# Piętnasty tydzień

Kiedy jeszcze byli małżeństwem, Doreen odwiedzała Jacka na komisariacie, który znajdował się niewiele ponad kilometr od ich domu. Czasem ona i mały Robbie przynosili chłopakom kanapki z rostbefem, a młodsi policjanci pokazywali chłopcu swoje pistolety, co fascynowało syna i denerwowało matkę.

Od czasu rozwodu, który miał miejsce sześć lat wcześniej, Doreen ani razu nie przekroczyła progu posterunku. Dlatego spojrzenia wszystkich zwróciły się w jej stronę, kiedy w poniedziałek rano zjawiła się na recepcji i zdjęła szalik.

– Witaj, Ray.

– Hej, Doreen! – odparł Ray nieco zbyt entuzjastycznie. – Co u ciebie?! Świetnie wyglądasz!

– Dziękuję. – Miała na sobie stary płaszcz zimowy i ani grama makijażu. Wiedziała, że nie wygląda świetnie. – Czy możesz powiedzieć Jackowi…

– Wejdź do mnie – powiedział Jack, stając w drzwiach.

Biuro było zbyt małe, żeby można było przeoczyć fakt, że przyszła twoja była żona. Doreen uśmiechnęła się nerwowo i przeszła do jego gabinetu. Skinęła głową Dysonowi i dwóm mężczyznom, których nie rozpoznawała. Jack zamknął za nią drzwi.

– Mel nie chciał, żebym tu przychodziła – zaczęła.

– Hm… tak? – powiedział Jack.

– Martwiłam się o ciebie. Bardzo cię pokiereszowali?

– To nic takiego.

Jack dotknął swojej głowy. Miał obandażowaną skroń, a pod bandażem długą na centymetr bliznę. W zamieszaniu pod kościołem w zeszłym tygodniu ktoś uderzył go transparentem – nieumyślnie, jak ustalono – ale w rezultacie Jack wylądował na czworakach, co zostało zarejestrowane przez kamery. Obraz komisarza miejskiej policji na kolanach wywołał panikę u mieszkańców, co z kolei sprawiło, że gubernator przydzielił Coldwater sześciu funkcjonariuszy policji stanowej na czas nieokreślony. Dwóch z nich – ci dwaj mężczyźni, których Doreen nie rozpoznała – siedziało teraz przed gabinetem Jacka.

– Co ty robiłeś w środku tej burdy? – zapytała Doreen.

– Próbowałem ich rozpędzić. Był tam taki chłopak, przypominał mi…

– Co?

– Nieważne.

– Robbiego?

– Nieważne. Chciałem mu pomóc. Głupio się zachowałem. Ale nic mi nie jest. Moja duma ucierpiała bardziej niż głowa.

Doreen zauważyła na jego biurku zdjęcie w ramce – ich trójka, Robbie, Jack i Doreen, ubrani w pomarańczowe kapoki, na wycieczce motorówką, kiedy Robbie był nastolatkiem.

– Pozbyłam się telefonów, Jack.

– Co?

– Z domu. Wywiozłam je. Nie mogę już dłużej.

– Przestałaś z nim rozmawiać?

Doreen skinęła głową.

– Nie rozumiem.

Wypuściła powietrze z płuc.

– Nie dawało mi to radości. Szczerze mówiąc, tylko bardziej za nim tęskniłam.

Jeszcze raz spojrzała na zdjęcie. Pomimo łez, napływających jej do oczu, parsknęła śmiechem.

– Co się stało? – zapytał Jack.

– To zdjęcie. Zobacz, co my mamy na sobie.

– Co takiego?

– Ekwipunek ratujący życie.

❧

Doreen nie miała świadomości, że Jack rozmawiał z Robbiem w ostatni piątek.

– Tato, dobrze się czujesz?

Jack założył, że chodzi mu o obrażenia. Opowiedział Robbiemu o protestach.

– Wiem, tato… Byłeś niesamowity.

– Ludzie nie wiedzą, co z tym zrobić, Robbie.

– Spoko. Wszystko jest okej.

Jack się skrzywił. Robbie mówił w ten sposób, kiedy żył, ale Jack z jakichś powodów spodziewał się teraz innego słownictwa.

– Robbie…

– Kiedy ludzie w coś nie wierzą, są zagubieni.

– Tak. Chyba tak.

Pauza.

– Jest naprawdę spoko.

– Posłuchaj, synu, co masz na myśli, kiedy mówisz: „koniec to wcale nie koniec"?

Kolejna pauza. Dłuższa niż zazwyczaj.

– Koniec to wcale nie koniec.

– Mówisz tak o życiu? Bo przyszli do nas twoi koledzy – Zeke i Henry. Mówili coś o jakimś zespole. Czy to jest nazwa czyjejś piosenki?

– Kocham cię, tato.

– Ja też cię kocham.

– Tato?

– Robbie?

– Wątpliwości… tak się go właśnie znajduje.

– Co masz na myśli?

Ale połączenie zostało przerwane.

Ta wymiana zdań nie dawała Jackowi spokoju przez cały weekend. Myślał o niej teraz, gdy Doreen siedziała naprzeciwko niego i tłumaczyła, dlaczego nie chce już rozmawiać z ich nieżyjącym synem. Otarła oczy chusteczką.

– Pomyślałam, że powinnam ci powiedzieć – dodała. – Bo nie chciałabym odbierać ci czegoś, na czym ci zależy.

Jack przyjrzał się jej twarzy, ze zmarszczkami wokół oczu i kilkoma brązowymi plamkami na skórze. Tyle lat minęło, odkąd się poznali, pobrali i osiedli w Coldwater. Z trudem był w stanie przypomnieć sobie uczucie, które ich łączyło. Kiedy miłość w małżeństwie usycha, dzieci stają się zaprawą, spajającą cegły. Kiedy dzieci odchodzą, cegły po prostu leżą jedna na drugiej.

Kiedy dzieci umierają, cegły się rozsypują.

– Nic nie szkodzi – powiedział Jack. – On dzwonił do ciebie, nie do mnie.

❧

Sully napisał w swoim notatniku nagłówek „SZCZEGÓŁY?". Przejrzał jeszcze raz nazwiska na liście: Tess Rafferty, Katherine Yellin, Doreen (Sellers) Franklin, Anesh Barua, Eddie Doukens, Jay James, Elias Rowe. Kelly Podesto przekreślił na czerwono.

Zaczął rytmicznie postukiwać długopisem.

– Jak ci idzie, Sherlocku?

Liz spoglądała na niego znad swojego biurka, przy którym Jules siedział na stołku i kolorował obrazek ze słoniem.

– Aaach. – Sully wypuścił powietrze z płuc i odchylił się do tyłu. – Próbuję to rozgryźć.

– Co takiego?

– Jak komuś udało się zdobyć tyle szczegółów na ich temat.

– Na temat tych zmarłych?

Jules podniósł głowę.

– Może trochę dyskretniej? – powiedział Sully.

– Przepraszam.

– Wiem, co to znaczy zmarły – oznajmił Jules. – To się właśnie stało z mamusią.

Odłożył niebieską kredkę i sięgnął po czerwoną.

– Posłuchaj, Jules… – odezwała się Liz.

– Mamusia dalej może rozmawiać. Zadzwoni do mnie.

Liz westchnęła i podeszła do Sully'ego, który wzdrygnął się wewnętrznie, patrząc na niezdarne ruchy jej nóg i bioder. Zaczął się zastanawiać, czy kiedykolwiek znajdą dla niej lekarstwo. Jest jeszcze młoda. Może coś odkryją.

– Bardzo przepraszam – powiedziała, siadając obok niego.

– Nie przejmuj się.

– Te szczegóły, o które ci chodzi. Może nekrologi?

– Jak to?

– Ktoś, kto pisał te nekrologi, musiał sporo wiedzieć o ich bohaterach, tak?

– Już dawno na to wpadłem. Jest taka kobieta…

– Maria Nicolini.

– Znasz ją?

– A kto nie zna?

– Ona pisze te nekrologi. Ma masę materiałów.

– No tak. I?

– I co? – Sully uśmiechnął się do niej drwiąco. – Maria? Jeżeli za głosami stoi ta kobieta, zjem własne buty.

Liz pokręciła głową.

– Nie. Maria nigdy nie zrobiłaby nikomu nic złego. Poza zagadaniem go na śmierć.

– Otóż to.

– Ale skoro ona ma te wszystkie materiały, to kto jeszcze je ogląda?

– Nikt. Ona trzyma je u siebie.

– Jesteś pewny?

– Do czego zmierzasz?

Liz zerknęła na Julesa, pochłoniętego kolorowaniem.

– Wiem tylko tyle, że w college'u chodziłam na zajęcia z dziennikarstwa. Mówili na nich, że kiedy pisze się artykuł, to zawsze trzeba mieć zapasowe kopie materiałów, na wypadek, gdyby ktoś zaczął się dopytywać. „Zachowujcie wszystkie notatki i wyniki badań", tak mówili.

– Czekaj. – Sully obrzucił ją gwałtownym spojrzeniem. – Gazeta? Chcesz powiedzieć, że ktoś ma te materiały i mógłby prowadzić całą tę operację – z gazety?

Liz podniosła brew.

– Tam, gdzie pracujesz.

❧

Gdyby Jeff Jacoby wiedział, że praca burmistrza jest tak wymagająca, nie ubiegałby się o to stanowisko. Zrobił to tylko dlatego, że miał naturalne skłonności przywódcze:

wykorzystywał je jako dyrektor banku, jako prezes zrzeszenia branżowego oraz w country clubie w Pinion Lake, gdzie był wysokim członkiem zarządu. Dlaczego nie tutaj, w Coldwater? Do licha, co takiego trudnego jest w byciu burmistrzem? Przecież nic za to nie płacą.

Kto mógł przewidzieć, że jego kadencja zbiegnie się w czasie z największym newsem w historii hrabstwa? Teraz jednak, kiedy na Coldwater zwrócone były oczy całego świata, Jeff nie zamierzał z tego rezygnować – na pewno nie dlatego, że mała Kelly Podesto nie mogła się oprzeć pokusie zwrócenia na siebie uwagi.

Przydałby się jakiś dowód. Tak powiedział Lance, ten producent z telewizji. I tak oto w środowe popołudnie Jeff zorganizował u Friedy spotkanie przy obiedzie, na które zaprosił Lance'a, Clinta, komisarza policji Jacka Sellersa (to, co planował Jeff, wymagało zapewnienia bezpieczeństwa) oraz kluczową postać: Katherine Yellin. Kiedy Jeff poprosił ją o udział, powiedziała, że musi się skonsultować ze „swoją przyjaciółką", reporterką Amy Penn, która musiała się skonsultować ze swoim szefem, dyrektorem wiadomości Philem Boydem, który z kolei powiedział, że musi ustalić to z przełożonymi, którzy, jak Jeff dowiedział się z przyjemnością, byli przedstawicielami sieci produkującej talk-show, ze względu na który Lance i Clint w ogóle trafili do Coldwater.

Jeff szybko przekonywał się, że media mają dwa oblicza: to, któremu zależy na zdobyciu informacji, i to, które chce dopilnować, żeby nikt inny jej nie zdobył.

Był w stanie zagrać na tych pragnieniach. W kręgach związanych z bankowością Jeff znany był jako Zaklinacz Deszczu. Gromadząc przy jednym stole Katherine, Jacka, Amy, Phila, Lance'a i Clinta, potwierdzał trafność tego przydomku. Zwrócił uwagę, że telefony wszystkich leżą na wierzchu. Zerknął na różowy aparat z klapką, należący do Katherine. To od niego wszystko się zaczęło.

— A zatem — zaczął, kiedy Frieda podała już każdemu wodę z lodem — dziękuję wszystkim, że zechcieli dziś się tutaj zjawić...

— Czy mogę o coś spytać? — przerwała mu Katherine. — Dlaczego musieliśmy spotkać się tutaj? Strasznie tu tłoczno.

Lokal był rzeczywiście pełen i chociaż usiedli w głębi, i tak skupiali na sobie uwagę wszystkich. Klienci gapili się na nich. Reporterzy robili zdjęcia. I właśnie o to chodziło Jeffowi.

— Pomyślałem po prostu, że powinniśmy wesprzeć lokalny biznes.

— Frieda świetnie radzi sobie bez nas — warknął Jack.

Jeff zerknął na komisarza policji, który miał zabandażowaną lewą skroń.

— Masz rację, Jack — powiedział. — Ale skoro już tu jesteśmy, proponuję pomówić o tym, po co się tu zebraliśmy.

Po czym wyjawił im swój plan.

Po pierwsze Katherine zamierza umożliwić całemu światu udział w jednej ze swoich rozmów.

Po drugie telewizja musi się upewnić, czy zjawisko jest autentyczne.

Po trzecie pozostali „wybrani" niepokoją się, że kłamstwo Kelly stawia ich w niekorzystnym świetle.

Po czwarte Program 9 od początku zachowuje „wyłączność" na Katherine.

Po piąte zbliża się Gwiazdka.

Jeff połączył te wszystkie fakty i wpadł na pomysł, który scharakteryzował, mówiąc „wilk będzie syty i owca cała". Gdyby Katherine mogła odebrać telefon na oczach całego miasta i pozwolić wszystkim usłyszeć głos zmarłej siostry, występując jednocześnie w ogólnokrajowym programie telewizyjnym, rozwiałoby to wszelkie wątpliwości na temat prawdziwej natury cudów w Coldwater. Pozostali zostaną zrehabilitowani. Świat zapomni o Kelly Podesto. To byłby fantastyczny temat na święta. A skoro talk-show należy do tej samej sieci telewizyjnej, co *Nine Action News* z Alpeny (i w tym miejscu Jeff wyobraził sobie, że jest dyrektorem w telewizji), to czy nie wypadałoby, żeby Phil i Amy się do tego przyłączyli? Czy coś takiego to nie jest właśnie słynna promocja krzyżowa?

– A czy moglibyśmy mieć wyłączność na nasz rynek? – zapytał Phil.

– Nie mamy nic przeciwko – powiedział Lance.

– Amy będzie mogła zająć się przygotowaniem gruntu pod wydarzenie?

– Nie ma sprawy – odparł Clint.

– Gdzie to nakręcimy?

– Tłocznia cydru? – podsunął Jeff.

– Na zewnątrz?

– Czemu nie?

– Kwestie pogodowe.

– Może w banku?

– Chcecie to zrobić w banku?

– Są jeszcze kościoły.

– To mogłoby się sprawdzić.

– Który?

– Świętego Wincentego?

– Żniwo Nadziei?

– A może w szkole?

– Ewentualnie w hali sportowej…

– Wcześniej tam właśnie…

– DOSYĆ! DOSYĆ! TAK NIE MOŻNA! TO NIE W PORZĄDKU!

Krzyk sprawił, że w lokalu na moment zapadła cisza. Lance i Clint spojrzeli gniewnie. Jeff otworzył usta. Można by się spodziewać, że to Katherine, od której oczekuje się, że ujawni całemu światu głos swojej zmarłej siostry, albo Jack, który właśnie usłyszał o kolejnym wielkim wydarzeniu publicznym, mając jeszcze na głowie bandaż z poprzedniego.

A jednak głos wołający: „DOSYĆ!", należał do kobiety, która w pewnym sensie wszystko to zaczęła.

Amy Penn.

– Co ty wyprawiasz? – warknął Phil cicho.

Amy patrzyła nieruchomym wzrokiem, jak w transie.

Nie zdawała sobie nawet sprawy, że wypowiedziała to na głos.

❧

Elias Rowe patrzył, jak drobne fale rozbijają się o plażę. Lubił stać na brzegu Wielkich Jezior. Potrafił spędzać tak całe godziny, zafascynowany ruchem wody. Znajomy, który mieszkał w Miami, żartował sobie: „To jest jezioro, nie ocean, choćbyś nie wiem jak długo się w nie wpatrywał".

Jednak dla Eliasa, który w dzieciństwie każde lato spędzał, kąpiąc się i pływając łódką po tych wodach, wizyta na brzegu jeziora była niczym pielgrzymka.

Był piątek rano. Elias jechał na północ. Zatrzymał się na kilka minut, żeby nacieszyć się samotnością. Zauważył tafelki lodu w pobliżu brzegu; zima powoli obejmowała jezioro w posiadanie.

Schował ręce w kieszeniach bezrękawnika.

Poczuł, jak jego telefon wibruje.

Był to aparat, który zakupił niechętnie w sklepie w Cold-water. Zaproponowany przez Sully'ego „eksperyment" trwał od pięciu dni. Elias nikomu nie podał tego numeru. Spojrzał na wyświetlacz.

Widniał na nim napis „NIEZNANY".

Elias odetchnął głośno trzy razy z rzędu, jak człowiek przygotowujący się do zanurzenia pod wodą.

A potem przycisnął guzik i powiedział:

– Kto mówi?

Trzy minuty później trzęsącymi się dłońmi wybrał numer, zapisany wcześniej na złożonej kartce.

– Miałeś rację – wyszeptał, kiedy odebrał Sully. – Przed chwilą do mnie zadzwonił.

– Kto?

– Nick.

⁓

Tego wieczora pastor Warren stał przed kościołem pełnym po brzegi. Było to kółko biblijne, spotkanie, na którym jeszcze parę miesięcy temu pojawiało się siedem osób. Teraz było ich co najmniej pięćset.

– Chciałbym, żebyśmy dziś porozmawiali o mannie – zaczął. – Czy wszyscy wiedzą, czym jest manna?

– Pokarm z nieba – zawołał ktoś.

– Pokarm od Boga – poprawił pastor. – Ale owszem, spadał z nieba. Każdego ranka. Kiedy dzieci Izraela błąkały się po pustyni.

– Proszę księdza?

Jakiś mężczyzna podniósł rękę. Warren westchnął. Nie czuł się najlepiej i miał nadzieję, że uda mu się szybko przebrnąć przez tę lekcję.

– Tak, młodzieńcze?

– Czy dusze w niebie potrzebują pokarmu?

Warren zamrugał oczami.

– Ja... ja nie wiem.

– Rozmawiałem z Tess. Powiedziała, że jej matka nigdy o tym nie wspomina.

– Katherine też nic o tym nie mówi – dorzucił ktoś inny.

– Przyjaźnię się z Aneshem Baruą – powiedziała kobieta w średnim wieku, wstając z miejsca. – Mogę go poprosić, żeby zapytał córkę.

– Jak ona zmarła?

– Na białaczkę. Miała dwadzieścia osiem lat.

– Kiedy z nim rozmawiałaś?

– Bracia i siostry, proszę! – krzyknął Warren.

Zgromadzeni ucichli. Warren się pocił. Bolało go gardło. Czyżby się przeziębił? Ostatnio pozwalał prowadzić kółko biblijne młodemu diakonowi, Joshui, tego wieczora jednak czuł, że powinien sam zdobyć się na ten wysiłek.

Kilka godzin wcześniej usłyszał o planie burmistrza: telewizyjna transmisja rozmowy Katherine Yellin ze zmarłą siostrą. Cały świat będzie to oglądać.

Warren czuł całym sobą, że to coś złego, wręcz bluźnierczego, że ich wszystkich może spotkać jakaś tragedia. Próbował umówić się z Jeffem Jacobym, ale powiedziano mu, że burmistrz jest zbyt zajęty. Usiłował dodzwonić się do Katherine, ale nie odbierała. Słowa Pisma przypominały mu, że ma być pokorny, jednak wewnątrz niego płonął ogień; czuł się, jakby ktoś go spoliczkował. Od pięćdziesięciu czterech lat stawał na tej ambonie. Czy nie zasługiwał, by wysłuchano tego, co ma do powiedzenia, choćby z grzeczności? Co się dzieje z ludźmi, których znał? Z Katherine, która niegdyś była jego lojalną parafianką? Z Jeffem, który dawniej cenił sobie jego opinie? Z księdzem Carrollem? Z innymi duchownymi? Wyglądało na to, że zostawiają go za sobą, przyciągani przez światło, które, jak przeczuwał Warren, nie pochodzi od Boga. W tym szaleństwie stracił nawet kochaną panią Pulte, a pod jej nieobecność wolontariusze robili wszędzie bałagan. Uporządkowane życie, które znał, zdawało się rozsypywać, rozpadać. Nawet zwykłe kółko biblijne wymykało mu się z rąk. Koncentracja. Panie, pozwól mi się skoncentrować.

— A zatem… manna — powiedział. — Zechciejcie przeczytać ze mną… — Zmrużył oczy za okularami. Otarł pot z czoła. — Tutaj. Księga Wyjścia, rozdział szesnasty, werset dwudziesty szósty. — Skup się. — Bóg mówi ustami Mojżesza: „Przez sześć dni możecie zbierać" mannę, „jednak w dniu siódmym jest szabat i nie będzie nic tego dnia". — Podniósł wzrok. — Czy wiecie, co się stało?

Nieduża starsza pani podniosła rękę.

— I tak wyszli po mannę?

— Tak jest. W wersecie dwudziestym siódmym czytamy: „Niektórzy z ludu wyszli siódmego dnia, aby zbierać, ale nic nie znaleźli". — Otarł czoło chustką. — Otóż widzimy przed sobą ludzi, którzy otrzymali niebywały dar. Pokarm z nieba. Był smaczny. Zaspokajał głód. Miał wspaniałe wartości odżywcze. Kto wie, może nawet się od niego nie tyło?

Kilka osób zachichotało. Warren poczuł, że robi mu się słabo. Serce biło mu szybko, nie mógł złapać tchu. Nie przerywaj. Nie przerywaj.

– Ale co się wydarzyło? Część ludzi nie uwierzyła słowu Pana. Wyszli w szabat – chociaż zapowiedział im, żeby tego nie robili. Pamiętajcie, manna była cudem. Prawdziwym cudem! – Oddychaj, upomniał się. Dokończ lekcję. – Nawet mając ten dar od Boga, wciąż chcieli więcej. – Wdech. Wydech. – I co dostali?

– Nic? – odezwał się ktoś.

– Gorzej. Bóg się rozgniewał. – Warren podniósł brodę. Światła wydawały się dziś wyjątkowo jaskrawe. – Bóg się rozgniewał! Nie możemy żądać cudów. Nie możemy ich oczekiwać! To, co dzieje się tu, w Coldwater, drodzy przyjaciele, jest niewłaściwe.

Wśród zgromadzonych rozległ się szmer.

– To coś złego! – dodał.

Szmer przybrał na sile.

– Bracia i siostry, czy wiecie, co oznacza słowo „manna"? Ludzie popatrzyli po sobie.

– Czy ktoś wie, co ono znaczy?

Cisza. Warren wypuścił powietrze z płuc.

– Oznacza... „Co to jest?"

Powtórzył te słowa. Pokój zaczął wirować. Jego głos brzmiał płasko, jak sygnał wybierania numeru w telefonie.

– Co to jest?

I osunął się na ziemię.

# Szesnasty tydzień

Alexander Graham Bell stworzył telefon, ale to Thomas Edison stworzył „Halo". Bell uważał, że za standardowe powitanie powinno służyć „Ahoj!". Jednak w 1878 roku Edison, jego rywal, zasugerował to rzadko używane, ale wyraźnie słyszalne słowo. Jako że Edison nadzorował pierwsze rozmowy przez telefon, „halo" szybko weszło do powszechnego użycia.

Edison poprawił także znacząco jakość sygnału, wprowadzając do nadajnika płytkę ze sprasowanego proszku węglowego.

Jednak nic, co Edison robił z telefonem, nie spotykało się z oddźwiękiem choćby zbliżonym do początkowej histerii wywołanej przez Bella – aż do roku 1920, kiedy to Edison powiedział pewnemu czasopismu, że pracuje nad „telefonem dla duchów", urządzeniem, które być może pewnego dnia pozwoli ludziom rozmawiać ze zmarłymi.

„Wierzę, że życie, podobnie jak materia, jest niezniszczalne – oznajmił. – Jeżeli w innym wymiarze są istoty... które pragną skontaktować się z nami, w tym wymiarze... aparat ten dałby im przynajmniej lepszą sposobność do uczynienia tego".

257

Artykuł spotkał się z szaleńczą reakcją, do wydawcy nadeszło sześćset listów i liczne zamówienia na urządzenie. Choć Edison sugerował później, że nie mówił do końca poważnie, do dziś dnia są osoby, które szukają poszlak dotyczących jego tajemniczego wynalazku.

Pogłoska, że w transmisji na żywo z Coldwater w stanie Michigan wystąpi, po raz pierwszy w historii, głos z nieba, wywołała reakcję, która oszołomiłaby Edisona. Na drogach prowadzących do Coldwater godzinami czekało się w korkach. Gubernator wyznaczył dwunastu funkcjonariuszy policji stanowej, którzy zajęli pozycje co półtora kilometra przy drodze numer osiem i co sto metrów wzdłuż Lake Street. Nadjeżdżały przyczepy. Wozy kombi, samochody kempingowe i żółte autobusy szkolne. Niczym deszcz meteorytów, zaćmienie Słońca czy obchody przełomu tysiącleci, wydarzenie przyciągało ciekawskich, pobożnych i tych, którzy po prostu chcieli wziąć udział w historycznym spektaklu. Ciągnęli tu zarówno fanatycy religijni, jak i ludzie niewierzący, którzy uważali, że traktowanie nieba w ten sposób to obłęd albo świętokradztwo.

Termin ustalono na piątek, trzy dni przed Bożym Narodzeniem, o 13.00. Co do miejsca, to wybór padł na boisko futbolowe przed liceum, na zewnątrz, ze sceną i głośnikami, ponieważ żaden budynek w mieście nie byłby w stanie pomieścić tłumów, których się spodziewano. Komisarz policji Jack Sellers, który stwierdził publicznie, że jest „absolutnie przeciwny całemu temu pomysłowi", nie był w stanie zagwarantować bezpieczeństwa w wypadku nagrywania pod dachem. Ostrzegał, że ludzie będą się nawzajem tratować, próbując dostać się do środka, oraz że narażeni będą na trudne do opisania zagrożenie pożarem.

Udział Amy Penn w wydarzeniu nie był przewidziany. Odesłano ją do domu. Phil Boyd przeprosił za jej brak profesjonalizmu. Nikt nie wiedział, co w nią wstąpiło, że zaczęła wrzeszczeć: „DOSYĆ!", i nagle odmówiła wypowiedzi na temat, którym zajmowała się od miesięcy.

– To prawdopodobnie wyczerpanie – powiedział Phil. – Ludzie robią różne głupie rzeczy, kiedy są zmęczeni.

I sprowadził na jej miejsce najpopularniejszego prezentera wiadomości z Alpeny.

Zielone światło dla całej akcji w głównej mierze zależało, oczywiście, od Katherine Yellin, która poprosiła o dzień do namysłu. W piątek rano, po tym jak spędziła kilka godzin na modlitwie, klęcząc przy łóżku, telefon zadzwonił. Wiedziała, że to będzie Diane. I tak było.

– Czy jesteś dziś szczęśliwa, siostro?

Katherine wyrzuciła z siebie wszystko. Opowiedziała o swojej frustracji, o protestujących, sceptykach, niedowiarkach.

– Diane, czy porozmawiasz ze mną przed nimi wszystkimi? Żeby zrozumieli, że to prawda? Że byłyśmy pierwsze?

Szum.

– Kiedy?

– Oni chcą to zrobić w następny piątek. Nie wiem. Ci ludzie. Czy to dobrze, czy źle, Diane? Czuję się taka zagubiona.

– A czego ty tak naprawdę chcesz, Kath?

Katherine uśmiechnęła się przez łzy. Diane nawet w niebie troszczyła się o potrzeby siostry.

– Chcę po prostu, żeby ludzie mi uwierzyli.

Szumy przybrały na sile.

– Diane?... Jesteś tam, Diane?

Wreszcie siostra jej odpowiedziała.

– Dla ciebie jestem zawsze, Kath.

– I zawsze byłaś.

– Piątek.

A potem cisza.

✍

W biurze „Northern Michigan Gazette" panował ruch większy niż kiedykolwiek. W ostatnich tygodniach gazeta podwoiła objętość, głównie za sprawą reklam skierowanych do przyjezdnych. Ron Jennings zatrudnił na zlecenie dwóch copywriterów, a dwójka stałych dziennikarzy, sześćdziesięcioszcześcioletni Elwood Jupes (który pracował tam od trzech dekad) oraz dwudziestoczteroletnia Rebecca Chu (wyznaczona na następczynię Jupesa, kiedy ten przejdzie na emeryturę), przygotowywała po minimum pięć tekstów do każdego numeru.

W ciągu tych dwóch miesięcy, jakie przepracował w „Gazette", Sully nie poznał nikogo ze strony redakcyjnej. Nie miał na to ochoty. Biorąc pod uwagę swoją przeszłość i charakter branży informacyjnej, mógł się spodziewać tylko szeregu pytań, na które nie chciał odpowiadać.

Teraz jednak miał istotny powód: rozsądną sugestię Liz, że ktoś w gazecie może być wtajemniczony w notatki do nekrologów Marii. Przy takiej ilości informacji o zmarłych oraz dostępie, którzy dziennikarze mają do telefonów, danych, historii i zaplecza – czy może istnieć dogodniejsza pozycja do zaaranżowania sprytnej mistyfikacji?

– No, to zaczynamy, kochani – odezwał się Ron Jennings. Zebrał cały personel wokół stołu konferencyjnego – zarówno część redakcyjną, jak i biznesową. Z trudem powściągał swój entuzjazm. Stał przy białej tablicy i stukał w nią niebieskim markerem. – To będzie największy tydzień w historii gazety…

❧

Kiedy zebranie się skończyło, Sully przemieścił się dyskretnie w stronę Elwooda Jupesa, siwowłosego dziennikarza z nosem boksera i podwójnym podbródkiem, który wylewał się z zapiętego kołnierzyka na ciasno zawiązany krawat. Jupes przyjrzał się Sully'emu przez okulary w rogowej oprawie, a potem wyciągnął dłoń i się przedstawił:

– Pracuje pan w sprzedaży, dobrze mówię? Jestem Elwood.

– Sullivan Harding.

– Mmm.

Sully nic nie odpowiedział. Co to niby ma znaczyć?

– Długo pan u nas pracuje? – zapytał Elwood.

261

– Od paru miesięcy. A pan?

Dziennikarz zachichotał.

– Zacząłem, zanim pan przyszedłeś na świat. Dobrze mówię?

– I co pan myśli o tej całej sprawie? Z telefonami.

– Najcudaczniejsza rzecz, o jakiej w życiu pisałem.

– Uważa pan, że to dobre?

– Dobre? – Elwood zmrużył oczy. – Cóż. Pomyślmy. Ludzie lepiej się zachowują, dobrze mówię? Odkąd się to wszystko zaczęło, nie zdarzył się w mieście choćby jeden przypadek kradzieży. Jak pogadać z księżmi, okazuje się, że kościoły pękają w szwach. Ludzie się modlą jak nigdy przedtem. To co pan myśli, panie Harding? To coś dobrego? Dobrze mówię?

Sully pomyślał, że jeżeli jeszcze raz usłyszy „dobrze mówię?", to nie wytrzyma i go uderzy.

– Pewnie musi pan o tym sporo pisać – powiedział.

– Non stop, odkąd się zaczęło – westchnął Jupes. – Praktycznie nie zdarza mi się pisać o niczym innym – poza piątkowymi meczami Hawksów. Futbol to jest to, dobrze mówię? Chociaż w tym roku nie idzie nam najlepiej. Wygraliśmy raptem trzy mecze.

Sully zmienił temat.

– Niech pan mi powie, okazało się coś z tym Eliasem Rowe'em? Czy on nie był jednym z tych pierwszych?

Elwood rozejrzał się wokół, po czym nachylił się do Sully'ego.

– W tym tygodniu był w mieście. Parę osób go widziało.

– Dlaczego nie chce się ujawnić?

– Dlaczego? A może dzwoni do niego ktoś, czyich telefonów sobie nie życzy, co pan na to? Nikomu to nie przychodzi do głowy. Ale mnie tak.

Sully poczuł, jak jego pięści się zaciskają.

– To kto do niego dzwoni?

– Nie mogę powiedzieć. Muszę chronić swoich informatorów.

Sully uśmiechnął się z wysiłkiem.

– Mnie pan nie powie? Przecież jesteśmy chyba po tej samej stronie, nie?

– O, nie – odparł Elwood. – Pieniądze i informacje nigdy nie są po tej samej stronie.

Dziennikarz żartobliwie trącił go w ramię. Sully myślał gorączkowo. Czuł, że rozmowa zaraz się urwie; a przecież tyle jeszcze musiał się dowiedzieć.

– À propos interesów, muszę dziś pojechać do jednego klienta. Davidson i Synowie. Zna ich pan?

– Czy ich znam? Mam sześćdziesiąt sześć lat. Wyobraża pan sobie, na ilu pogrzebach zdążyłem być? A zresztą właściciel zakładu to mój stary znajomy.

Coś pięknego, pomyślał Sully. Ten facet i Horace. Co za kombinacja.

– Rozmawiałem z tą kobietą, co tam pracuje. Marią. Mówiła mi, że pisze dla nas…

– Nekrologi. Zgadza się. – Elwood się skrzywił. – Nigdy tego nie pochwalałem. Bierzemy pieniądze od reklamodawcy, a on nam przysyła teksty?

– No właśnie – powiedział Sully, myśląc o teczkach Marii. – Też wydało mi się to dziwne. Skąd możemy wiedzieć, że nie ma tam jakichś nieścisłości? Czy ktoś sprawdza szczegóły?

Elwood odchrząknął. Uważnie przyjrzał się twarzy Sully'ego, niczym kamera kręcąca panoramiczne ujęcie horyzontu.

– Coś mocno to pana ciekawi, dobrze mówię?

Sully wzruszył ramionami.

– Dlaczego jesteś pan taki ciekawy?

– Nieważne.

Elwood potarł podbródek.

– Wierzy pan w niebo, panie Harding?

Sully wbił wzrok w podłogę. Odpowiedź brzmiała „nie". Zamrugał i przeniósł spojrzenie na Elwooda.

– Dlaczego?

– Tak sobie. Ale ludzie zastanawiają się, czy niebo istnieje, odkąd człowiek został stworzony. Pod koniec tygodnia możemy się spodziewać jakiegoś dowodu. To byłby temat wszech czasów, co?

Sully stał nieruchomo.

– O ile to wszystko prawda.

– Mmm – powiedział jeszcze raz Elwood. Zacisnął wargi, powstrzymując uśmiech.

Sully postanowił zaryzykować.

– Kim jest Nick Jos…

Poczuł klepnięcie w ramię.

– Co tam, chłopcy, zaznajamiacie się? – zawołał Ron Jennings. – Ale może w innym tygodniu, okej? Mamy masę roboty. Tu masz swój plan na dziś, Sully. Do dzieła.

Prowadzony przez Rona w kierunku wyjścia Sully obejrzał się przez ramię i zobaczył Elwooda Jupesa, zmierzającego w stronę biurka. Ron doszedł z Sullym aż pod drzwi, gadając bez przerwy i przypominając mu, że stawki w tym tygodniu wzrosły dwukrotnie, w przewidywaniu największego nakładu w historii „Gazette".

– Powiedz wszystkim, że taka okazja się nie powtórzy – powiedział Ron, otwierając drzwi. – Zapłacą, ile trzeba.

I tak po prostu Sully wylądował na śniegu. Wciągnął w płuca zimny dym i spróbował przetworzyć to, czego się przed chwilą dowiedział. Zbliża się do rozwiązania zagadki czy raczej oddala? Kawałek dalej zobaczył autobus, z którego wysypywali się ludzie. Następni przyjezdni. Do jego uszu dobiegł dźwięk kościelnych dzwonów.

– Harding!

Odwrócił się na pięcie. Elwood Jupes wychylał się zza drzwi, uśmiechając się szeroko i bez słowa.

– Co? – zapytał Sully.

– Nie obejrzałeś się tak, kiedy zawołałem cię po nazwisku na meczu w zeszłym miesiącu. Dlaczego?

Sully przełknął ślinę.

– To był pan?

Elwood cmoknął językiem.

– Niedobrze cię potraktowali, chłopaku. Wielu ludzi tutaj wie o tym. I nie przejmuj się tym idiotą, który krzyknął za tobą „Geronimo". Był pijany w sztok, dobrze mówię?

I zamknął drzwi.

❧

„Gazette" rzeczywiście opublikowała artykuł o wypadku Sully'ego, kiedy się wydarzył. Nosił nagłówek: „BYŁY MIESZKANIEC COLDWATER UCZESTNIKIEM KOLIZJI W POWIETRZU". Jego autorem był Elwood Jupes, który głównie powtarzał większość informacji z serwisu Associated Press, dorzucił jednak cytat z ojca Sully'ego, do którego zadzwonił po usłyszeniu wiadomości.

– Znam swojego syna – powiedział Fred Harding. – To lotnik pierwsza klasa. Ktoś w wieży nawalił i mam nadzieję, że wkrótce się to wyjaśni.

Stało się inaczej. Elliot Gray nie żył, a na jego temat wiadomo było tylko tyle, że zatrudnił się niecały rok wcześniej, a przedtem wykonywał tę samą pracę w trzech innych stanach. Taśmy z nagraniami z wieży były albo puste, albo zniekształcone tak, że nic się nie dało zrozumieć. Początkowo podejrzewano, że Elliot Gray w jakiś sposób je zniszczył, jednak coś takiego wymagałoby czasu i umiejętności, a biorąc pod uwagę to, jak szybko zderzył się z samochodem Giselle

Harding, wkrótce uznano tę hipotezę za nieprawdopodobną. Urządzenie do nagrywania po prostu zawiodło. W wieży nie było nikogo innego, jako że cały personel wybiegł na zewnątrz, na pomoc cessnie, która wylądowała na trawie obok pasa startowego, zawadziwszy wcześniej o słup telefoniczny.

Samolot miał wgnieciony kadłub i pęknięty ster – którego część została najprawdopodobniej wessana do silnika Sully'ego, powodując jego katastrofę. Pilot cessny zeznał, że w ogóle nie widział F/A-18 i że wieża poinformowała go, iż „może lądować na pasie 27 prawym" – dokładnie tak samo, jak zeznawał Sully. Wywoływało to duże zainteresowanie, do czasu aż ujawniono wyniki testów Sully'ego.

„Gazette" napisała również o tym.

Sully nigdy nie czytał tych tekstów. Ale co wieczór, siedząc w więzieniu, myślał o tej transmisji, o słowach „27 prawy" i o tym, jak ludzki głos mówiący przez druty – technologia nie do wyobrażenia bez telefonu – na zawsze zmienił jego życie.

೨

Jack od lat nie robił naleśników, ale całkiem szybko przypomniał sobie, co trzeba, szczególnie po dziewiątej partii. Korzystał z dwóch patelni i jednej blachy. Kiedy naleśniki były gotowe, Tess wynosiła je na wielkich tacach i podawała ludziom zgromadzonym w salonie.

Od czasu Święta Dziękczynienia dawny dom jej mamy stał się czymś w rodzaju zajazdu pełnego gości (Tess zakazała słowa „pielgrzymi"), którzy siadali na podłodze i wypytywali ją o rozmowy z niebem, o to, co mówi jej Ruth i jakich rad jej udziela. Tess nie wpuszczała nikogo do kuchni, gdzie na ścianie wisiał telefon (poza Samanthą i Lulu, i teraz także Jackiem Sellersem), a kiedy dzwonił, wychodziła z nim do spiżarni, żeby zapewnić sobie trochę prywatności.

Od zeszłego tygodnia Jack przychodził tu co rano przed pracą. W zestawieniu z szaleństwem protestujących i mediów ta staroświecka kuchnia ze swoim brzękiem talerzy i podzwaniającymi sztućcami była miejscem, w którym z przyjemnością spędzał godzinkę, półtorej. Podobało mu się, że Tess nie włącza telewizora. Podobało mu się, że pachnie tu zawsze gotowaniem i że często ganiają się tutaj dzieci.

Ale przede wszystkim lubił być w pobliżu Tess. Musiał się stale pilnować, żeby się w nią nie wpatrywać z obawy, że zdradzi swoje uczucia. Tym, co go w niej najbardziej urzekało, była autentyczne zawstydzenie, z jakim przyjmowała fakt, że znów słyszy głos mamy. Zmagała się z tym podobnie jak Jack, kiedy rozmawiał z Robbiem. Tess nie chciała zwracać na siebie uwagi.

Dlatego właśnie próbował zniechęcić ją do udziału w piątkowym wydarzeniu.

– Po co uczestniczyć w tym fiasku? – zapytał ją w kuchni.

Tess zastanawiała się przez chwilę, a potem skinęła ręką, żeby poszedł za nią do spiżarni.

– Wiem – szepnęła, wchodząc do środka. – Ale kiedy zapytałam o to mamę, odpowiedziała: „Powiedz wszystkim". Wydaje mi się, że mam obowiązek się tym dzielić.

– To znaczy, że jak tego nie zrobisz…

– To będzie to coś złego.

– Grzech?

– Coś w tym rodzaju.

– Czy tak ci powiedział ksiądz Carroll?

Tess skinęła głową.

– Skąd wiedziałeś?

– Posłuchaj, ja też chodzę do kościoła, ale…

– Nie zrobiłabym czegoś takiego jak Katherine…

– Nie, to jest obłęd…

– Ale skoro ludzie chcą mnie zapytać, czego się dowiedziałam, to czy mam prawo zachowywać to dla siebie?

Jack nic nie odpowiedział.

– Wszyscy inni też tam będą. – Tess błysnęła oczami. – Z wyjątkiem ciebie.

Jack odwrócił wzrok.

– Moja była przestała rozmawiać z Robbiem. Mówi, że za bardzo ją to przygnębia.

– A ty?

– Nie przygnębia mnie to. Uwielbiam słyszeć jego głos. Tylko mam…

– Co?

– Nie wiem.

– Wątpliwości?

– Może.

– Wątpliwości to ścieżka prowadząca do Boga.

Jack utkwił w niej wzrok. Czy Robbie nie powiedział czegoś bardzo podobnego?

269

– Boli? – zapytała cicho Tess.

Wyciągnęła rękę i dotknęła zranionego miejsca. Jack miał wrażenie, jakby głaskała go po sercu.

– Niee – powiedział, głośno przełykając ślinę.

– Wygląda na to, że zaczyna się goić.

– Tak.

Dzieliło ich od siebie zaledwie kilka centymetrów.

– Dlaczego tak się przejmujesz tym programem?

– Bo… nie będę mógł cię obronić.

Odpowiedź wyrwała mu się, zanim zdał sobie sprawę, że ją wypowiada. Tess się uśmiechnęła. Wyglądała, jakby patrzyła, jak słowa na jej oczach wyparowują.

– Kochany jesteś.

A potem go pocałowała. Raz. Delikatnie. Oboje niezręcznie odsunęli się od siebie i jednocześnie powiedzieli:

– Przepraszam.

Tess spuściła wzrok, wyszła ze spiżarni i natychmiast usłyszała, jak woła ją któryś z gości.

Jack został na miejscu. Ale nie było to już to samo miejsce co przed chwilą.

&

Choć było to ostatnie miejsce w miasteczku, które mogłoby przyciągnąć tłumy, obecnie nawet w bibliotece w Coldwater było rojno i gwarno. W ciągu dnia przyjezdni przetrząsali książki i dokumenty na temat historii miasta. Dziennikarze szukali materiałów do większych artykułów. Inni pytali o mapy. Jako jedyna bibliotekarka, Liz nie miała chwili spokoju.

Jednak po szóstej gasiła światła przed budynkiem i pozwalała Sully'emu popracować w ciszy. We wtorek wieczorem, trzy dni przed planowaną transmisją, Sully wszedł tylnym wejściem w towarzystwie drugiego człowieka, potężnego mężczyzny w brezentowym płaszczu i wełnianej czapce.

– Cześć – powiedział Sully, nie przedstawiając nieznajomego.

– Hej – odparła Liz.

– Porozmawiamy sobie tutaj.

Skupili się przy stojącym w kącie komputerze. Sully wyjął notatnik. Elias Rowe powoli i metodycznie zreferował mu rozmowę, którą odbył z Nickiem Josephem.

– Gdzie zniknąłeś, Elias? – zaczął głos Nicka.

– Zostaw mnie w spokoju – powiedział Elias.

– Musisz coś dla mnie zrobić.

– Nic nie muszę. Dlaczego do mnie dzwonisz?

– Potrzebuję, żebyś się czymś zajął.

– Czym?

– Musisz zająć się Nickiem.

– Próbowałem się tobą zająć. Nieraz dawałem ci szansę!

Sully przerwał notowanie.

– I co on wtedy powiedział?

– Nic – odparł Elias.

– Zapytałeś go o te rzeczy, o których rozmawialiśmy?

– Próbowałem.

Elias i Sully przygotowali listę pytań, które – jak liczyli – pozwolą rzucić jakieś światło na to, co się dzieje. Jedno z nich brzmiało: „Skąd dzwonisz?". „Wiesz skąd" – odpowiedział Nick.

– Więc nie powiedział „z nieba"? – zapytał Sully.

– Nie – odparł Elias. – Pytałem go dwa razy.

– A pytałeś go o współpracowników?

– Tak. Powiedziałem do niego: „Wymień mi chłopaków z dawnej ekipy. Jak się nazywali?". A on nic nie odpowiedział. Tylko masa szumów i trzasków.

Dlaczego nie chciał na to odpowiadać? – pomyślał Sully. Dla prawdziwego Nicka Josepha było to proste pytanie. I jak mu się udało zadzwonić na zupełnie nowy numer – na telefon, który Elias kupił u Jasona raptem parę dni wcześniej?

Sully wsparł podbródek na dłoniach.

– I co jeszcze?

– Zapytałem go: „Jak wygląda Bóg?". Tak, jak się umawialiśmy. Na początku nic nie odpowiedział. Tylko znowu były te trzaski. A potem znów powtórzył swoje imię. „Nick". A potem… – Urwał.

– Co?

– A potem, zanim zdążyłem coś dodać, powiedział: „Elias, zrób to, co się należy". – Do oczu napłynęły mu łzy. – To mnie mocno ruszyło. Ten facet to był skończony nicpoń, ja z nim miałem krzyż pański, rozumiesz? Nic, tylko patrzył, jak by kogoś naciągnąć albo urwać coś dla siebie. Ale odkąd się dowiedziałem, że nie żyje, zawsze miałem…

– Co takiego?

– Wyrzuty sumienia. Jakbym zrobił coś złego.

– Ale przecież…

– O BOŻE! – krzyknęła Liz.

– Co się stało? – Sully odwrócił się błyskawicznie.

– Tam ktoś jest!

– Gdzie?

– Przy oknie!

Sully znalazł się tam jednym susem, ale ktokolwiek to był, zdążył uciec.

Liz odetchnęła głęboko.

– O rany, przepraszam. Po prostu się wystraszyłam. Na szybie były dwie ręce…

Ale Sully był już za drzwiami. Zobaczył odjeżdżający niebieski samochód. Pospiesznie wrócił do biblioteki.

– To był mężczyzna czy kobieta?

– Mężczyzna.

– Młody czy stary?

– Nie widziałam. – Liz spuściła wzrok. – Nie chciałam wyjść na panikarę.

– Nic się nie stało. – Sully wyjrzał przez okno. Popatrzył na Eliasa. – Miałeś kiedyś okazję poznać Elwooda Jupesa?

⁓

Tego samego wieczora Katherine stała przy blacie kuchennym owinięta w szlafrok frotté, popijając sok z żurawiny i trzymając w ręce oprawioną fotografię. Przedstawiała ona

Diane i Katherine w kostiumach kąpielowych, jak stoją na piaszczystej plaży i podnoszą do góry szarfę za pierwsze miejsce w Pływackich Zawodach Tandemów po jeziorze Michigan na półtora kilometra. Nogi miały smukłe i opalone, twarze brązowe od słońca.

– Zgrany z nas zespół, rybko – powiedziała wtedy Diane.

– Byłaś szybsza ode mnie – odparła Katherine.

– No co ty! Wygrałyśmy dzięki tobie.

Katherine wiedziała, że to nieprawda. Diane byłaby w stanie zdublować każdą dziewczynę w Coldwater. Ale jej chodziło przede wszystkim o to, żeby dodać młodszej siostrze wiary w siebie. Boże, jak bardzo Katherine teraz za tym tęskniła. Czasem człowiekowi najbardziej brakuje tego, jaki czuł się przy ukochanej osobie.

– Masz ochotę na towarzystwo?

Katherine podniosła wzrok i u podnóża schodów zobaczyła Amy. Młoda kobieta miała na sobie bluzę Yale i luźne niebieskie spodnie od dresu.

– Pewnie. Siadaj.

– Dzięki.

Amy przysiadła na stołku.

– Chodziłaś do Yale?

– Mój dawny chłopak chodził. Tyle mi po nim zostało.

– Cóż... – Katherine zapatrzyła się w swój sok. – To więcej niż mnie po mężu. – Podniosła wzrok. – Chcesz się czegoś napić?

– Nawet nie wiesz jak – odparła Amy.

W ciągu ostatnich dwudziestu czterech godzin Amy przemierzyła pięćset dwadzieścia pięć kilometrów. Po tym jak Phil oświadczył jej, że ma się więcej nie zajmować tematem Coldwater, wróciła do domu, do wynajętego dwupoziomowego mieszkania w Alpenie i przekonała się, że jest w połowie puste. Ricka nie było. Zostawił parę książek, trochę ubrań w koszu na brudną bieliznę, zapakowaną kanapkę w lodówce i pudełko batonów energetycznych w szafce. A także liścik następującej treści: „Możemy pogadać, jak będziesz miała trochę czasu. R.". Co za ironia losu, pomyślała Amy, w tej chwili nie mam nic oprócz czasu. Sięgnęła po komórkę, żeby zadzwonić do Ricka. Zaczęła myśleć, jak go przeprosić. Zapatrzyła się w kształt telefonu w swojej dłoni.

Nigdzie nie zadzwoniła.

Zamiast tego wsiadła z powrotem do samochodu, pojechała aż do Coldwater, zaparkowała na Gunningham Road i przekonała dwóch funkcjonariuszy policji stanowej, żeby pozwolili jej zapukać do tylnych drzwi Katherine.

– Doprowadzę to do końca – wydyszała, kiedy Katherine jej otworzyła. – Należy mi się to. Nic mnie nie obchodzi, czy tamci mnie potrzebują, czy nie.

– Pościelę ci – powiedziała Katherine.

Prawda była taka, że Katherine nigdy nie życzyła sobie odjazdu Amy. Amy była jedyną osobą, do której miała zaufanie od czasu, kiedy się to wszystko zaczęło, a kiedy dziewczyna przeżyła to załamanie u Friedy – krzycząc: „DOSYĆ!", a potem trzęsąc się i nic nie odpowiadając – Katherine zaniepokoiła się o jej zdrowie i pomyślała, że przydałby się jej odpoczynek. Dopiero następnego dnia, kiedy już się zgodziła na udział w programie, dowiedziała się, że Amy zdjęto ze stanowiska. Główny prezenter z Alpeny marzył, żeby zająć się sprawą z Coldwater, a Philowi z kolei zależało na jego zadowoleniu, bo podnosił mu oglądalność. A zresztą Amy zrobiła już swoje. Jej cnotliwe oburzenie było Philowi bardzo na rękę.

Teraz dwie kobiety siedziały w cichej kuchni, Katherine ze szklanką soku żurawinowego, Amy z butelką wina. Po raz pierwszy w pobliżu nie było żadnej kamery, a rozmowa zeszła z tematu nieba i telefonów na kwestie związków. Katherine opowiedziała o byłym mężu, Dennisie, który w rok po ich ślubie wyprowadził się do Teksasu. Podczas ostatniej rozprawy udało mu się przekonać sąd, że jest człowiekiem pozbawionym środków do życia. Katherine nie dostała prawie żadnych pieniędzy. Jeszcze w tym samym roku Dennis kupił sobie jacht.

– Jak to możliwe, że mężczyznom coś takiego uchodzi na sucho? – zapytała Katherine.

Amy wzruszyła ramionami. Rick był trzecią ofiarą jej kariery zawodowej. Ukochany z czasów studenckich dał drapaka, kiedy dostała pierwszą pracę w Beaufort w Północnej Dakocie, w stacji tak maleńkiej, że gwoździem ich programu były relacje z sianokosów. Drugi poważny chłopak właściwie lubił tę branżę – jak się okazało, trochę zanadto. Kiedy Amy nocami ślęczała w montażowni, nawiązał romans z dwudziestodwuletnią blondynką, którą stacja zatrudniła do relacjonowania wydarzeń sportowych. Mieszkali teraz we dwoje w Georgii, na polu golfowym.

Ale Rick był inny, tak przynajmniej wydawało się Amy. Sam był prawdziwym profesjonalistą, architektem, rozumiał więc długie godziny pracy i politykę biurową. Najwyraźniej jednak nie rozumiał potrzeby doprowadzenia sprawy do samego końca. A w każdym razie nie tej sprawy.

– Tak mi przykro – powiedziała Katherine.

– To moja wina – odparła Amy. – Ciągle myślałam o karierze, złościłam się na siebie, że za mało osiągnęłam jak na osobę w takim czy innym wieku. To było dla mnie tak ważne, że uważałam, że dla niego też powinno. Wydawało mi się, że na tym polega miłość. – Przesunęła palcem po podstawce kieliszka. – Może tak sobie mówimy, kiedy tak naprawdę chcemy po prostu, żeby nasze było na wierzchu.

– No cóż, jego strata – powiedziała Katherine. – Wystarczy na ciebie spojrzeć.

Amy zacisnęła powieki i mało się nie roześmiała.

– Dzięki.

– Wiesz, co mawiała Diane?

– Co?

– Jeżeli znajdziesz w życiu jednego prawdziwego przyjaciela, jesteś bogatsza niż większość ludzi. Jeżeli ten prawdziwy przyjaciel jest twoim mężem, to spotkało cię błogosławieństwo. A jeżeli tym jedynym prawdziwym jest twoja siostra, niech ci nie będzie przykro. Ona przynajmniej nie może się z tobą rozwieść.

Amy się uśmiechnęła.

– Ja nie miałam czasu na przyjaciół.

– Nie?

– Ciągle pracowałam. A ty?

– Miałam czas. Ale ja przeważnie zniechęcam ludzi do siebie.

– Nie mów tak.

– Kiedy to prawda. Jestem zbyt ambitna. Chcę zawsze mieć rację. Diane mówiła: „Kath, zobacz, czy nie tlą ci się buty. Chyba właśnie spaliłaś za sobą kolejny most".

Amy zachichotała.

– Od czasu jej śmierci nikt tak ze mną nie rozmawiał – powiedziała Katherine. – Poruszałam się jak we mgle, niemalże czekałam, aż znów usłyszę jej głos. I dlatego kiedy zaczęły się te telefony, nie widziałam w tym niczego dziwnego. Diane była moją starszą siostrą. Ilekroć jej potrzebowałam, zjawiała się. Dlaczego teraz nie miałaby do mnie wrócić?

Amy przygryzła wargę.

– Katherine, ci ludzie tak naprawdę wcale o ciebie nie dbają.

– Którzy ludzie?

– Ci z telewizji. – Westchnęła. – My.

Pauza.

– Wiem – powiedziała Katherine cicho.

– Interesuje ich tylko oglądalność.

– Wiem.

– Rick miał rację. Ciągniemy z ludzi, ile się da, aż w końcu nic nie zostaje, i wtedy sobie idziemy. Spalona ziemia.

– Wiem.

Amy zwróciła się ku niej całym ciałem. Spojrzała Katherine w oczy.

– Ja też w tym uczestniczę.

– Już nie. – Katherine się uśmiechnęła. – Powiedziałaś: „Dosyć".

– Bo dziwnie się czułam. Miałam wrażenie, że z relacjonowania wiadomości przeszliśmy do ich tworzenia. – Amy wypuściła powietrze. – Ale potrzebowałam twojej historii.

– Tak.

– Miała mi pomóc w karierze.

– Wiem.

– Pomaga teraz tym wszystkim ludziom tutaj. To jedyny powód, dla którego zawracają sobie tobą głowę. Rozumiesz?

– Rozumiem.

Amy wyglądała na zdezorientowaną.

– Skoro wiesz o tym wszystkim, dlaczego się nie wycofasz?

Katherine odchyliła się do tyłu, jakby chciała lepiej zobaczyć to, co ma zamiar powiedzieć.

– W dniu, kiedy pochowaliśmy Diane, wróciłam do domu i potrafiłam tylko patrzeć w ścianę. Prosiłam Boga, żeby przysłał mi znak, że wszystko u niej dobrze. Że skoro nie może być ze mną, to w każdym razie jest z nim. Prosiłam o to codziennie przez bite dwa lata. I wtedy zadzwonił mój telefon. Stary różowy telefon Diane z naklejką w kształcie pantofelka. Ten, który zachowałam tylko po to, żeby mieć jeszcze jedną pamiątkę po niej.

Amy spojrzała na nią pytającym wzrokiem.

– Nie rozumiesz? Bóg mi odpowiedział. Dał mi największy dar, o jaki mogłabym prosić: głos mojej siostry. I skoro w zamian za to chce tylko, żebym dała ludziom znać, że on naprawdę istnieje, to czy powinnam odmawiać? Zachować to dla siebie? W dawnych czasach ludzie stawali na górze i przemawiali do innych. Ale teraz...

– Teraz mamy telewizję?

– Chyba tak.

– Ale jeżeli – powiedziała wolno Amy – ona nie zadzwoni?

Katherine skrzyżowała dłonie na blacie.

– Zadzwoni.

Przez chwilę obie kobiety w milczeniu wpatrywały się w swoje kieliszki.

– Oszukałam cię – wymamrotała Amy.

– Kiedy?

– Kiedy powiedziałam, że jestem wierząca. Nie jestem. Nie bardzo.

Katherine kołysała się powoli w przód i w tył.

– Może w piątek uwierzysz.

❧

Następnego dnia Sully znów wybrał na odwiedziny w firmie Davidson i Synowie porę obiadu. Poczekał, aż Horace odjedzie. Następnie pospiesznie pokonał ganek i cichy korytarz i znalazł się przed gabinetem Marii Nicolini.

– Witam ponownie – powiedział, zaglądając do środka. – Zastałem Horace'a?

– Och, nie, pojechał na obiad – odparła Maria. – Jejku. Wygląda na to, że jest pan sprzężony z porami jego posiłków.

– Mogę poczekać.

– Na pewno? On wyszedł dosłownie przed chwilą.

– Szykujemy naprawdę specjalne wydanie. Przypuszczam, że będzie chciał się w nim pojawić.

– O, wyobrażam sobie.

– Obłęd, prawda? To, co się teraz dzieje w mieście.

– Bez dwóch zdań. Dziś rano jechałam do pracy dwadzieścia minut. Mieszkam raptem…

Przerwał im cichy dźwięk dzwoneczków. Maria popatrzyła na ekranik, wyświetlający obraz z kamery przy wejściu.

– Przepraszam – powiedziała, wstając. – Nie znam tych ludzi. Mogliby wejść do środka. Drzwi nigdy nie są zamknięte.

Sekundę później Sully był sam.

Spojrzał na szafkę z dokumentami. Zaczął szybciej oddychać. Przyszedł tu, żeby spróbować się dowiedzieć, czy ktoś inny (szczególnie Elwood Jupes) nie ma czasem dostępu do notatek Marii – aż tu nagle sam go zdobył. W życiu nie był złodziejem. Nigdy nie miał po temu powodu. Teraz jednak pomyślał o piątkowej transmisji, o człowieku czającym się za oknem biblioteki, o dziwnych pytaniach Elwooda i tym, że on sam ma po prostu za mało informacji.

W przeciwieństwie do Marii.

Odetchnął głęboko. Musi się zdecydować, czy to robi, czy nie. Odsunął od siebie myśl o ojcu i mamie, Giselle i Julesie, zagłuszając wszelkie wyrzuty sumienia.

Otworzył szufladę.

Poruszał się szybko i cicho. Udało mu się znaleźć większość z oryginalnych zapisów rozmów – „Joseph Nick", „Sellers Robert", „Rafferty Ruth", „Barua Simone" i „Yellin Diane" – i wyciągnąć je, zanim usłyszał kroki Marii i pozostałych osób. Ostrożnie zamknął szufladę i zatrzasnął swoją teczkę. Potem zerwał się na nogi i ściągnął z wieszaka płaszcz.

– Wie pani co? – powiedział, natykając się na całą trójkę w korytarzu. – Wpadnę jeszcze w dwa miejsca i wrócę za parę godzin.

– Dobrze – powiedziała Maria. – Jest pan pewien?

– Tak. Mam dziś sporo do załatwienia.

– To państwo Albergo. A to pan Harding.

Skłonili się sobie uprzejmie.

– Wyrazy współczucia – odezwała się pani Albergo.

– Ach, nie – powiedział Sully. – Jestem tutaj w sprawach zawodowych, nie…

Para wymieniła spojrzenia.

– Pan Harding rzeczywiście stracił żonę – wyjaśniła Maria – ale kilka miesięcy temu.

Sully na nią zerknął.

– No tak. Przepraszam. Rzeczywiście.

– My przyszliśmy tu w sprawie mojego ojca – powiedziała cicho pani Albergo. – Jest bardzo chory. Rak szpiku kostnego.

– Musi to być dla państwa trudne – odparł Sully.

– Bardzo trudne – przyłączyła się Maria.

– Nie zostało mu wiele czasu. Mamy nadzieję, że kiedy odejdzie, to jeżeli zostanie pochowany w Coldwater, będziemy mieli większą szansę na to, że, wie pan, później się z nami skontaktuje.

Sully sztywno skinął głową, powstrzymując się od powiedzenia czegoś cynicznego. Wtedy odezwał się pan Albergo.

– Czy mógłbym pana o coś zapytać?

– Dobrze – odparł Sully.

– Pańska żona. Czy ona się kiedykolwiek... – Wskazał na niebo. – Wie pan... Do pana?

– Nie. – Sully przełknął ślinę. Spojrzał na Marię. – Najwyraźniej nie zdarza się to każdemu.

Pan Albergo opuścił palec. Nikt nic nie mówił. Sully poczuł, jak jego ciało się napina.

– Muszę jechać – wymamrotał.

Na parkingu dał upust złości, waląc pięścią w maskę samochodu pięć razy z rzędu. To nigdy nie mija! Co godzinę coś ci o tym przypomina, kolejny przeklęty drobiazg rozdziera ci serce. Sully cisnął teczkę z wykradzionymi informacjami na tylne siedzenie. Szarpiąc za klamkę drzwi po stronie kierowcy, kątem oka dostrzegł niebieskiego forda fiestę na tyłach parkingu przed domem pogrzebowym.

Ktoś w nim siedział i obserwował Sully'ego.

Do uszu pastora Warrena, leżącego na szpitalnym łóżku, doleciał metaliczny dźwięk sygnału wiadomości telewizyjnych. Nacisnął kilka guzików na pilocie, aż wreszcie dźwięk ucichł. Dosyć. Usłyszał już tyle wiadomości, że spokojnie starczy mu na rok.

Lekkie zaburzenie pracy serca. Tak mówili lekarze. Najpewniej nic mu nie będzie. Ale w jego wieku przyda się parę dni obserwacji w szpitalu. Tak na wszelki wypadek.

Warren rozejrzał się po mdłym, sterylnym pokoju – metalowy stolik na kółkach, brązowy skórzany fotel. Pomyślał o tym, jak wszystkich wystraszył, mdlejąc przy pulpicie, jak zaraz znaleźli się przy nim ratownicy medyczni. Przypomniał sobie werset z Biblii: „Przyjdźcie do mnie wszyscy, którzy utrudzeni i obciążeni jesteście, a Ja was pokrzepię". Poświęcił swoje życie Panu; spodziewał się – w pewien sposób nawet miał nadzieję – że Pan wkrótce zabierze go do siebie.

Kilka godzin wcześniej zajrzał do niego ksiądz Carroll. Mówili ogólnikami, o podeszłym wieku, o zdrowiu. Wreszcie poruszyli temat zbliżającej się transmisji.

– Zwrócili się do mnie z prośbą o udział – powiedział ksiądz Carroll. – Uważam, że będzie to dobre dla Kościoła.

– Być może.

– Myśli ksiądz, że jej się uda?

– Komu?

– Katherine Yellin. Czy ona naprawdę potrafi wezwać swoją siostrę?

Pastor Warren przyjrzał się twarzy duchownego, na próżno szukając w niej czegoś.

– Czy to nie Bóg wzywa?

Ksiądz Carroll odwrócił wzrok.

– Oczywiście.

Wyszedł kilka minut później. Warren poczuł się wyczerpany tą rozmową.

– Proszę księdza, kolejni goście – oznajmiła pielęgniarka, wnosząc do pokoju woreczek ze świeżym płynem do kroplówki.

– Co takiego?

– Goście. Zaraz będą.

Warren wyżej podciągnął przykrycie. Kto teraz? Może pani Pulte? Albo któryś z pozostałych duchownych? Pielęgniarka wyszła z pokoju, a pastor odprowadził ją spojrzeniem aż na korytarz.

Rozchylił usta.

W jego stronę szedł Elias Rowe.

೧

Historia sławi Alexandra Bella, natomiast jego współpracownik Thomas Watson, odbiorca pierwszego na świecie połączenia telefonicznego, jest znacznie mniej znany. Watson, który był dla Bella niezastąpiony, pracował z nim jeszcze tylko przez pięć lat. Potem, w 1881 roku, wziął pokaźną sumę, jaką przyniósł mu wynalazek, i poświęcił się innym zainteresowaniom. Wyjechał w długą podróż poślubną do Europy. Zainwestował w przedsiębiorstwo budowy okrętów. Próbował swoich sił w teatrze szekspirowskim.

Jednak trzydzieści osiem lat po swojej pierwszej rozmowie telefonicznej Watson i Bell wrócili do niej, lecz tym razem nie dzieliło ich sześć metrów kabla, lecz pięć tysięcy kilometrów – Bell znajdował się w Nowym Jorku, Watson w San Francisco. Była to pierwsza w kraju rozmowa transkontynentalna, a Bell zaczął tym samym zdaniem, które wypowiedział tyle lat temu:

– Panie Watson, niech pan tu przyjdzie.

Na co Watson odparł:

– Dostanie się do pana zajęłoby mi teraz tydzień.

Czas jest cichym złodziejem, wabi ludzi i oddala ich od siebie. Pastor Warren przyglądał się twarzy Eliasa Rowe'a, którego nie widział od kilku miesięcy. Pamiętał go jako nastolatka – zawsze w pobliżu, zawsze skromny, zawsze zręczny i pracowity. Pomógł odbudować parafialną kuchnię. Położył w kościele nową wykładzinę. Przez lata regularnie uczęszczał na niedzielne nabożeństwa – aż do dnia, kiedy Katherine Yellin oznajmiła: „Byłam świadkiem cudu!". A Elias to potwierdził.

Od tego czasu Warren go nie widział.

– Chcę poprosić księdza o przebaczenie – powiedział teraz Elias, siedząc przy szpitalnym łóżku.

– Nie zrobiłeś nic, co trzeba by przebaczać.

– Zakłóciłem nabożeństwo.

– Daleko ci było do Katherine.

– Być może. Ale chcę, żeby ksiądz wiedział, że dużo się modlę na własną rękę.

– Bóg cię słyszy, gdziekolwiek jesteś. Chociaż brak nam ciebie w kościele.

– Proszę księdza?

– Mmm?

– Czy mogę przyprowadzić tu jeszcze kogoś?

– Tutaj? Teraz?

– Tak.

– W porządku.

Elias dał znak ręką i z korytarza wyłonił się Sully. Elias dokonał prezentacji.

– Widzi ksiądz, możliwe, że powinienem poprosić o przebaczenie za coś jeszcze.

Warren uniósł brwi.

– Co to takiego?

❧

Kilka godzin wcześniej obaj mężczyźni siedzieli w mieszkaniu Sully'ego, przeglądając kartki z teczki Nicka Josepha z domu pogrzebowego. Znaleźli w niej transkrypcje rozmów Marii z krewnymi – młodszym bratem Nicka Joem i jego starszą siostrą Patty. (Oboje rodzice Nicka nie żyli). Poza normalnymi szczegółami biograficznymi siostra wspominała także o jakimś „małym Nicku":

„Nick najbardziej ze wszystkiego gryzł się tym, że nie wie, kto się zajmie małym Nickiem, jak on umrze. Jego matka do niczego się nie nadaje... Jestem pewna, że nawet nie przyjdzie na pogrzeb... Kiedy przestał jej przysyłać pieniądze, wściekła się. Przeprowadziła się i nie dała mu adresu... Tylko niech pani nic nie pisze o małym Nicku, okej? To tak między nami".

Elias nic nie wiedział o tym, że Nick miał dziecko – ani byłą żonę – tak samo jak reszta ekipy budowlanej. Na podstawie tego, ile pił i imprezował, wszyscy zakładali, że mieszka sam.

– Proszę księdza, pamiętam, że Nick chodził kiedyś do Żniwa Nadziei – powiedział Elias. – Pomyślałem sobie, że jeżeli ktokolwiek coś wie, to pewnie ksiądz. Ale kiedy poszedłem do kościoła, ludzie mi powiedzieli, co się stało – jak ksiądz zemdlał na kółku biblijnym.

– Nieoczekiwana przygoda – rzekł Warren.

– Bardzo mi przykro.

– Nie trzeba. Bóg ma swój plan. Ale co do jego syna...

– Tak?

– Obawiam się, że nic nie wiedziałem o jego istnieniu. A Nick odwiedzał mnie regularnie. Tak jak i Patty.

– Zaraz. Nick księdza odwiedzał?

– Miał poważne kłopoty finansowe. Kościół pożyczał mu pieniądze w miarę swoich skromnych możliwości.

Elias potarł czoło.

– Proszę księdza, to ja byłem powodem tych kłopotów. Zwolniłem go. Pozbawiłem go zasiłku.

– Wiem.

Elias ze wstydem odwrócił wzrok.

– Dzwoni do mnie.

– Kto?

– Nick. To właśnie on skontaktował się ze mną z... wie ksiądz. Z nieba. Czy skądś tam. Jest na mnie zły. Chce, żebym coś zrobił. Mówił, że dla Nicka, a ja sądziłem, że ma na myśli siebie. Ale teraz wydaje mi się, że chodzi o jego syna.

Warren przymrużył oczy.

– Czy to dlatego wyjechałeś?

– Bałem się, proszę księdza. Przykro mi. Nie wiedziałem, że on miał dziecko...

– Już dobrze, Elias...

– Nigdy bym go nie zwolnił...

– To nie twoja...

– Choćby nie wiem ile rzeczy zawalił...

– Już dobrze...

– Te telefony. Jego głos. To mnie prześladuje.

Warren dotknął ramienia Eliasa, żeby go uspokoić. Zauważył spojrzenie Sully'ego i przechylił głowę w jego stronę.

– A pan co o tym wszystkim myśli, panie Harding?

Sully położył rękę na piersi.

– Ja?

Warren skinął głową.

– No cóż, proszę księdza, z całym szacunkiem, ja nie wierzę w niebo.

– Proszę mówić dalej.

– Myślę, że ktoś manipuluje tymi telefonami. Ktoś, kto bardzo dużo wie o zmarłych. Skoro nawet ksiądz nie wiedział o synu Nicka, to raczej niemożliwe, żeby wiele osób o nim słyszało, prawda? Ale ten głos, z którym rozmawia Elias, wie. Czyli albo to naprawdę Nick – chociaż nie potrafił odpowiedzieć na parę podstawowych pytań, na które prawdziwy Nick by umiał – albo ktoś, kto ma dostęp do bardzo wielu informacji.

Warren opuścił głowę na poduszkę. Spojrzał na przewód od kroplówki, wystający z jego dłoni i zaklejony kilkakrotnie plastrem, żeby nie było widać igły ani płynu sączącego się do żyły. „Przyjdźcie do mnie wszyscy, którzy utrudzeni i obciążeni jesteście".

– Elias…

Poruszył palcami. Elias ujął jego dłoń.

– Nie wiedziałeś o tym dziecku. Bóg ci przebaczy. Ale może jest jakiś sposób, żeby teraz pomóc temu chłopcu?

Elias skinął głową. Po jego twarzy spłynęła łza.

– Panie Harding?

Sully się wyprostował.

– Ja wierzę w niebo. I w to, że Bóg może w swojej dobroci uchylić nam jego rąbka.

– Rozumiem.

– Ale nie w ten sposób.

Sully zamrugał oczami. Czyżby duchowny się z nim zgadzał?

– Kto pańskim zdaniem mógłby stworzyć coś takiego?

Sully odchrząknął.

– W gazecie jest ktoś, kto ma dostęp do wszystkich tych danych.

Warren wolno pokiwał głową.

– Prasa – wyszeptał. – Potężna władza. – Zamknął oczy. – Przekonał się pan o tym na własnej skórze, prawda?

Sully poczuł, jak uchodzi z niego powietrze. A więc pastor Warren także zna jego historię.

– Prawda – potwierdził.

∽

Zimą noc zapada wcześnie w północnym Michigan. O siedemnastej w Coldwater było już ciemno. Na boisku przed szkołą, w świetle ogromnych reflektorów, Jeff Jacoby przeprowadzał inspekcję sceny. Musiał przyznać, że producenci mieli rację: pieniądze są w stanie załatwić wszystko. Wszędzie były rusztowania, gigantyczny biały namiot nad głowami, liczne kratownice oświetleniowe, przenośne grzejniki i gładka powierzchnia z twardego drewna, po której miały jeździć kamery, przywieziona ciężarówką z Detroit. Całość była rzęsiście oświetlona, dalsze trybuny oddzielone, a bliższe przykryte brezentem na wypadek niepogody. Na prawo i lewo od sceny stały dwa ogromne ekrany. Coldwater nigdy nie widziało czegoś podobnego. Jeff poczuł przypływ dumy – a zaraz po tym niepokoju.

Harmonogram był już ustalony. „Wybrani" zasiądą do rozmowy ze słynną prowadzącą punktualnie o 13.00, kiedy zacznie się transmisja na żywo. Z każdym z nich zostanie przeprowadzony wywiad, poza tym będą odpowiadać na pytania publiczności oraz internautów. Tymczasem Katherine będzie czekać na telefon od Diane. Kamera będzie jej towarzyszyć przez cały czas. Producenci sprawdzili już, że można bez problemu podłączyć do głośników jej różowego samsunga.

Jeżeli głos z nieba się zmaterializuje, będzie wyraźnie słyszalny.

Nietrudno zgadnąć, co niepokoiło Jeffa: a jeżeli telefon nie zadzwoni? Katherine zapewniała ich, że zadzwoni, ale kto może to zagwarantować? W celu podniesienia prestiżu programu producenci zaprosili do niego licznych „ekspertów". Jasnowidzów utrzymujących, że regularnie rozmawiają ze zmarłymi. Specjalistów od zjawisk paranormalnych, dysponujących nagraniami tajemniczych głosów, złapanych przez radio. Kobietę, która otarła się o śmierć i twierdziła, że teraz widzi dusze wszędzie, nawet podczas przeprowadzania wywiadu.

Po kilku godzinach tego typu rozmów Jeff wrócił do swojego gabinetu, zastanawiając się nie nad tym, czy zjawisko z Coldwater jest możliwe, ale raczej nad tym, dlaczego wystąpiło dopiero teraz. Słyszał, jak Anesh Barua podczas „wywiadu wstępnego" opowiada o córce, która powiedziała mu, że niebo to „bezkresne światło". Była żona Eddiego Doukensa opisała niebo jako „nasz pierwszy wspólny dom, kiedy bawiły się tam dzieci". Tess Rafferty utrzymywała, że jej matka, Ruth, powiedziała, iż niebo to miejsce, gdzie

„wszystko jest wybaczone" i gdzie nie ma „strachów w nocy ani strzał za dnia".

Było to potężne świadectwo. Mimo to Jeff nadal się martwił. Kiedy jednak odciągnął Lance'a na bok i powiedział: „A jeżeli telefon Katherine nie zadzwoni przez trzy, cztery godziny?" – producent wyszczerzył zęby.

– Pozostaje nam tylko nadzieja.

– Nie rozumiem.

– Nie – odparł drwiąco Lance. – Nie rozumie pan.

Lance znał prawdę: nie miało to większego znaczenia. Im dłużej trwał program, tym więcej sprzedawali reklam. Im więcej było reklam, tym więcej na tym zarabiali. Ostatecznie z punktu widzenia sieci telewizyjnej dowód na istnienie nieba nie różnił się niczym od ślubu pary książęcej czy finału reality show: oni brali pod uwagę koszt produkcji oraz zysk z inwestycji. Zainteresowanie telewidzów Coldwater było kolosalne; ludzie zasiądą przed telewizorami. I będą oglądać – o ile będą przekonani, że usłyszą ten cudowny głos.

Kwestia tego, czy niebo tak naprawdę istnieje, czy nie, w ogóle nie wchodziła tu w rachubę.

❦

W swoim śnie Sully znajdował się w kokpicie. Samolot się trząsł. Wskaźniki spadały. Przygotował się do katapultowania – i nagle niebo zrobiło się czarne. Sully zwrócił się w prawo i zobaczył przyciśniętą do okna twarz Elwooda Jupesa.

Obudził się z krzykiem.

Od tego koszmarnego momentu w czwartek rano – dzień przed transmisją – uganiał się za własnymi podejrzeniami. Poszedł na parking „Gazette" i zajrzał do niebieskiego forda fiesty, który, jak się dowiedział, rzeczywiście należał do Elwooda. Na tylnym siedzeniu zobaczył kartony, w tym kilka ze sklepu ze sprzętem RTV.

Sully wszedł do budynku i zajął się udawaniem, że wypełnia jakieś dokumenty sprzedażowe. Parę razy podniósł znad nich wzrok i zauważył, że Elwood mu się przygląda. O wpół do jedenastej dziennikarz opuścił biuro. Chwilę później Sully wyszedł za nim.

Jechał za Elwoodem w bezpiecznej odległości. Kiedy ford skręcił z Lake Street, Sully zrobił to samo. Parę przecznic dalej zahamował gwałtownie.

Elwood kierował się na parking Davidsona i Synów, domu pogrzebowego.

Sully stanął kawałek dalej, na ulicy. Czekał ponad godzinę. Wreszcie zobaczył, jak niebieski ford go mija, i pojechał za nim na Cuthbert Road, do domu Tess Rafferty. Elwood wszedł do środka. Sully czekał na ulicy.

Pół godziny później Elwood wyszedł i pojechał na boisko przed szkołą, gdzie miała się odbyć transmisja. Kiedy zaparkował i wysiadł, Sully odczekał minutę, po czym zrobił to samo, kryjąc się za ciężarówkami z telewizji. Zobaczył, jak Elwood uważnie przygląda się scenie, oświetleniu i konsolecie – machając wszystkim zainteresowanym przed nosem swoją legitymacją prasową. Po godzinie wsiadł do samochodu i pojechał z powrotem do „Gazette".

Sully zatrzymał się pod biblioteką i znalazł tam Liz, przed której biurkiem ustawiła się długa kolejka. Dał jej znak, żeby przyszła na chwilę na zaplecze.

– Elwood Jupes – powiedział.

– Ten facet z gazety?

– Czy to możliwe, że jest kimś więcej?

– Co masz na myśli?

– Czy mógłby mieć powód, żeby aranżować te telefony? Jakiś motyw?

– Nie wiem. Może córka?

– Co z tą córką?

– Zabiła się kilka lat temu. Zjechała z mostu. To było okropne.

– Czemu to zrobiła?

Liz pokręciła głową.

– Dlaczego ludzie w ogóle robią takie rzeczy?

– Masz tu jakieś informacje o tym wypadku?

– Daj mi chwilę.

Wyszła. Sully czekał na zapleczu. Dziesięć minut później Liz wróciła z pustymi rękami.

– Nie ma. Brakuje całego wydania. Zniknęło.

&

Następne kilka godzin wypełniła Sully'emu gorączkowa aktywność. Popędził do Dial-Teku, żeby się przekonać, czy Elwood Jupes jest podłączony do tej samej usługi co wybrani. Podczas gdy Jason zajął się sprawdzaniem tego, Sully pojechał do „Gazette" w poszukiwaniu zaginionego numeru. Elwood był na miejscu, zgarbiony nad swoim biurkiem, i wlepił wzrok w Sully'ego, kiedy ten zbliżył się do regałów.

– To już drugi raz dzisiaj – zauważył. – Czego tam szukasz, co?

– Klient chce zobaczyć oryginalną wersję jednej starej reklamy.

– Mmm.

Kiedy znalazł gazetę (Liz podała mu datę), zaledwie rzucił okiem na nagłówek – „ŚLEDZTWO W SPRAWIE ŚMIERCI NA MOŚCIE" – po czym złożył ją i umieścił w swojej teczce. Nie chciał, żeby Jupes zauważył, czemu się przygląda.

Potem pognał do szkoły, odebrał Julesa, podrzucił go do rodziców i zaraz pojechał do swojego mieszkania na drugim piętrze, na którego schodach czekał na niego Elias Rowe.

Następne parę godzin zajęło im przeglądanie zgromadzonych materiałów. Przeczytali wszystkie zapisy rozmów Marii z pogrążonymi w żałobie rodzinami. Od Jasona dowiedzieli się, że Elwood rzeczywiście korzysta z tej samej usługi co pozostali. Razem przejrzeli archiwalny numer gazety z tragiczną historią o dwudziestoczterolatce, która w listopadzie wjechała samochodem prosto w lodowate wody.

Najdziwniejszy był jednak podpis pod artykułem.

Autorem tekstu był Elwood Jupes.

– Napisał o własnej córce? – zapytał Elias.

– Dziwna sprawa.

– Ale jak to się łączy z moimi telefonami?

– Nie wiem.

– Mówię ci, to był głos Nicka.

– Pozostali też twierdzą, że głosy są prawdziwe.

– Trochę to niesamowite.

– On musi jakoś to robić.

Siedzieli w milczeniu. Sully spojrzał za okno; słońce już zaszło. Za niespełna dwadzieścia cztery godziny cały świat zjedzie się do Coldwater – dosłownie albo wirtualnie – z nadzieją na rozwiązanie największej zagadki na ziemi: czy istnieje życie po śmierci?

Bumm-bumm-bummp!

Sully znieruchomiał. Spojrzał na drzwi.

Bumm-bumm-bummp!

Poczuł, jak zaciska mu się żołądek.

– Spodziewasz się kogoś? – szepnął Elias.

Sully pokręcił głową. Podszedł do wizjera, nachylił się i poczuł, jak dreszcz przebiega go od stóp aż po czubek głowy. Ogarnęło go mdlące, znajome uczucie; uczucie, którego spodziewał się już nigdy więcej nie zaznać. Przyrzekł to sobie w dniu wyjścia na wolność.

– Nazywam się Sellers, jestem komisarzem policji – powiedział mężczyzna w mundurze, kiedy Sully otworzył drzwi. – Pójdzie pan ze mną.

❧

Katherine i Amy stały na wzgórzu z widokiem na boisko do futbolu i gigantyczną scenę. Było lodowato i Katherine ciaśniej otuliła się szalikiem.

– RAZ... RAZ, RAZ...

Zadudnił głos – to akustyk sprawdzał mikrofony. Scenę zalewała powódź światła, co sprawiało wrażenie, jakby wisiało nad nią słońce.

– Co o tym myślisz? – zapytała Amy.

– Strasznie to wszystko duże – odparła Katherine.

– Możesz się jeszcze wycofać.

Katherine uśmiechnęła się blado.

– To już nie zależy ode mnie.

Głos zadudnił znowu:

– RAZ... RAZ, DWA... RAZ...

Amy zauważyła ekipy z co najmniej sześciu stacji telewizyjnych, filmujące ostatnie przygotowania. Potężni mężczyźni w kurtkach z kapturem trzymali na ramionach kamery, wycelowane w scenę niczym bazooki. Poczuła ukłucie żalu – to niesprawiedliwe; dlaczego to nie ona tam jest, dlaczego nie ona relacjonuje najnowsze wydarzenia? Musiała jednak przyznać, że czuje też pewną ulgę, jak uczeń, którego zwolniono z pisania klasówki.

– Mogę im coś powiedzieć – odezwała się Katherine.

– Jak to?

– Mogę powiedzieć, że nie wezmę udziału, jeżeli ty nie będziesz tego relacjonować.

– Ale to nieprawda.

– I tak mogę tak powiedzieć.

– Dlaczego miałabyś robić dla mnie coś takiego?

– Nie wygłupiaj się. Zrobiłabym to właśnie dlatego, że to ty.

Amy się uśmiechnęła. Po raz pierwszy, odkąd się poznały, była w stanie wyobrazić sobie relację Katherine z siostrą, z Diane, i to, dlaczego Katherine tak boleśnie odczuwała tę stratę. Duszą tej kobiety władała lojalność, ale lojalność wymaga partnera.

– Dzięki. Dam sobie radę.

– Próbowałaś zadzwonić do Ricka jeszcze raz?

– Nie odbiera. Nie chce ze mną rozmawiać.

Katherine spuściła wzrok.

– Wszystko w porządku? – zapytała Amy.

– Coś mi przyszło do głowy.

– Co?

– On nie chce odebrać twojego telefonu – a ja nie mogę zmusić mojego, żeby zadzwonił.

❧

W ciągu dziesięciu lat po wynalezieniu telefonu Alexander Bell zmuszony był bronić swojego patentu ponad sześćset razy. Konkurencyjne firmy. Chciwe jednostki. Sześćset razy. Bell był tak zmęczony ciągłymi pozwami, że schronił się w Kanadzie, gdzie znany był z tego, że nocami siadywał w canoe, palił cygaro i przyglądał się niebu. Smuciło go, że ludzie oskarżają go o kradzież najcenniejszej dla niego rzeczy – jego pomysłów – i że pytania prawników również to sugerują. Czasem pytania potrafią być okrutniejsze niż obelgi.

Sully Harding siedział w pomieszczeniu na tyłach posterunku policji w Coldwater, a Jack Sellers bombardował go takimi pytaniami.

– Co pan wie o tych telefonach?

– Jakich telefonach?

– Tych z nieba.

– Tych, o których ludzie mówią, że pochodzą z nieba?

– Co pana z nimi łączy?

– Łączy? Mnie?

– Pana.

– Nic mnie z nimi nie łączy.

– To dlaczego przebywał pan w towarzystwie pana Rowe'a?

– Przyjaźnimy się.

– Przyjaźnicie?

– Tak, od niedawna.

– Czy on odbiera takie telefony?

– Musi pan jego zapytać.

– Co pan robił dzisiaj w „Gazette"?

– Pracuję tam.

– Sprzedaje pan powierzchnię reklamową.

– Zgadza się.

– Dlaczego miałby pan przeszukiwać stare gazety?

– Dlaczego mnie pan o to pyta?

– Chcę się dowiedzieć, co łączy pana z tą sprawą.

– O co panu chodzi?

Sully'emu kręciło się w głowie. Elias był gdzieś na zewnątrz, w innym pokoju. Kiedy zjawiła się policja, wyglądał na wystraszonego. Od tamtego czasu nie mieli okazji zamienić ze sobą słowa.

– Aresztuje mnie pan za coś?

– Ja tylko zadaję pytania.

– Muszę na nie odpowiadać?

– Odmawianie odpowiedzi nie poprawi pańskiej sytuacji.

– Jaka jest moja sytuacja?

– Że nie jest pan w to zamieszany.

– Nie jestem.

– Dlaczego pojechał pan do zakładu pogrzebowego Davidsona?

– To nasz klient.

– Co robił pan na boisku futbolowym?

– Zaraz, skąd pan o tym wszystkim...

– Dlaczego śledzi pan Elwooda Jupesa?

Sully się wzdrygnął.

– Był pan kiedyś w więzieniu, panie Harding?

– Raz.

– Za co?

– Na skutek pomyłki.

– Dlaczego śledził pan Elwooda Jupesa? Co łączy pana z tą sprawą? Co pan wie o tych telefonach?

Sully przełknął ślinę, a potem, choć rozsądek podpowiadał mu coś innego, wyrzucił z siebie:

– Myślę, że to Elwood może być ich autorem.

Jack się wyprostował. Wysunął szczękę.

– To dziwne.

Podszedł do bocznych drzwi i otworzył je, ukazując Elwooda Jupesa, który stał tam z notatnikiem w ręku.

– On mówi to samo o panu.

Jack nie oglądał seriali o gliniarzach. Większość prawdziwych policjantów nie zawraca sobie nimi głowy. Kiedy żyje się w takim świecie, wymyślone dramaty wydają się człowiekowi głupie. A zresztą, w rzeczywistości nic nie układa się tak jak w telewizji.

Jack zdawał sobie sprawę, że przesłuchując Sullivana Hardinga, działa trochę na oślep, mówiąc oględnie. Nie miał do tego żadnych prawnych podstaw. Dopiero dwie godziny temu usłyszał na niego skargę – od Elwooda z „Gazette", którego Jack znał dobrze, bo każdy komisarz policji w małym miasteczku musi znać się z jedynym miejscowym reporterem.

Elwood zadzwonił do niego z pewną teorią. Niejaki Harding, obecnie sprzedawca powierzchni reklamowej, skumał się z Eliasem Rowe'em, który ulotnił się, oznajmiwszy, że dzwonią do niego z nieba. Dlaczego? Co łączy tych dwóch? No, i Harding wypytuje Elwooda o najróżniejsze rzeczy. Gadał o nekrologach. Próbował odszukać stare gazety. Trochę to podejrzane, nie?

W innym czasie i w wypadku innej sprawy Jack odpowiedziałby: nie, Elwood, ani trochę, i zapomniałby o wszystkim. Tym razem jednak najbardziej ze wszystkiego miał ochotę – choć przecież nie mógł – powiedzieć: czy to może być prawda? Czy to możliwe, że to jedno wielkie oszustwo? Zbyt wiele to znaczyło. Dla niego. Dla Doreen. Dla Tess. Dla wszystkich w miasteczku. On odzyskał syna. Tess odzyskała matkę. Nie powinno się igrać z takimi uczuciami. To, uznał Jack, byłoby przestępstwo gorsze od wszystkich, które można znaleźć w kodeksie.

Dlatego bez konkretnych podstaw ściągnął tu Sully'ego i maglował go – dopóki nie przekonał się, że Sully myśli o Elwoodzie dokładnie to samo, co Elwood o Sullym. Sytuacja przerodziła się w niemal komiczną wymianę oskarżeń.

– Co robiłeś w domu pogrzebowym? – zapytał Sully.

– Pytałem ich o ciebie – odparł Elwood. – Co robiłeś w bibliotece po godzinach?

– Szukałem informacji na twój temat. Co robiłeś na boisku?

– Sprawdzałem, czy cię tam wcześniej nie było.

I tak dalej, i tak dalej. W końcu Jack podrapał się po głowie i przerwał im, mówiąc:

– Wystarczy.

Nie mógł już tego słuchać. Było jasne, że żaden z mężczyzn nie ma nic poza podejrzeniami.

Podobnie jak Jack.

– Przepraszam za najście, panie Harding – powiedział.

Sully westchnął.

– Zapomnijmy o tym.

– Zazwyczaj nie postępujemy tak w Coldwater.

– Coldwater to już nie to samo miasto co dawniej.

– Nie da się ukryć – wtrącił Elwood.

– Mój syn myśli, że ktoś do niego zadzwoni. – Sully patrzył na swoje buty. Zaskoczył samego siebie. Dlaczego to powiedział?

– Jego zmarła matka? – zapytał Elwood.

Sully skinął głową.

– Niedobrze.

– Dlatego chciałem udowodnić, że to nieprawda.

– Nie chcesz, żeby się łudził?

– Dokładnie.

– Że zadzwoni jakiś duch i powie, że wszystko jest w porządku...

– To nie tak – przerwał Jack. – Kiedy człowiek słyszy głos osoby, którą myślał, że stracił... to czuje jakby... ulgę. Jakby ta zła rzecz nigdy się nie zdarzyła. To znaczy, z początku jest dziwnie, patrzysz na telefon i myślisz, że to jakiś kawał. Ale zdziwilibyście się, jakie to normalne znów z nim rozmawiać... – Uświadomił sobie, że obaj mężczyźni się w niego wpatrują. – Tak mówi Doreen – dodał szybko.

– Pańska żona? – zapytał Sully.

– Była żona.

Przez chwilę wszyscy milczeli. Wreszcie Elwood zatrzasnął swój notatnik. Spojrzał na Sully'ego.

– Niewykluczone, że minąłeś się z powołaniem.

– Jak to?

– Mógłbyś być reporterem.

– Dlaczego? – Sully zachichotał pod nosem. – Bo wszystko pokręciłem?

Elwood również zachichotał. Nagle wszyscy poczuli, że są bardzo zmęczeni. Jack spojrzał na zegarek i powiedział:

– Chodźmy stąd.

Otworzył drzwi pokoju na zewnątrz, gdzie czekał Elias. Mężczyzna wstał od biurka i wymienił spojrzenia z dwoma funkcjonariuszami policji stanowej, którzy go pilnowali.

Chwilę później wszyscy się rozjechali. Jack zatrzymał się pod domem Tess, a ona uśmiechnęła się, otwierając drzwi. Elwood zatrzymał się w barze i zamówił piwo. Elias pojechał do brata przespać się w pokoju gościnnym.

Sully jechał do domu w ciszy, patrząc przez okno na jasną poświatę, widoczną nad boiskiem, i na dwa gigantyczne reflektory, które zdawały się drapać niebo.

# *Dzień transmisji*

WIADOMOŚCI
ABC News

PREZENTER: Dzień dobry. Jest piątek 22 grudnia i już za kilka godzin miasteczko Coldwater w stanie Michigan znajdzie się w centrum uwagi międzynarodowej publiczności, podejmując śmiałą próbę nawiązania kontaktu z niebem. Na miejscu jest już Alan Jeremy.

*(Alan na śniegu)*

ALAN: Jak państwo widzą, Coldwater otrzymało już dziś jedną przesyłkę z góry — związaną z bliskością jeziora zamieć, która rozpętała się nocą i przykryła ziemię dwunastocentymetrową warstwą śniegu. Ze względu na zaparkowane wszędzie samochody pługi nie mogą się przedostać. Lekcje w szkołach zostały odwołane. Wiele sklepów i lokali jest zamkniętych. Miasteczko dosłownie trwa w bezruchu, czekając wraz całym światem na to, co, jak twierdzi jedna kobieta, jest głosem jej zmarłej siostry, kontaktującej się z nią z nieba.

PREZENTER: Alan, co wiemy o tej kobiecie?

*(Ujęcia Katherine)*

ALAN: Nazywa się Katherine Yellin, jest czterdziestosześcioletnią pośredniczką w handlu nieruchomościami, rozwiedzioną matką dwóch synów. Najwyraźniej była bardzo blisko ze swoją siostrą. Diane Yellin dwa lata temu zmarła na tętniaka. Katherine mówi, że regularnie rozmawia z siostrą od września — korzystając z połączeń telefonicznych, które, jak twierdzi, przychodzą z zaświatów.

PREZENTER: Pozostali również tak utrzymują, prawda?

*(Ujęcia pozostałych)*

ALAN: Tak. Sześć osób, począwszy od dyrektorki przedszkola po dentystę. Większość z nich również pojawi się w dzisiejszej transmisji na żywo. W centrum zainteresowania znajdzie się jednak przede wszystkim Yellin, jej siostra i to, jak może brzmieć głos z „tamtej strony". Yellin będzie monitorowana non stop i każde połączenie na jej telefon zostanie wyemitowane w czasie rzeczywistym. Od czasu kiedy Alexander Graham Bell zademonstrował w 1878 roku działanie swojego wynalazku królowej angielskiej, nie zdarzyło się, by świat z takim napięciem czekał na jeden telefon.

PREZENTER: Konsekwencje tego połączenia mogą okazać się jeszcze donioślejsze.
ALAN: Istotnie. Z Coldwater mówił dla państwa Alan Jeremy, *ABC News*.

– Nie da się ściągnąć tu więcej pługów!? – wrzasnął Lance, przekrzykując hałas dmuchaw z gorącym powietrzem i wielkich generatorów.

– Staram się! – odkrzyknął Jeff. – Zadzwoniłem do pięciu innych miast!

Lance z niesmakiem pokręcił głową. W tej chwili powinni zajmować się ostatnimi przygotowaniami do transmisji. Zamiast tego, gdziekolwiek spojrzał, ludzie usuwali śnieg – wolontariusze zamiatali trybuny albo wycierali dekoracje ręcznikami. Jack Sellers prowadził dwunastu policjantów przez głębokie zaspy. Szli gęsiego, każdy stawiał stopy w śladach poprzednika. Jeff Jacoby usiłował znaleźć więcej pługów.

Jakby zamieć nie mogła wybrać sobie innego dnia, naprawdę. Lance przycisnął guzik na swojej krótkofalówce i powiedział:

– Clint, czy wysłannicy są w drodze po gości?

Usłyszał szumy. A potem:

– Powiedzieliśmy im... zrrzylp...

– Powtórz.

– My... mzyrrrp ...tej.

– Co?

– Zrrrp... co?

– Czy już tam jadą, Clint?

– … im o dziesiątej.

– Nie. Nie o dziesiątej! Teraz! Widzisz ten śnieg? Ściągnij ich wcześniej!

– Zmmzzpt… ich teraz?

– Tak. Teraz. Teraz!

Szum.

– Zrozu…

Lance cisnął urządzenie w zaspę. To jest niepoważne! Za cztery godziny spodziewają się przekazać całemu światu telefon z innego wymiaru, a nie są nawet w stanie dogadać się przez krótkofalówkę.

&

Sully nasypał synkowi płatków do miseczki. Zalał je mlekiem.

– Czy mogę do tego trochę cukru? – zapytał Jules.

– W samych płatkach jest już dużo cukru – odpowiedział Sully.

Siedzieli przy oknie wychodzącym na wąwóz. Zaspy wyglądały jak porcje mrożonego kremu, a drzewa uginały się pod ciężarem hojnie przypudrowanych gałęzi.

Sully przełknął swoją kawę, ekstramocną, licząc, że pomoże mu to odzyskać trochę energii. Nie mógł sobie przypomnieć, kiedy ostatnio był tak zmęczony. Uganiał się za swoją teorią; teoria okazała się fałszywa. Czuł się jak dureń. Wykończony dureń. Gdyby nie Jules, spałby cały dzień.

– Posłuchaj, dzisiaj nie ma lekcji, więc zabiorę cię do dziadków, zgoda?

– A możemy najpierw pobawić się na śniegu? Możemy zrobić Studleya?

Sully się uśmiechnął. Tak Giselle nazywała bałwana – takiego muskularnego. „Zróbmy Studleya!" – wołała, wypadając za drzwi ręka w rękę z Julesem i wysoko podnosząc nogi w zimowych butach. Sully spojrzał na synka i poczuł, jak coś wzbiera mu w piersi, jakby był winien małemu wielkie przeprosiny. Przez cały ten czas, kiedy gonił za Elwoodem, Marią, Eliasem, nekrologami, wśród całej tej obsesji z udowodnieniem, że cud jest nieprawdziwy, jego syn po prostu kochał go codziennie – i to właśnie było jak mały cud.

– Pewnie – powiedział Sully. – Zrobimy Studleya.

– Super! – zawołał Jules, po czym wepchnął sobie do ust ogromną porcję płatków, aż mleko pociekło mu po policzkach. Sully wziął serwetkę i osuszył mu buzię, kiedy mały gryzł płatki.

– Tatusiu?

– Mmm.

– Nie smuć się. Mamusia do ciebie zadzwoni.

Sully opuścił serwetkę.

– Ulepmy tego bałwana, co?

– Studleya – poprawił synek.

❧

Godzinę później niedaleko ganku stała muskularna śniegowa rzeźba z trzech kul. Nos miała z patyka, a usta i oczy – z ciasteczek. Ojciec Sully'ego, Fred, podjechał przed dom swoją furgonetką i wysiadł z niej z uśmiechem na twarzy.

– To wasz nowy ochroniarz?

– Dziadek! – zawołał Jules, brnąc do niego przez śnieg i obejmując go za nogi.

– Dzięki, że po niego przyjechałeś – powiedział Sully. – Chciał najpierw zrobić to.

– Nie ma sprawy – odparł Fred.

Sully otrzepał śnieg z rękawiczek i pociągnął nosem.

– Trochę ci to zajęło. Duży ruch?

– Nie do opisania. Wszędzie stoi policja stanowa, nie wiem po co. No i na całym świecie nie ma chyba tylu wózków holowniczych, żeby dać sobie radę z tym, jak ludzie parkują.

– Czy ty i mama…

– Co? Wybieramy się obejrzeć to widowisko?

– Tak na to mówią?

– A ty jak byś to nazwał?

– Widowisko nieźle pasuje.

– Twoja matka się wybiera.

Sully westchnął. Skinął głową w kierunku Julesa.

– Nie chcę, żeby on brał w tym udział, okej?

– Zostanie ze mną w domu – powiedział Fred. – Jeśli niebo zechce się z nami skontaktować, to przypuszczam, że usłyszymy je z domu.

Sully parsknął, przypominając sobie, po kim odziedziczył swój cynizm. Zsunął z czoła czapkę.

– Muszę brać się do pracy.

– Kto dzisiaj pracuje?

– Trzeba odebrać pieniądze. Muszę pojechać po czek do zakładu pogrzebowego.

– Do Davidsona?

– Tak.

– Wesolutkie miejsce.

– Daj spokój! A właściciel to jest dopiero aparat, co? Wypisz, wymaluj jak ten kamerdyner z rodziny Addamsów.

– Sam?

– Hmm?

– Sam Davidson? On jest raczej niski i przy kości. Nie bardzo przypomina kamerdynera.

Sully urwał.

– Kto to jest Sam? Ja mam na myśli Horace'a.

– A, jego. Nie. To nie jest właściciel. Wykupił udziały w zakładzie, żeby Sam mógł przejść na emeryturę.

Sully wlepił wzrok w ojca.

– Kiedy to było?

– Jakieś dwa lata temu. Ten facet przyprawia mnie o gęsią skórkę. Kto miałby ochotę prowadzić dom pogrzebowy?

– Horace nie jest z Coldwater?

– Chyba byśmy zapamiętali taką twarz. Niee. Przyjechał z innego stanu. A czemu pytasz?

Sully spojrzał na masywnego bałwana, który odwzajemnił jego spojrzenie oczami z ciasteczek.

– Muszę lecieć – powiedział Sully.

Katherine skończyła poranną modlitwę i zrobiła sobie makijaż. Usłyszała, jak Amy krząta się w kuchni, i w szlafroku poszła się z nią przywitać.

– Dzień dobry.

– Cześć. Jak się czujesz?

– Zdenerwowana.

– Aha.

Katherine miała telefon Diane w prawej ręce.

– Naszykować ci śniadanie? – zapytała młodą przyjaciółkę.

– Nie rób sobie kłopotu.

– Mówi się, że śniadanie…

– To najważniejszy posiłek w całym dniu.

– No cóż, tak.

Amy się uśmiechnęła.

– Nie mogę sobie pozwolić na tyle kalorii. Ta branża nie ma litości dla grubasów.

– Ty chyba nigdy nie mogłabyś być gruba.

– Wystarczy, że dasz mi miesiąc!

Obie się roześmiały.

– Wiesz, kiedy…

Zadźwięczał dzwonek.

Katherine spojrzała na zegarek. Na jej twarzy odbiła się przykrość.

– Mówili, że przyjadą po mnie o dziesiątej. Jest dopiero dziewiąta dwadzieścia!

– Ja się tym zajmę.

– Naprawdę?

– Ubierz się. Nie wychodź tak w pośpiechu.

– Dziękuję!

Katherine pobiegła z powrotem do sypialni. Amy podeszła do drzwi.

– Tak? – powiedziała do trzech mężczyzn na ganku.

– My z programu.

– Katherine nie jest jeszcze gotowa.

– Chcemy ją przygotować, podłączyć jej telefon.

– Będzie gotowa o dziesiątej.

Popatrzyli po sobie. Wszyscy trzej byli młodzi, ciemnowłosi i mieli na sobie kurtki ze znaczkiem stacji. Za nimi przy Gunningham Road stały nowe furgonetki z wymalowanymi logotypami: EYEWITNESS 7, LOCAL 4, ACTION 6. Grupa kamerzystów stała na chodniku, celując w dom obiektywami niczym pluton egzekucyjny. Amy nagle poczuła, że od dawnego życia dzielą ją lata świetlne.

– A nie moglibyśmy zrobić tego od razu? – zapytał jeden z chłopaków. – Im szybciej, tym lepiej. Zwłaszcza przy tym śniegu.

Amy skrzyżowała ręce na piersi.

– Zapowiedzieliście się na dziesiątą, będzie gotowa o dziesiątej. Nie możecie ciągle jej naciskać. Ona też jest człowiekiem.

Usta chłopaków przybrały dziwne kształty; każdy z nich na swój sposób gryzł się w język.

– Zaraz, czy to nie pani zrobiła parę tych pierwszych reportaży? – zapytał jeden z nich.

– Tak, tak – podjął drugi. – Amy Penn, *Nine Action News*. Oglądałem wszystko, co pani nakręciła.

– Katherine miała się nie kontaktować z innymi mediami...

– To miało być na wyłączność...

– Rozmawiała pani z Lance'em?

– Czy pani wie, ile oni za to pła...

– To jest naruszenie...

– Nie radzę...

Amy zamknęła drzwi.

૭

Sully pomalutku przesuwał się naprzód swoim buickiem. W życiu nie widział, żeby ulice w Coldwater były tak zatłoczone. Nikt nie widział tutaj czegoś podobnego. Samochody po prostu się wlokły. Wiele przecznic było nietkniętych pługiem, zaspy sięgały kolan. Minibusy i autokary, wydmuchując brudny dym, powoli transportowały kolejnych pielgrzymów na boisko.

Kiedy Sully dotarł do zakładu pogrzebowego, była jedenasta trzydzieści. Transmisja zacznie się za dziewięćdziesiąt minut. Wyskoczył z samochodu, zrobił dwa kroki i poślizgnął się na lodzie, lecąc naprzód w zaspę i lądując twarzą w czymś zimnym i mokrym. Wstał niezgrabnie, wytarł śnieg ściekający mu z nosa i policzków i pokuśtykał do drzwi.

W korytarzach było pusto, grała cicha muzyka. Spodnie i kurtka Sully'ego były przemoczone. Skręcił za róg i zobaczył Marię w gabinecie. Miała na sobie płaszcz.

– Pan Harding – powiedziała, podnosząc na niego wzrok. – Co się stało?

– Pośliznąłem się na śniegu.

– A to ci dopiero. Cały pan czerwony. Proszę.

Wyciągnęła z opakowania kilka chusteczek.

– Dziękuję. Pani Mario, gdzie jest Horace?

– Ojej, znów się pan z nim rozminął.

– Aaach.

– Cóż, w każdym razie nie poszedł na obiad.

– Pojechał oglądać ten program?

– Ja się tam właśnie wybieram. Ale szczerze mówiąc, nie wiem, gdzie on jest.

– Nie powiedział pani?

– W piątki nigdy mnie nie informuje.

– Dlaczego?

– Bo nie pracuje w piątki.

Sully przełknął ślinę. Miał takie uczucie, jakby usiłował przecisnąć przez gardło jajko w całości.

– Od kiedy?

– O, już od jakiegoś czasu. Na pewno od lata.

Piątki. Telefony są zawsze w piątki.

– Pani Mario, muszę panią o coś zapytać. Może to dziwnie zabrzmieć.

– Dobrze – powiedziała ostrożnie.

– Kiedy Horace zaczął tu pracować?

– O, to akurat pamiętam. To było w zeszłym roku w kwietniu. W urodziny mojej wnuczki.

W zeszłym roku w kwietniu? Miesiąc po wypadku Sully'ego?

– A skąd tu przyjechał?

– Skądś w stanie Wirginia. Nigdy dużo na ten temat nie mówił, bo… sam pan wie.

– Dlaczego miałbym to wiedzieć?

– Ludzie związani z wojskiem tak już mają, prawda?

Sully przygryzł wargę.

– A co Horace robił… w wojsku?

– Nie jestem pewna. Rozmawiał o tym z panem Davidsonem. Wirginia. Fort coś tam w stanie Wirginia.

– Fort Belvoir?

– Tak. Mój Boże. Skąd pan wiedział?

Sully zacisnął pięści. W Fort Belvoir mieściło się centrum dowodzenia wywiadu wojskowego. Podsłuchy. Przechwytywanie rozmów.

Maria spojrzała na zegarek.

– Oj, oj. Jestem spóźniona.

– Chwileczkę. Jeszcze tylko jedna rzecz.

– Dobrze.

– Te zapisy pani rozmów z rodzinami, do nekrologów?

– Tak?

– Czy Horace je ogląda?

Maria wyglądała na zakłopotaną.

– Dlaczego pyta pan…

– Czy on je ogląda?

Ton jego głosu sprawił, że kobieta się cofnęła.

– Chyba… chyba mógłby. Ale nie miałoby to wielkiego sensu.

– Dlaczego?

– Bo on jest obecny podczas tych wszystkich spotkań.

– Co?

– Taką ma politykę. Uczestniczy w każdym spotkaniu. Rozmawia ze wszystkimi. Dostaje kopie wszystkich dokumentów.

Spojrzenie Sully'ego stało się nieobecne. Przypomniał sobie, jak poznał Horace'a. „Ceremonia była przepiękna". Horace uczestniczył we wszystkim. Wszystko czytał. Wiedział o każdym, kto miał pogrzeb w Coldwater – Nick Joseph, Ruth Rafferty, Robbie Sellers.

Giselle.

Wiedział o Giselle.

Sully zrobił krok w stronę Marii.

– Gdzie on mieszka? – wyszeptał.

– Panie Harding, zaczynam się pana bać.

– Gdzie on mieszka?

– Dlaczego…

– Proszę – wycedził przez zaciśnięte zęby. – Niech mi pani powie, gdzie on mieszka.

Oczy Marii rozwarły się szeroko.

– Nie wiem. Nigdy mi nie mówił.

☙

O dwunastej wszystkie miejsca na trybunach były już zajęte. Generatory napędzały dmuchawy z gorącym powietrzem. Rzęsiste oświetlenie sprawiało, że na scenie było wystarczająco ciepło, by siedzieć w rozpiętym płaszczu.

Jack przeprowadził już odprawę miejscowych policjantów, spotkał się z funkcjonariuszami stanowymi i rozdał krótkofalówki dziesiątkom oficerów pomocniczych. Teraz eskortował Tess przez drzwi do szkoły aż do pokoju nauczycielskiego, który służył za poczekalnię dla gości programu. Tess ściskała torebkę, zawierającą nowy telefon komórkowy, na który zostały przekierowane rozmowy z jej domowego aparatu – pomysł Samanthy – na wypadek, gdyby mama odezwała się do niej, kiedy Tess będzie poza domem.

– Nadal nie musisz tego robić – szepnął Jack.

– To nic takiego – odparła Tess. – Nie boję się pytań.

Jack wiedział, że to prawda. Wiele poranków spędził na przyglądaniu się jej, jak rozmawia z gośćmi siedzącymi w jej salonie i udziela im odpowiedzi na każde pytanie.

– Przez cały czas będę na scenie – powiedział.

– Dobrze – odpowiedziała Tess z uśmiechem.

Pojechał do niej do domu zeszłego wieczora, po całym tym koszmarze z Hardingiem, Jupesem i Eliasem Rowe'em. Musiał się odprężyć. Kiedy opowiadał jej o wszystkim, słuchała uważnie, od czasu do czasu zakładając za uszy swoje długie blond włosy.

– Czyli nie było żadnego spisku – odezwała się, kiedy skończył.

– Tylko dwóch facetów, którzy podejrzewali się nawzajem – powiedział.

Tess wyglądała na zadowoloną. On w jakimś sensie czuł się podobnie. Telefony z nieba wytrzymały tę próbę. A to jakoś sprawiało, że wydawały się bardziej wiarygodne.

Potem Tess zrobiła mu kakao z prawdziwym mlekiem, usiedli na kanapie i przez dłuższą chwilę rozmawiali o transmisji, szaleństwie w miasteczku i o tym, czego się spodziewać po nadchodzącym dniu. W którymś momencie Jack musiał przysnąć; kiedy otworzył oczy, nadal znajdował się na kanapie, ale był przykryty kocem. W domu było ciemno. Miał ochotę spać tam aż do rana, zobaczyć, jak Tess schodzi po schodach na dół, doświadczyć tego dawno zapomnianego uczucia, że zaczyna dzień wspólnie z drugą osobą – wiedział jednak, że przy wszystkim tym, co dzieje się dookoła, byłoby to nierozsądne. Złożył koc, zostawił go na kanapie, wrócił do domu, wziął prysznic i pojechał do szkoły, gdzie przebywał aż do tej pory.

Teraz doprowadził Tess do strefy VIP, a ona podeszła do kobiety z podkładką do pisania.

– Dzień dobry, jestem Tess Rafferty.

– Świetnie – powiedziała kobieta, stawiając ptaszek przy jej nazwisku. – Tam jest kawa i przekąski, gdyby miała pani ochotę. I trzeba będzie jeszcze wypełnić parę formularzy.

Wręczyła jej podkładkę. Nagle rozległ się donośny męski głos.

– Dzień dobry, Tess.

Tess odwróciła się i ujrzała księdza Carrolla w grubym wełnianym płaszczu narzuconym na sutannę. Obok niego stał biskup Hibbing.

– Ach, to ksiądz – powiedziała zaskoczona. – Dzień dobry. Dzień dobry, księże biskupie.

Posłała Jackowi szybkie spojrzenie. Przedstawił się, po czym zrobił krok w tył i włożył ręce do kieszeni policyjnej kurtki.

– No dobrze. Czeka na mnie masa roboty. Masz wszystko, co potrzeba?

– Tak jest – odpowiedziała Tess.

– To do zobaczenia na scenie.

Jack wyszedł z budynku, starając się nie myśleć już o sprawach osobistych i skoncentrować na największym wyzwaniu logistycznym, z jakim miał kiedykolwiek do czynienia. Podszedł do ogromnej sceny, gdzie miał przebywać podczas całej transmisji. Na teren przed szkołą napływały wciąż tłumy, a ludzie siedzieli już na wzgórzach za trybunami. W tym śniegu? – pomyślał Jack. Szczęśliwie zamieć ustała, a zza chmur wyjrzało nawet nieśmiało słońce. Jack zaczął się zastanawiać, jakie to miasto będzie następnego dnia – lepsze czy gorsze?

Kiedy zbliżał się do stopni prowadzących na scenę, zadzwonił jego telefon.

– Komisarz Sellers, słucham – powiedział.

– Tato… Tu Robbie.

Znieruchomiał.

– Synu?

– Opowiedz im o mnie, tato… Powiedz im, gdzie jestem.

Sully dodzwonił się do Liz i powiedział jej, żeby spotkała się z nim w bibliotece najszybciej, jak to możliwe. Biegł przez zaspy, porzuciwszy bezużyteczny na zakorkowanych ulicach Coldwater samochód. Dyszał ciężko, a zimne powietrze w jego płucach wywoływało takie uczucie, jakby ktoś drapał je od środka.

– Co się stało? – zapytała Liz, kiedy przecisnął się przez tylne wejście do biblioteki.

– Potrzebuję adresu. – Nie mógł złapać tchu. – Muszę się dowiedzieć... gdzie mieszka Horace.

– Jaki Horace?

– Z domu pogrzebowego.

– W porządku – powiedziała, idąc w stronę komputera. – Są archiwa stanowe, hipoteka i tak dalej, ale potrzebowalibyśmy paru podstawowych informacji.

Sully ugiął kolana, nadal ciężko dysząc.

– Zacznij od „Horace"... Jak on się, do cholery, nazywa? Wpisz nazwę domu pogrzebowego i zobacz, co wyskoczy.

Liz szybko stukała w klawisze.

– Coś tam o firmie Davidson i Synowie... Davidson i Synowie... Horace Belfin, dyrektor.

– Szukaj adresu domowego!

– Nie sądzę... czekaj... Nie, nic.

Sully spojrzał na zegarek. Było prawie wpół do pierwszej.

– Jak można się dowiedzieć, gdzie ktoś mieszka w tym mieście?

Liz dalej pisała szybko na klawiaturze – ale nagle przerwała i podniosła wzrok.

– Możliwe, że jest szybszy sposób – powiedziała.

ᕫ

Dziesięć minut później przekraczali próg agencji nieruchomości. W recepcji nie było nikogo, ale za biurkiem w głębi siedział jakiś mężczyzna.

– Czy mogę wam w czymś pomóc? – zapytał Lew.

– Możliwe – powiedział Sully, oddychając głęboko. – Trochę dziwnie to zabrzmi.

– Co może zabrzmieć dziwnie w Coldwater? Nie mówcie mi tylko, że szukacie domu, w którym będą mogli do was zadzwonić zmarli krewni. Dopiero co sprzedałem ostatni.

Sully spojrzał na Liz.

– Jest pan sceptycznie nastawiony? – zapytał.

Lew rozejrzał się wokół, jakby ktoś mógł podsłuchiwać.

– No cóż, nie powinienem sprzeciwiać się wielkiej Katherine Yellin, naszej koleżance ze sprzedaży, ale owszem, jestem – jak to pan ujął? – sceptycznie nastawiony. To najgorsza rzecz, jaka się nam kiedykolwiek tutaj przytrafiła. Szczerze mówiąc, zupełnie w to wszystko nie wierzę, ale nikomu nie mówcie – prychnął. – No dobrze, a wy szukacie domu?

– Tak – powiedział Sully. – Takiego, który może potwierdzić pańskie podejrzenia.

Lew dotknął podbródka.

– Proszę mówić dalej.

Za pięć pierwsza prowadząca wyłoniła się z ogrzewanego namiotu, co spotkało się z grzmiącym aplauzem ze strony zgromadzonych tłumów. Miała na sobie płaszcz w kolorze fuksji, czarny golf, spódnicę do kolan, czarne rajstopy i wysokie kozaki. Usiadła na stołku. Z drugiej strony sceny nadeszli Tess Rafferty, Anesh Barua, Eddie Doukens i Jay James. Oni także usiedli na ustawionych rzędem stołkach.

Wreszcie pojawiła się Katherine Yellin, ubrana w spodnium w kolorze perskiego błękitu, które pomogła jej wybrać Amy. W lewej dłoni trzymała różowy telefon. Tłum eksplodował kakofonią pisków, oklasków i podnieconych rozmów. Katherine została podprowadzona do krzesła, nieco z boku, przy niej zaś stanął – był to pomysł Lance'a z ostatniej chwili – komisarz policji w Coldwater, Jack Sellers, który sprawiał wrażenie oszołomionego, ponieważ dopiero co rozmawiał z nieżyjącym synem.

– Dziękuję wszystkim za przybycie! – wykrzyknął do mikrofonu burmistrz Jeff Jacoby. – Zaraz zaczynamy. Pamiętajmy wszyscy, że program będzie transmitowany na żywo, na cały świat. Dlatego bardzo proszę, niezależnie od tego, co się stanie, dopilnujmy, żeby Coldwater dobrze wypadło, zgoda? – Odwrócił się i skinął na siwowłosego księdza. – Zechce ksiądz pobłogosławić zgromadzonych, zanim zaczniemy?

Buick Sully'ego podskakiwał na zaśnieżonych trawnikach, objeżdżając zaparkowane samochody, by przebić się do drogi numer osiem. Każdy wybój rzucał Sullym w przód i w tył; przy niektórych mężczyzna omal nie lądował na desce rozdzielczej. Podjeżdżał i zjeżdżał z krawężników, a podwozie protestowało głośnym jękiem. Nie miał wyboru – gdyby zwolnił, samochód mógłby zakopać się w śniegu.

Na kawałku kartki miał zapisany adres i pospiesznie narysowaną mapkę. Według danych z biura, Horace piętnaście miesięcy temu nabył nieruchomość na obrzeżach Moss Hill, dużą posiadłość ze starym domem i stodołą. Zapłacił gotówką. Ponieważ transakcja została przeprowadzona przez ich grupę, odpis aktu notarialnego znajdował się w siedzibie agencji w Coldwater. Lew chętnie im go przekazał, dodając: „Nigdy nie wierzyłem Katherine, nawet jak zadzwonili do niej tutaj".

Sully skręcił gwałtownie, kierując samochód z trawnika na przejezdną ulicę, gdzie podskoczył, trafiając na ubity śnieg. Przed oczami miał ciągle długą, wymizerowaną twarz Horace'a, a w myślach robił przegląd wszystkich ich rozmów, szukając jakiejś poszlaki na temat tego, jaką rolę może odgrywać w całej sprawie dyrektor domu pogrzebowego.

Ceremonia była przepiękna. Rodzina zapewne panu opowiadała.

To ja jestem rodziną.

Oczywiście.

Sully'emu burczało w brzuchu. Wypadł na drogę numer osiem, która najwyraźniej została odśnieżona przez pług, a opony buicka z wdzięcznością uchwyciły się nawierzchni. Sully wcisnął gaz do dechy. Po lewej samochody poruszały się w żółwim tempie, tkwiąc w korku, który od wjazdu do Coldwater ciągnął się przez jakieś dwa kilometry. Droga prowadząca z miasta była pusta.

Jak pan się czuje, panie Harding?

Nie najlepiej.

Rozumiem.

Zerknął na zegarek.

Było dziesięć po pierwszej.

Transmisja się zaczęła.

&

Na królewskie życzenie Alexander Graham Bell zgodził się wziąć udział w wydarzeniu o międzynarodowej doniosłości: demonstracji telefonu przed królową Wiktorią. Odbyła się ona w prywatnej rezydencji monarchini na wyspie Wight 14 stycznia 1878 roku, niecałe dwa lata po tym, jak cesarz Brazylii wykrzyknął: „Mój Boże! To mówi!". Telefon został od tego czasu znacznie ulepszony, a królowa miała uczestniczyć w bezprecedensowym pokazie. Planowano nawiązać połączenie z czterema miejscami, tak by Jej Wysokość mogła usłyszeć poprzez słuchawkę następujące rzeczy: głos mówiący z pobliskiej chatki, czterech śpiewaków z miasta Cowes, trębacza z miasta Southampton oraz organistę z Londynu.

Opis wydarzenia miał się znaleźć w gazetach. Wszyscy wiedzieli, że jeżeli telefon zrobi wrażenie na królowej, jego przyszłość w imperium brytyjskim będzie zapewniona. Jednak tuż przed zaplanowanym początkiem demonstracji Bell zorientował się, że trzy spośród czterech linii nie działają. Zanim zdążył podjąć jakiekolwiek kroki, zobaczył, że do pokoju wchodzą członkowie rodziny królewskiej. Skłonił się lekko, gdy przedstawiano go Jej Wysokości królowej Wiktorii, jej synowi księciu Connaught oraz córce księżniczce Beatrycze.

Królowa zapytała poprzez dworzanina, czy profesor byłby tak dobry i zechciał objaśnić im działanie „urządzenia, które nazywa telefonem".

Bell podniósł słuchawkę, odetchnął i w cichości ducha pomodlił się, żeby jedyne dostępne połączenie nie zawiodło.

⁓

W pokoju szpitalnym, gdzie cicho grał telewizor, Elias Rowe położył dłoń na szczupłym nadgarstku pastora Warrena.

– Zaczęło się, proszę księdza – odezwał się Elias łagodnie.

Warren otworzył oczy.

– Mmm... dobrze.

Elias wyjrzał na korytarz. Był prawie pusty, ponieważ wielu członków personelu wybrało się obejrzeć transmisję, przy czym część z nich zgłosiła urlop ze względów religijnych. W całym Coldwater – i sporej części kraju – niemal namacalnie wyczuwało się, że ta data w historii, trzy dni przed świętami Bożego Narodzenia, może przynieść radykalną zmianę w życiu, jak rankiem w dniu ważnych wyborów albo tego wieczora, kiedy człowiek stanął na Księżycu.

Elias odwiedził pastora Warrena, bo po wczorajszym nocnym wariactwie z Sullym i Elwoodem musiał się wyciszyć. Dwaj mężczyźni pomodlili się wspólnie. Teraz Elias siedział na fotelu przy łóżku Warrena i razem oglądali kulminację najdziwniejszych czterech miesięcy w ich życiu. Prowadząca przedstawiała „wybranych" i Katherine Yellin. Na ekranie co chwila pojawiały się zbliżenia osób z publiczności. Wiele z nich trzymało się za ręce albo modliło się z zamkniętymi oczami.

– Katherine – odezwała się prowadząca – poprosiłaś swoją siostrę Diane, żeby dziś się z nami skontaktowała, czy tak?

– Tak – odpowiedziała Katherine.

Wygląda na zdenerwowaną, pomyślał Elias.

– Czy wyjaśniłaś jej dlaczego?

– Tak.

– Jak to wytłumaczyłaś?

– Powiedziałam jej – poprosiłam ją – że skoro Pan chce, żeby cały świat się dowiedział, że niebo naprawdę istnieje, to czy mogłaby to udowodnić… no cóż, chyba całemu światu.

– A ona powiedziała, że to zrobi?

Katherine skinęła głową, zerkając na swoją komórkę.

– Czy masz listę pytań, na które głosowali ludzie z całego świata, pytań na temat nieba, na które najbardziej pragną poznać odpowiedź?

Katherine dotknęła podkładki z kartkami, którą jej wręczono.

– Tak.

– A wszyscy pozostali – powiedziała prowadząca, zwracając się do reszty – z tego, co wiem, zabrali ze sobą telefony. Czy możecie nam je pokazać?

Wszyscy wyciągnęli komórki i położyli je sobie na kolanach albo podnieśli na wysokość piersi. Kamera zrobiła zbliżenie każdego telefonu po kolei.

– Zjawisko głosów z tamtej strony nie jest czymś nowym – powiedziała prowadząca, czytając tekst z monitora. – Chcielibyśmy zwrócić się do eksperta, doktor Salome Depawzny, która specjalizuje się w komunikacji paranormalnej. Łączy się z nami z Houston poprzez satelitę. Przywitajmy doktor Depawznę.

Na ogromnych ekranach pojawił się obraz kobiety w średnim wieku, z pasmami siwizny we włosach, siedzącej na tle panoramy Houston.

– Witam, dziękuję za zaproszenie – odezwała się.

– Pani doktor, proszę nam powiedzieć – czy w przeszłości ludziom udawało się nawiązać kontakt z...

Drrrnnng.

Prowadząca umilkła. Widzowie zaczęli się rozglądać.

Drrrnnng.

Na scenie Tess spojrzała w dół.

Dzwonił jej nowy telefon.

– O Boże – wyszeptała.

Drrrnnng.

A potem... Bddllliip...

I za moment... Ole, ole...

Najpierw jeden, po nim następny – telefon w dłoni każdego z wybranych po kolei zaczynał dzwonić. Goście bezradnie spoglądali jeden na drugiego.

– Halo? – powiedziała doktor Depawzna na ekranie. – Czy straciliśmy łączność?

Publiczność, zdawszy sobie sprawę, co się dzieje, zaczęła krzyczeć:

– Porozmawiajcie z nimi!

– Odbierzcie!

Tess spojrzała na Anesha, który spojrzał na Jaya, który spojrzał na Eddiego. Jack, stojący po drugiej stronie, przy Katherine, zobaczył wstrząśnięty wyraz twarzy Tess, która w tej samej chwili zwróciła się ku niemu.

Ponieważ jego telefon również dzwonił.

❧

Sully znalazł dom na końcu nieodśnieżonej drogi gruntowej. Wysiadł z samochodu. Posiadłość otaczał wysoki parkan z siatki drucianej, a dom znajdował się w głębi. Stodoła stała jeszcze dalej za nim. Sully zauważył bramę, nie zamierzał jednak anonsować swojego przybycia. Nabrał powietrza, po czym przypuścił atak na parkan i wskoczył na niego, zahaczając palcami o siatkę. Dziesięć lat ćwiczeń w wojsku nauczyło go wspinać się na przeszkody; lata spędzone poza służbą sprawiły, że teraz ciężko dyszał z wysiłku. Udało mu się dotrzeć na szczyt, przełożyć nogę ponad sterczącymi drutami, a potem przerzucić swój ciężar na drugą stronę. Puścił parkan, starając się zamortyzować upadek.

Pamięta mnie pan?

Pan Harding.

Proszę mówić mi Sully.

Dobrze.

Sully brnął przed siebie, szykując się na nieuniknione spotkanie. Śnieg był głęboki, a każdy krok naprzód przypominał podnoszenie ciężarów nogami. Sully'emu łzawiły oczy. Z nosa mu ciekło. Zbliżając się do domu, zauważył dużą prostokątną konstrukcję obok stodoły. Sterczał z niej wysoki na co najmniej dwadzieścia metrów maszt, do którego poprzyczepiane były przedmioty przypominające połamane stalowe świeczniki. Na jego czubku wisiały gałęzie i zielone liście, jakby ktoś usiłował nadać mu wygląd drzewa. Z tym, że inne drzewa wokół nie miały liści, a w dodatku te na maszcie miały kolor intensywniejszy nawet niż rosnące nieopodal wiecznie zielone sosny.

Sully'emu wystarczył jeden rzut oka, by rozpoznać kamuflaż.

To był maszt telefoniczny.

❧

– Anesh? Co powiedziała twoja córka?

– „Jesteśmy tu".

– Tess? Twoja matka?

– „Jesteśmy tu".

– Jay? Twój wspólnik?

– „Jesteśmy tu".

– Eddie? Twoja była żona?

– To samo.

– A komisarz Sellers? – Prowadząca spojrzała na Jacka, który stał zakłopotany pośrodku sceny, pomiędzy Katherine a wybranymi, jak ktoś zmuszony do wyjścia przed szereg. – Co głos powiedział panu?

– To był mój syn. – Jack usłyszał, jak jego nagłośnione słowa odbijają się echem nad tłumem, zupełnie jakby krzyknął coś w głąb kanionu.

– Jak ma na imię pański syn?

Jack się zawahał.

– Robbie.

– Kiedy zmarł?

– Dwa lata temu. Był żołnierzem.

– Czy kontaktował się z panem wcześniej?

Jack uniósł brodę. Zastanawiał się, gdzie jest Doreen, jak ona to przyjmie. Chciał ją przeprosić. Poprzez scenę spojrzał na Tess, która lekko skinęła głową.

– Tak. Dzwoni do mnie od samego początku.

Przez tłum przeleciał wyraźnie słyszalny szmer zdumienia.

– A co powiedział teraz?

Jack przełknął ślinę.

– „Koniec to wcale nie koniec".

Prowadząca spojrzała w główną kamerę i skrzyżowała ręce na kolanach, zarumieniona z emocji – jej program właśnie tworzył historię. Wszystkie telefony dzwonią naraz? Każdy z głosów z nieba wypowiada krótkie zdanie, po czym milknie? Koniec to wcale nie koniec? Usiłowała zachować należną tej chwili powagę, przekonana, że to nagranie oglądać będą przyszłe pokolenia.

– Podsumujmy więc to, czego byliśmy tutaj świadkami…

– NIC NIE USŁYSZELIŚMY! – zawołał głos z trybun.

Prowadząca spróbowała go zlokalizować. Przyłożyła dłoń do czoła, osłaniając oczy przed oślepiającym blaskiem świateł.

– NIC NIE SŁYSZELIŚMY! SKĄD MAMY WIEDZIEĆ?

Ludzie zaczęli się odwracać i wyciągać szyje. Kamerzysta okręcił się gwałtownie i zrobił zbliżenie na człowieka stojącego w pierwszym rzędzie trybun, siwowłosego, ubranego w długi płaszcz, marynarkę i krawat. Jego obraz pojawił się na gigantycznych ekranach.

– ONI WSZYSCY MOGĄ KŁAMAĆ! – wrzasnął Elwood Jupes.

Popatrzył na prawo i na lewo, z wyciągniętymi dłońmi, jakby błagał o coś mieszkańców miasteczka.

– PRZECIEŻ NIC NIE USŁYSZELIŚMY!

❧

Sully położył dłonie w rękawiczkach na drewnianej ścianie stodoły i przyłożył do niej ucho. Usłyszał jakieś przytłumione dźwięki, z których nie był w stanie nic zrozumieć. Wrota znajdowały się kilka metrów od niego, ale Sully nie zamierzał w nie walić. Jeżeli Horace rzeczywiście stał za tym wszystkim, należało koniecznie złapać go na gorącym uczynku.

Fundamenty stodoły były z kamienia, dach z blachy, a ściany z cedrowych desek. Okien nie było. Sully przesunął się z południowego krańca na tyły budynku. Był wyczerpany, trząsł się, w płucach czuł ogień. Dopiero kiedy wyobraził sobie Julesa, swojego małego synka, jak podnosi słuchawkę i słyszy przetworzony głos Horace'a, przerażającego Horace'a, pozbawionego uczuć Horace'a, upiornego, wychudzonego Horace'a, znalazł siłę, by brnąć dalej przez zaspy, aż dotarł do północnej ściany, gdzie zobaczył blisko trzymetrową metalową szynę.

A pod nią przesuwne drzwiczki.

❧

– Co chce pan przez to powiedzieć? – pytała prowadząca, stojąc na brzegu sceny. – Że ci ludzie to wymyślili?

– Nie mamy dowodów, że jest inaczej – powiedział Elwood do mikrofonu, który mu podano.

Jego wystąpienie wytrąciło zgromadzonych z równowagi. Przyszli tu usłyszeć głos z nieba, a on przypomniał im, że jak na razie zobaczyli tylko, jak pięć osób odbiera telefony i mówi, co przez nie usłyszało.

– Czy pan tu mieszka? – zapytała prowadząca.

– Od urodzenia.

– A czym się pan zajmuje?

– Jestem dziennikarzem w lokalnej gazecie.

Prowadząca zerknęła na reżysera programu.

– Dlaczego nie stoi pan razem z resztą mediów? – zapytała.

– Ponieważ zanim dostałem tu pracę, mieszkałem tutaj. Chodziłem tu do szkoły. Ożeniłem się tutaj. Tu wychowywałem swoją córeczkę. – Urwał. – I tutaj ona umarła.

Pomruk tłumu. Elwood mówił dalej łamiącym się głosem.

– Ci, co tu mieszkają, wiedzą o tym. Odebrała sobie życie na moście. To była kochana dziewczyna, i bardzo chora. Nie chciała dłużej żyć.

Prowadząca odzyskała mowę.

– Bardzo współczuję pańskiej…

– Nie trzeba. Nie znała jej pani i mnie też pani nie zna. Ale parę miesięcy temu ja także odebrałem taki telefon, wie pani?

– Chwileczkę. Zadzwoniła do pana zmarła córka?

– To był jej głos.

Kolejny szmer zdumienia.

– I co pan zrobił?

– Powiedziałem temu komuś, żeby przestał ze mną pogrywać, że następnym razem wszystko nagram i pójdę z tym na policję.

– I?

Elwood spuścił wzrok.

– Więcej nie zadzwoniła. – Otarł twarz chustką. – I dlatego chcę to usłyszeć, i tyle. Chcę usłyszeć jakiś inny prawdziwy głos, który mówi o niebie, i pozwolić wszystkim zgromadzonym to osądzić. Niech oni sami zdecydują. Wtedy będę wiedział…

Urwał.

– Co będzie pan wiedział? – zapytała prowadząca.

Elwood odwrócił wzrok.

– Czy popełniłem błąd.

Jeszcze raz otarł twarz. Oddał mikrofon. Wkoło zapadła cisza.

– I właśnie po to się tu zebraliśmy – powiedziała prowadząca, wracając do swojego stołka. – Katherine Yellin… – Zwróciła się w stronę, gdzie siedziała Katherine, a parę metrów od niej czuwał specjalnie wyznaczony kamerzysta. – Liczymy na ciebie.

Katherine ścisnęła różowy telefon siostry. Miała wrażenie, że zwrócone są na nią oczy całego świata.

❧

Sully chwycił za krawędź drzwi. Włożył w ten chwyt całą swoją duszę. Wiedział, że ma tylko jedną szansę na zaskoczenie Horace'a i że musi zrobić to szybko. Odetchnął trzy razy, a potem bez wahania – tak samo, jak pociągnął za rączkę katapulty – szarpnął gwałtownie drzwi i wpadł do środka.

Było ciemno i chwilę trwało, zanim jego wzrok się do tego przyzwyczaił. W pomieszczeniu dało się rozróżnić jakieś wielkie maszyny, czerwone światełka, źródła zasilania, podobne do węży przewody. Sprzęt stał na regałach, ale Sully nie potrafił się zorientować, co to takiego. Nieopodal znajdowało duże metalowe biurko i puste krzesło. Dźwięki, które było słychać, dobiegały z płaskoekranowego telewizora.

Wyświetlał on kreskówki.

– Horace! – wrzasnął Sully.

Jego głos popłynął ku krokwiom stodoły. Sully powoli przeszedł na tył maszynerii, rzucając spojrzenia na wszystkie strony.

– Horasie Belfin!

Nic. Zbliżył się do biurka, na którym w schludnym stosiku leżały papiery i stał kubek pełen żółtych zakreślaczy. Sully przycisnął guzik na lampce i powierzchnię zalało światło. Wyciągnął szufladę. Artykuły biurowe. Druga szuflada. Kable do komputera. Następna.

Sully zamrugał oczami.

W środku leżało coś, co już kiedyś widział. Teczki Marii. Jej kolorowe etykietki. Na górze zobaczył znajome nazwiska.

Barua. Rafferty. Sellers. Yellin…

Znieruchomiał.

Na ostatniej teczce widniał napis: „Harding Giselle".

– Panie Harding!

Sully odwrócił się gwałtownie.

– Panie Harding!

Głos dobiegał z zewnątrz. Ręce Sully'ego trzęsły się tak bardzo, że nie był w stanie zamknąć szuflady.

– Panie Harding! Proszę do mnie wyjść!

Ruszył za tym głosem w stronę wyjścia ze stodoły, odetchnął, po czym wyjrzał zza drzwi.

– Panie Harding! – Horace w czarnym garniturze stał obok domu i machał. – Tutaj! – zawołał.

☙

Kiedy Katherine rodziła swoje pierwsze dziecko, Diane była przy niej, podobnie jak Katherine z nią podczas narodzin jej pierwszej córki. Siostry trzymały się za ręce, kiedy skurcze przybierały na sile.

– Jeszcze tylko trochę – powiedziała Diane uspokajającym tonem. – Dasz radę.

Po twarzy Katherine spływał pot. Diane przywiozła ją do szpitala dwie godziny wcześniej – Dennis był w pracy – gnając na złamanie karku pomiędzy innymi samochodami.

– Nie mogę uwierzyć... że nikt nas... nie zatrzymał – powiedziała Katherine pomiędzy kolejnymi wydechami.

– Szkoda – powiedziała Diane. – Zawsze miałam ochotę powiedzieć gliniarzowi: „To nie moja wina, ta pani lada moment urodzi!".

Katherine omal się nie roześmiała i nagle poczuła wyjątkowo gwałtowne dźgnięcie bólu.

– Boże, Diane, jak ty to zniosłaś?

– Bez problemu. – Diane się uśmiechnęła. – Miałam ciebie, pamiętasz?

Katherine myślała o tamtej chwili, ściskając różowy telefon i spoglądając na tłumy. Trwała przerwa na reklamę, światła przygasły, a ona nagle poczuła przemożne pragnienie, by wymknąć się i wrócić do domu, i w pojedynkę czekać tam na głos Diane zamiast tego – wszystkich tych ludzi, kamer, dzwoniących telefonów i tego szajbusa Elwooda Jupesa! I jeszcze tych niezliczonych par oczu, które teraz się w nią wpatrywały i czekały, czekały.

Rozejrzała się po scenie. Wizażystka poprawiała makijaż prowadzącej. Asystenci produkcji przysuwali grzejniki bliżej do gości. Jack Sellers stał metr od niej, wpatrując się we własne buty.

Katherine przyjrzała mu się uważnie. Spotkała go parę razy, za czasów, kiedy jeszcze mieszkańców Coldwater znało się z imienia i zawodu – „Jack, komisarz policji", „Katherine, pośredniczka nieruchomości" – zanim miasto zostało podzielone na tych, których telefony dzwoniły, i na tych, których nie.

– Przepraszam – powiedziała.

Jack podniósł wzrok.

– Jak ci się zdaje, co on miał na myśli? Twój syn?

– Jak to?

– Kiedy powiedział: „Koniec to wcale nie koniec". Co twoim zdaniem miał na myśli?

– Chyba niebo. Taką przynajmniej mam nadzieję. – Odwrócił wzrok. – Nie planowałem nikomu mówić.

Katherine również skierowała spojrzenie w stronę tłumów.

– Teraz już za późno – szepnęła.

I w tym momencie jej telefon zadzwonił.

❧

Sully ostrożnie wszedł do domu, dotykając futryny drzwi na ganku, zanim przez nie przeszedł. Horace pomachał do niego, zapraszając go do środka – „Tutaj!" – po czym zniknął. Jeżeli to jakaś pułapka, pomyślał Sully, to nie jest najlepiej przygotowany. Przesuwając się krok za krokiem naprzód, rozglądał się za czymś, co mogłoby posłużyć mu do obrony.

Korytarze były wąskie, podłogi stare i wyślizgane, ściany pomalowane na ciemne kolory; każdy pokój wydawał się mały, jakby pochodził z czasów, kiedy ludzie także byli mniejsi. Sully minął kuchnię z tapetą w kwiatki i szafkami z jasnego dębu. Na blacie stał dzbanek z kawą. Usłyszał głosy dobiegające z dołu i na końcu korytarza zauważył poręcz prowadzącą do piwnicy. Jakaś część niego chciała uciekać. Druga musiała tam zejść. Zsunął z ramion ciężki płaszcz i pozwolił mu cicho opaść na ziemię. Teraz przynajmniej miał swobodę ruchów.

Doszedł do poręczy.

Pomyślał o Giselle.

Zostań ze mną, kochanie.

Zaczął schodzić w dół.

❧

Dziewięć lat po wynalezieniu telefonu Alexander Bell eksperymentował z odtwarzaniem dźwięku. Nagrał swój głos, mówiąc przez membranę, która poruszała igłą i żłobiła rowki w płycie woskowej. Wyrecytował serię liczb. Pod koniec, aby poświadczyć autorstwo, dodał: „Potwierdzam to własnym głosem… Alexander… Graham… Bell”.

Przez ponad sto lat płyta leżała nietknięta w pudełku w muzeum – aż wreszcie technologia wykorzystująca komputery, światło i kamerę 3D pozwoliła na wydobycie dźwięku z wosku. Badacze po raz pierwszy usłyszeli głos nieżyjącego mężczyzny; zwrócili uwagę na sposób, w jaki wymawiał swoje nazwisko, z leciutkim szkockim akcentem – „Alex-ahhn-der Gray-ham Bell".

Dziś ludzie zostawiają odciski własnego głosu wielokrotnie w ciągu dnia – najczęściej nagrywając wiadomości na poczcie głosowej. Bezcenny wynalazek Bella, dzięki któremu rozmowy między ludźmi przemieszczały się kiedyś po krótkim kablu, teraz jest w stanie transmitować nasze słowa przez satelity i przekształcać w cyfrowe dane – dane, które można przechowywać, powielać lub, jeśli ktoś zechce, manipulować nimi.

Wchodząc do piwnicy, Sully nie widział, że przed oczami ma właśnie taką technologię. Zobaczył po prostu Horace'a na krześle o wysokim oparciu, wśród rzędu ekranów telewizyjnych, ukazujących scenę na boisku futbolowym w Coldwater. Otaczały go monitory, klawiatury i liczne regały ze sprzętem elektronicznym. Przewody, dziesiątki przewodów związane były razem i biegły w górę po ścianie, wychodząc przez otwór, który prowadził w kierunku stodoły.

– Proszę sobie usiąść, gdzie tylko pan zechce, panie Harding – powiedział Horace, nie odwracając się w jego stronę.

– Co pan robi? – wyszeptał Sully.

– Gdyby pan nie wiedział, nie byłoby pana tutaj. – Horace postukał w klawisze. – Zaczynamy.

Nacisnął ostatni klawisz, a na ekranie Katherine Yellin spojrzała na swój telefon. Zadzwonił raz. Drugi raz. Kamery po kolei zrobiły zbliżenia na kobietę, która otworzyła klapkę.

– Halo… Diane? – powiedziała.

Jej głos zadudnił przez głośniki w piwnicy, aż Sully odskoczył. Zobaczył, jak Horace czyta z listy na ekranie. Wcisnął kilka klawiszy.

– Witaj, siostro.

Był to głos Diane Yellin.

Sully usłyszał go w piwnicy. Katherine usłyszała go tuż przy uchu. Zgromadzone tłumy usłyszały go na trybunach. A ludzie na całym świecie usłyszeli go poprzez swoje telewizory lub komputery – dzięki sygnałowi nadawanemu przez sprzęt Horace'a, odbieranemu przez telefon komórkowy, odbijanemu przez wzmacniacz i podawanemu dalej przez sieć telewizyjną.

Marzenie Alexandra Bella o ludziach rozmawiających ze sobą na odległość zatoczyło pełny, przedziwny krąg.

Odtworzony głos nieżyjącej kobiety prowadził teraz rozmowę z żyjącymi.

– Diane, to naprawdę ty – powiedziała Katherine.

Horace wystukał coś szybko.

– Jestem tu, Kath.

– Są tutaj ludzie, którzy nas słuchają.

Znowu stukanie w klawisze.

– Wiem… widzę…

– Diane, czy możesz opowiedzieć światu o niebie?

Horace wyrzucił ręce do góry, jak pianista, z rozmachem kończący efektowny pasaż.

– Dzięki ci, Katherine Yellin – wymruczał.

Dotknął jakiegoś klawisza i monitor pokrył się słowami. Odwrócił się na krześle i spojrzał prosto na Sully'ego.

– To bardzo pomocne, kiedy człowiek wie, jakiego pytania się spodziewać – powiedział.

&

Po czym świat usłyszał trwające pięćdziesiąt cztery sekundy objaśnienie na temat życia po życiu – wypowiedziane głosem nieżyjącej kobiety. Miało ono zostać zapisane, zapamiętane, wydrukowane i powtórzone więcej razy, niż ktokolwiek byłby w stanie zliczyć.

Oto, jak brzmiało:

– W niebie widzimy was... Czujemy... Znamy wasze cierpienie i łzy, ale sami nie doświadczamy ani łez, ani cierpienia... Nie ma tu ciała... nie ma wieku... Starzy ludzie, którzy tu przychodzą... nie różnią się niczym od dzieci... Nikt nie czuje się sam... Nikt nie jest mniejszy ani większy... Wszyscy jesteśmy w świetle... światło jest łaską... a my jesteśmy częścią... tego, co wielkie i jedyne.

Głos umilkł. Katherine podniosła wzrok.

– Co jest wielkie i jedyne? – wyszeptała.

W piwnicy Horace skinął lekko głową. Spodziewał się tego pytania. Wcisnął inny klawisz.

– Miłość... Rodzisz się w niej... powracasz do niej.

Na ekranie Katherine płakała, trzymając telefon ostrożnie, jak drżącego pisklaka.

– Diane?

– Siostro…

– Czy tęsknisz za mną tak, jak ja za tobą?

Horace przez chwilę się nie poruszał, po czym napisał:

– W każdej minucie.

Łzy Katherine płynęły. Inni obecni na scenie mogli tylko patrzeć w pełnym uszanowania milczeniu. Prowadząca wskazała na podkładkę, a Katherine opuściła głowę i zaczęła czytać pytania.

– Czy Bóg słyszy nasze modlitwy?

– Zawsze.

– Kiedy dostaniemy na nie odpowiedź?

– Już ją macie.

– Czy jesteście nad nami?

– Jesteśmy tuż obok.

Sully zbliżył się do siedzącego na krześle Horace'a. Zobaczył, jak po chudej, wymizerowanej twarzy mężczyzny, po jego zapadniętych policzkach toczą się łzy.

– Czy niebo naprawdę na nas czeka? – zapytała Katherine.

Horace odetchnął i napisał ostatnią rzecz.

– Nie, siostrzyczko… To wy czekacie na nie.

❦

To, co następnie wydarzyło się w piwnicy, było niespodziewane i gwałtowne. Sully później pamiętał tylko pojedyncze szczegóły – przewody, które wyrywał z gniazdek, zrzucane ze stolików monitory, regał ze sprzętem, który zaatakował blokiem futbolowym, obalając go na ziemię. Oślepiała go furia, jakby na oczach miał mgłę, a w głowie brzęczenie, które musi uciszyć. Rzucał się, na co tylko mógł, dysząc ciężko, a mięśnie miał napięte jak postronki. Kiedy regał upadł na ziemię, odwrócił się na pięcie i zobaczył, że Horace mu się przygląda – ani ze złością, ani z wyrzutem, ani nawet ze zdziwieniem.

– KONIEC! DOSYĆ TEGO! – wrzasnął Sully.

– Skończone – powiedział cicho Horace.

– Kim jesteś? Dlaczego robisz ludziom coś takiego?

Horace wydawał się zaskoczony.

– Nic nikomu nie robię.

– Robisz! To straszne!

– Naprawdę? – Zrobił gest w stronę ekranów. – Nie wygląda strasznie.

Chociaż desperacki atak Sully'ego sprawił, że dźwięk umilkł, to obraz na monitorach pozostał: ludzie wiwatowali, przytulali się, modlili się na klęczkach i płakali w swoich objęciach. Katherine obejmowali inni „wybrani". Prowadząca promieniała i przechodziła od jednej grupy do drugiej. Oglądanie tego bez dźwięku sprawiało, że całość nabierała jeszcze bardziej surrealistycznego charakteru.

– To jest szaleństwo – wyszeptał Sully.

– Dlaczego?

– To wielkie kłamstwo.

– Niebo? Jest pan tego pewien?

– Dajesz im fałszywą nadzieję.

Horace skrzyżował ręce na kolanach.

– Cóż fałszywego jest w nadziei?

Sully przytrzymał się stołu. Gardło miał ściśnięte, nie mógł złapać tchu. Za oczami czuł ból tak przeszywający, że niemal go oślepiał.

Horace przekręcił gałkę i ekrany zgasły.

– Teraz zobaczymy – powiedział.

– Nie ujdzie ci to na sucho.

– Proszę, panie Hardin…

– Powiem wszystkim.

Horace zasznurował usta.

– Nie sądzę.

– Nie powstrzymasz mnie.

Horace wzruszył ramionami.

– Nie próbuj żadnych sztuczek – ostrzegam cię.

– Panie Harding, myli się pan. Nie mam nad panem żadnej władzy. Nie jestem zdrowym człowiekiem.

Sully przełknął ślinę. W tym momencie, patrząc na wychudzoną sylwetkę Horace'a, na jego zapadnięte policzki i ciemne kręgi wokół oczu zdał sobie sprawę, że człowiek ten istotnie musi być chory. Aż do tej pory Sully łączył jego bladość i niezdrowy wygląd z pracą w zakładzie pogrzebowym.

– A więc… czym się zajmujesz? – zapytał Sully, wpatrując się w sprzęt elektroniczny. – Pracujesz dla wywiadu wojskowego?

Horace się uśmiechnął.

– Skąd ten pomysł?

– Telefony? Podsłuchy? Hakerstwo?

– Coś więcej.

– Sprawy zagraniczne? Inwigilacja szpiegów?

– Więcej.

– To w ten sposób udało ci się tego dokonać?

Horace uniósł brew.

– Tego? – Wskazał na sprzęt. – W dzisiejszych czasach to nic trudnego.

– Powiedz mi! Wytłumacz to, do cholery!

– Proszę bardzo.

W ciągu następnych kilku minut Horace objaśnił szczegóły procesu, który oszołomił Sully'ego, uświadamiając mu, jak bardzo rozwinęła się technologia. Wiadomości telefoniczne pozostawiane przez zmarłych. Pewien usługodawca, który przechowuje na swoich serwerach całe lata takich nagrań. Złamane kody dostępu. Oprogramowanie do rozpoznawania głosu. Edycja i montaż. Ludzie zostawiają codziennie dziesiątki wiadomości – zauważył Horace. Dzięki takiej obfitości materiału – i przy takiej ilości słownictwa – można stworzyć niemal dowolne zdanie. Czasem brzmiały one urywanie czy chaotycznie, dlatego zasadniczą sprawą było pilnowanie krótkości rozmów. Niemniej wiedza o rozmówcach, o ich historiach, sprawach rodzinnych, przezwiskach – doskonale się złożyło, że wszystkiego tego dostarczały nekrologi z firmy Davidson i Synowie – niezmiernie ułatwiała całe zadanie.

Kiedy Horace skończył, Sully rozumiał już wystarczająco dużo, żeby dostrzec, w jaki sposób można było przeprowadzić oszustwo na masową skalę. Nie rozumiał tylko powodu.

– Dlaczego to zrobiłeś?

– Żeby świat uwierzył.

– Jakie to ma znaczenie?

– Kiedy wierzy, lepiej się zachowuje.

– A co ty z tego masz?

– Pokutę.

Sully był zdumiony.

– Pokutę?

– Czasem człowiek siedzi w celi, choć na to nie zasługuje, panie Harding. – Horace odwrócił wzrok. – A czasem bywa odwrotnie.

Sully czuł się zdezorientowany.

– Dlaczego właśnie ci ludzie?

– Mogliby być inni. Ale ci się nadawali.

– Dlaczego Coldwater?

– Czy to nie oczywiste? – Rozłożył ręce. – Ze względu na pana.

– Na mnie? Co ja mam z tym wszystkim wspólnego?

Po raz pierwszy Horace wydał się zaskoczony.

– Naprawdę pan nie wie?

Sully wyprostował się i w obronnym odruchu zacisnął pięści.

– Przepraszam – powiedział Horace. – Sądziłem, że w tej chwili jest to już jasne. – Odpłynął gdzieś wzrokiem. – Jak pan znalazł mój dom?

Sully mu wyjaśnił: Maria, biblioteka, agencja nieruchomości.

– W takim razie czytał pan akt własności?

– Tak – odparł Sully.

– Proszę przeczytać go jeszcze raz.

Horace westchnął głęboko i położył dłonie na biurku, po czym wstał z wysiłkiem, jak zamroczony bokser podnoszący się z desek. Wyglądał na słabszego niż kiedykolwiek.

– Nigdzie nie pójdziesz – powiedział Sully.

– Nie ma pan na to wpływu.

– Wezwę policję.

– Nie sądzę.

Horace zbliżył się do tylnej ściany.

– Pańska żona, panie Harding. Przykro mi, że nie zdołał się pan z nią pożegnać. Wiem, jakie to uczucie. – Obciągnął poły czarnej marynarki. Kłykcie sterczały mu z chudych, żylastych rąk. – To naprawdę była piękna ceremonia.

– Do diabła, nie waż się gadać o Giselle! – krzyknął Sully. – Nic o niej nie wiesz!

– Już niedługo będę wiedział. – Horace złożył dłonie jak do modlitwy. – Pójdę teraz odpocząć. Zechce mi pan wybaczyć.

Przycisnął guzik na ścianie i w pomieszczeniu zapadła ciemność.

❧

Przed wiekami opowieści podawano sobie z ust do ust. Posłaniec biegł przez góry. Jeździec podróżował na koniu przez wiele dni. Nawet najniezwyklejsze wydarzenie trzeba było powtarzać niezliczoną ilość razy, toteż wieści rozchodziły się tak powoli, że niemal słyszało się, jak planeta rozmawia.

Dziś przyglądamy się światu wspólnie, siedem miliardów ludzi wpatruje się w to samo ognisko. To, co wydarzyło się na scenie na boisku w Coldwater, zostało poniesione w najodleglejsze zakątki globu – nie w przeciągu tygodni czy miesięcy, lecz godzin. I przez jedną noc na ziemi idea nieba była bliższa niż kiedykolwiek.

„DOWÓD!" – krzyczały niektóre nagłówki. „NIEBO MÓWI!" – głosiły inne. Ludzie zbierali się na ulicach od Miami po Istambuł, wiwatując, śpiewając, ściskając się i modląc. Kościoły, synagogi, meczety i świątynie pękały w szwach od wiernych, pragnących odpokutować za grzechy. Na cmentarzach pełno było odwiedzających. Śmiertelnie chorzy pacjenci inaczej oddychali, zamykając oczy. Byli sceptycy – tacy są zawsze – ale przez tę jedną noc jedna historia była początkiem niemal każdej rozmowy na kuli ziemskiej.

Słyszeliście?

Co o tym myślisz?

Wyobrażasz sobie?

Czy to cud?

Tylko jeden człowiek, pędzący starym buickiem przez dwupasmową drogę, znał prawdę i planował ją ujawnić. Ściskał kierownicę, walcząc z wyczerpaniem. Zdał sobie sprawę, że nie jadł nic od zeszłego wieczora. Nogi miał przemoczone aż do ud – skutek brnięcia przez zaspy w poszukiwaniu Horace'a, który jakimś cudem zniknął.

Wydostanie się z ciemnej piwnicy zajęło Sully'emu dłuższą chwilę. Horace wyłączył prąd w całej posiadłości. Sully potykał się i obijał, aż wreszcie dotarł do schodów, po czym przeszukał dom i stodołę. Doszedł nawet do pobliskiego lasku. Nigdzie nie było śladu starego. W miarę jak popołudniowe światło przygasało, Sully'ego ogarnęła desperacja – musiał podzielić się tym, co tu widział, zanim coś czy ktoś zdąży go powstrzymać. Porzucił zabudowania i powlókł się przez śniegi, aż doszedł do ogrodzenia, na które znów się wspiął, niesiony już samą adrenaliną, która pozwoliła mu przedostać się na drugą stronę. Samochód był wyziębiony i zapalił dopiero po kilku próbach.

Teraz jechał przez mrok, a reflektory auta walczyły z gęstą mgłą. Kiedy wyjechał zza zakrętu i zbliżył się do obrzeży rodzinnego miasteczka, zobaczył ciągnący się przez ponad kilometr sznur czerwonych tylnych świateł.

– O nie – powiedział na głos. – Boże, nie, nie, nie.

Transmisja zapoczątkowała zmasowaną pielgrzymkę do Coldwater, wjazd był więc zakorkowany. Sully czuł się bezsilny, odcięty. Nagle tak bardzo zapragnął przytulić synka, że do oczu napłynęły mu łzy. Przypomniał sobie, że w kieszeni ma komórkę. Ściągnął rękawiczkę, znalazł telefon i wybrał numer rodziców. Usłyszał dwa sygnały, a potem...

– Mamusia? – odezwał się głos Julesa.

Sully'emu ścisnęło się serce. Małego także oszukano. Zobaczył coś, usłyszał, coś mu wmówiono. Jego ojcu głos uwiązł w gardle.

– Mamusia? – powtórzył Jules.

Sully usłyszał w tle głos dziadka:

– Jules, daj mi ten telefon…

Sully wcisnął czerwoną słuchawkę, rozłączając się.

Nie sądzę – powiedział Horace.

Czy to możliwe, że miał rację? Czyżby wiedza o nie-
biańskim oszustwie była równie paraliżująca, jak dowód na
istnienie nieba? Sully słyszał, jak jego oddech staje się coraz
szybszy. Wbił wzrok w sznur czerwonych świateł. Walnął
gołą pięścią w deskę rozdzielczą. Nie. Nie! Nie przegra
z tym obłąkanym dziwadłem. Włączył lampkę wewnątrz
samochodu i zaczął przerzucać dokumenty na siedzeniu
pasażera. Znalazł numer i wybrał go drżącymi palcami.

– Jupes? – powiedział, kiedy zgłosił się rozmówca.

– Kto mówi?

– Sully Harding.

– A. Hej. Nie miałem…

– Posłuchaj mnie. To oszustwo. Od początku do końca.
Mam dowody.

Długa cisza.

– Jesteś tam jeszcze? – zapytał Sully.

– Słucham cię – odparł Elwood.

– To były komputery. Oprogramowanie. Zmarli zosta-
wiali na poczcie głosowej wiadomości, których potem użyto,
żeby odtworzyć ich głosy.

– Co?

– To wszystko były fałszywki, od samego początku.

– Czekaj…

– Musisz im powiedzieć.

– Chwila, moment, poczekaj. Kto to zrobił?

– To był…

Sully urwał. Przełknął ślinę. Zastanowił się nad tym, co ma zamiar powiedzieć. Jedno zdanie zmieni wszystko. Wyobraził sobie hordy dziennikarzy szturmujące dom pogrzebowy, policję, i zdał sobie sprawę, że musi znaleźć pewną rzecz, zanim oni to zrobią.

– Opowiem ci wszystko, jak się zobaczymy – powiedział do Elwooda. – Jadę już do miasta. Te korki to po prostu…

– Posłuchaj mnie, Harding, ja tu nie mogę za wiele zdziałać. Przecież gazeta wychodzi dopiero w przyszłym tygodniu. Jeżeli to, co mówisz, jest prawdą, to potrzeba ci kogoś, kto zajmie się tym od razu. Znam jednego faceta w „Tribie".

– Gdzie?

– „Chicago Tribune". Wiele lat temu razem pracowaliśmy. Można na nim polegać. Czy mogę do niego zadzwonić? A on do ciebie?

Sully przycisnął słuchawkę do ucha. Czuł się bardziej osamotniony niż kiedykolwiek w całym swoim życiu.

– Tak – powiedział. – Niech do mnie zadzwoni za godzinę. Muszę coś najpierw załatwić.

❧

Bożonarodzeniowe lampki wisiały na prawie każdym domu w Coldwater, ale teraz włączone były również światła na gankach. Na ulicach panowało ożywienie, a świętujący, opatuleni w zimowe płaszcze, wędrowali od domu do domu, nie zważając na mróz. Nikt nie był obcy. Skoro byłeś w Coldwater, byłeś częścią cudu. Drzwi otwierano na oścież. Podawano jedzenie. Po całym miasteczku rozbrzmiewał śmiech, dźwięki klaksonów i kolędy.

Chociaż transmisja skończyła się kilka godzin wcześniej, reflektory nadal rzęsiście oświetlały boisko przed szkołą, po którym kręciły się setki ludzi, nie mając ochoty wracać do domu. Słynna prowadząca udzielała wywiadów, podobnie jak Jeff Jacoby, burmistrz. Przy Katherine Yellin czuwało ni mniej, ni więcej, tylko dziesięciu funkcjonariuszy policji stanowej, a ludzie cisnęli się do niej, żeby wykrzyknąć jej imię albo zasypać ją pytaniami. Katherine zauważyła Amy Penn, patrzącą spod sceny.

– Amy! – zawołała. – Proszę! Czy ktoś pomoże jej się tu dostać?

Tymczasem Jack Sellers znalazł Tess, która przysunęła się do niego, a tłumy oblegały także ich, wykrzykując najróżniejsze rzeczy, począwszy od „Dziękujemy!" po „Bóg jest wielki!". Pomimo munduru Jacka ludzie wyciągali ku niemu ręce, ściskali mu dłoń, ocierali się o jego płaszcz, próbowali go dotknąć. Ktoś zawołał:

– Panie komisarzu, niech nas pan pobłogosławi!

Jack poczuł, że ktoś chwyta go za ramię. Odwrócił się i zobaczył Raya, a obok niego Dysona.

– Popilnujemy cię – powiedział Ray.

I stanęli po obu jego stronach.

– Muszę wracać do domu – powiedziała Tess, nachylając się ku Jackowi. – Dobrze? To mnie przytłacza.

– Chodź – odparł, przeciskając się przez tłum.

Ray i Dyson zaczęli wołać:

– Proszę zrobić przejście!... Zróbcie przejście!

W szpitalu Elias siedział u boku pastora Warrena. Od chwili kiedy usłyszeli słowa Diane Yellin płynące z nieba, głównie milczeli. W pewnej chwili, po tym jak połączenie nagle się urwało, Elias zapytał pastora:

– Czy to dowód na to, w co wierzymy?

A Warren odpowiedział cicho:

– Kiedy człowiek wierzy, nie potrzebuje dowodu.

Elias więcej się nie odzywał.

Pielęgniarka po raz kolejny zmieniła kroplówkę i zrobiła uwagę na temat „wspaniałej wiadomości". Wyszła z uśmiechem na ustach. Dwaj mężczyźni popatrzyli za nią. Urządzenie monitorujące akcję serca cicho szumiało.

– Elias, potrzymasz mnie za rękę? – zapytał Warren.

Elias przykrył swoją dużą dłonią kościste palce pastora i uścisnął je mocno.

– Jesteś dobrym budowniczym – powiedział Warren.

– Ksiądz też – odparł Elias.

Warren spojrzał w sufit.

– Ominie mnie niedzielne nabożeństwo.

– Może nie – powiedział Elias. – Może do tego czasu już ksiądz stąd wyjdzie.

Warren uśmiechnął się blado. Przymknął oczy.

– Masz rację.

❧

Sully wciąż tkwił w długiej kolejce samochodów czekają-
cych na wjazd do Coldwater. Minęła ponad godzina, a on
posunął się zaledwie o kilometr. Człowiek z „Chicago Tribune" nie zadzwonił. Sully włączył radio. Prawie każda stacja
relacjonowała wydarzenie, odtwarzając słowa Diane. Były
wszędzie. Jeden program. Drugi. Na każdej częstotliwości
głos zmarłej kobiety. „W niebie widzimy was…"

Sully zniecierpliwiony wyłączył radio. Czuł się beznad-
dziejnie unieruchomiony – w tym samochodzie, w tym
korku, w tej świadomości czegoś, o czym reszta świata nie
miała pojęcia. Przebiegł myślą wszystko, co Horace powiedział w piwnicy, szukając jakiejś wskazówki. Dlaczego wybrał
Coldwater? Co to ma wspólnego akurat z nim?

W takim razie czytał pan akt własności?

Tak.

Proszę przeczytać go jeszcze raz.

Po co miałby to czytać? To dokument prawny, pełen
niezrozumiałego żargonu, dokładnie taki sam jak coś, co
każdy musi podpisać, kiedy kupuje dom.

Pomyślał o zatelefonowaniu do Liz. Może ona będzie
w stanie mu go przeczytać. Jednak coś w rodzaju poczucia
odpowiedzialności za tę dziewczynę sprawiło, że się zawahał –
jakby z chwilą, kiedy jej powie, źli ludzie mogli spróbować
to z niej wydobyć.

Zamiast tego wziął telefon i wysłał jej wiadomość.

Jesteś tam?

Parę sekund później komórka zawibrowała.

```
Tak. Martwię się. Wszystko OK? Gdzie jesteś?
Nic mi nie jest. Masz akt własności?
Domu Horace'a?
Tak. Gdzie jest?
```

Upłynęło kilka sekund.

```
Dałam ci go.
```

Sully znieruchomiał. Jeszcze raz przeczytał tekst. Potem złapał stertę papierów leżących na siedzeniu obok. Brał do ręki i obracał każdy z nich, patrząc na nagłówki. Nie ten. Nie ten. Nie ten...

Jest.

AKT WŁASNOŚCI. Podniósł go do oczu. Czytanie drobnego druku w słabym świetle samochodowej żarówki nie było łatwe. Część deklaratywna, postanowienia, opis posiadłości, numery działek. Jak coś z tego mogło mieć dla niego jakiekolwiek znaczenie? Przejechał dokument wzrokiem aż do samego dołu, do podpisów – sprzedającego po lewej stronie, kupującego po prawej.

Sully zmrużył oczy, żeby odcyfrować podpis kupującego. Przeczytał go jeszcze raz.

Jego ciałem wstrząsnął dreszcz.

Podpis głosił: „Elliot Gray".

Samochód za nim zatrąbił i Sully omal nie wyskoczył ze swojego fotela. Zaklął. Jeszcze raz przeczytał dokument. Przez jego głowę galopowały tysiące myśli. Elliot Gray? To niemożliwe! Nazwisko, które prześladuje go od czasu katastrofy? Elliot Gray, kontroler lotów, który jednym głupim błędem zniszczył najlepszą część życia Sully'ego? Elliot Gray nie żyje! Dlaczego Horace miałby bawić się nim w ten sposób? Dlaczego…

Telefon zaczął dzwonić. Sully spojrzał na wyświetlacz. Nie znał tego numeru. Nacisnął zieloną słuchawkę.

– Halo?

– Witam, tu Ben Gissen z „Chicago Tribune". Czy rozmawiam z panem Sullivanem Hardingiem?

– Przy telefonie.

– Tak, no więc zadzwonił do mnie stary znajomy, Elwood Jupes. Powiedział coś dziwnego. Jupes pisze w gazecie w Coldwat…

– Wiem…

– A, to dobrze. No więc wspominał, że ma pan jakieś informacje na temat tej sprawy z telefonami? Mówił, że to ważne. Co tam się tak naprawdę stało?

Sully się zawahał. Ściszył głos.

– A pana zdaniem co się stało?

– Moim?

– Tak.

– Ja tu nie jestem od tego, żeby mieć swoje zdanie. Jestem od tego, żeby wysłuchać, co pan ma do powiedzenia na ten temat.

Sully wypuścił powietrze. Nie był w stanie przestać myśleć o Elliocie Grayu. Elliot Gray?

– Od czego mam zacząć?

– Od czego pan chce – powiedział dziennikarz. – Na przykład…

Połączenie zostało przerwane.

– Halo? – powiedział Sully. – Halo?

Spojrzał na telefon.

– Niech to szlag.

Zbliżył wyświetlacz do lampki w samochodzie. Bateria była naładowana.

Obrócił komórkę w dłoni.

Czekał.

Czekał.

Chwilę później telefon znów zadzwonił.

– Przepraszam – powiedział Sully, odbierając. – Chyba coś nas rozłączyło.

– Nigdy – powiedział cicho kobiecy głos.

Sully przestał oddychać.

Giselle.

❧

Co się robi, kiedy zmarli powracają? Jest to coś, czego ludzie najbardziej się boją – a zarazem, w niektórych wypadkach, najbardziej pragną.

Usłyszał, jak jego żona mówi:

– Sully?

Poczuł, jak to słowo przecina go, rozdziera, a z jego wnętrza zaczyna płynąć strumień smutku i radości. Jej głos, najwyraźniejszy w świecie. Z jej ust, jej ciała, jej duszy. Jej głos.

Ale.

– Wiem, że to nie ty – wymamrotał.

– Kochanie. Nie rób tego.

– Wiem, że to nieprawda. Wiem, że to robota Horace'a.

– Proszę. Jeśli mnie kochasz. Nie rób tego.

Sully przełknął ślinę. Nie był w stanie powstrzymać łez. Nie życzył sobie tej rozmowy, a jednocześnie tak strasznie jej pragnął.

– Czego nie robić? – wyszeptał w końcu.

– Nie mów mu – powiedziała Giselle.

I połączenie zostało przerwane.

೨

Następne kilka minut było dla Sully'ego Hardinga prawdziwym piekłem. Ukrył twarz w dłoniach. Krzyczał. Wsunął palce we włosy i szarpał tak mocno, że poczuł, jak korzonki wyją z bólu. Chwycił telefon. Odrzucił go. Znów go złapał. Wykrzykiwał imię żony, a jego głos odbijał się matowo od szyb w samochodzie. Kłamliwość tego Horace'a! Bezdenne okrucieństwo! Czuł się sponiewierany i chory, jakby coś podnosiło się z jego wnętrzności i podchodziło do gardła, a on musiał to przełknąć, bo inaczej się udławi.

Kiedy telefon znów zadzwonił, mężczyzna dosłownie dygotał – trzymał się za łokcie, jakby był przemarznięty – i dzwonek odezwał się jeszcze dwukrotnie, zanim Sully zdołał odebrać ledwo słyszalnym szeptem:

– Kto?

– Tu Ben Gissen. Pan Harding?

Z Sully'ego uszło powietrze. Nawet wiedząc, że to złuda, chciał jeszcze raz usłyszeć Giselle.

– Halo? Tu Ben Gissen. Coś nam przerwało?

– Przepraszam – wymamrotał Sully.

– No dobrze, niech pan mówi dalej – co chciał mi pan powiedzieć?

Sully zagapił się na samochód przed nim, a jego spojrzenie zaczęło odzyskiwać ostrość, jakby budził się ze snu. Zauważył kształt głów na tylnym siedzeniu. Dzieci? Nastolatki? Pomyślał o Julesie. Pomyślał o ludziach z Coldwater, ofiarach manipulacji, takiej, jaką Horace w tej chwili próbował zaaplikować jemu. Poczuł, jak budzi się w nim coś niedobrego.

Powiedział do Bena Gissena:

– Czy może pan przyjechać tu osobiście? Nie mam zaufania do telefonów.

– Naprawdę ma pan dowody, że to fałszywka? Nie mogę wyruszać aż tam tylko po to…

– Mam dowody – powiedział Sully bezbarwnie. – Ile pan tylko zechce.

– Jestem w Chicago. Zajęłoby to parę godzin…

Ale Sully już się rozłączył. Zjechał z drogi, zawrócił na śniegu i ruszył w przeciwnym kierunku.

Elliocie Gray, zabiję cię, pomyślał.

Wcisnął gaz do dechy.

❧

Jack otworzył drzwi wozu policyjnego i pomógł Tess wysiąść.

– Uważaj na lód – powiedział, biorąc ją pod ramię.

– Dziękuję – odpowiedziała.

Droga do domu upłynęła im wyjątkowo w milczeniu. Kręcili głowami, a od czasu do czasu mruczeli: „Raaany" albo „Niewiarygodne" – jak ludzie, którzy wyszli cało z jakiejś katastrofy. Na ulicach niezliczeni przyjezdni świętowali i śpiewali za niebieskimi barierkami. Reflektory samochodu na chwilę oświetlały ich twarze – zakapturzone albo ubrane w narciarskie czapki – po czym na powrót pogrążały je w mroku.

– Kiedyś rozpoznawałam w Coldwater prawie każdego – powiedziała Tess.

– A ja wiedziałem, gdzie oni wszyscy mieszkają – dodał Jack.

Teraz, kiedy szli do jej drzwi, to cisza wydawała się dziwna. Dotarli do ganku. Spojrzeli na siebie. Krótkofalówka Jacka zaskrzeczała.

– Jack, jesteś tam? – zapytał męski głos.

Jack nacisnął guzik.

– Tak.

Szumy.

– Możesz rozmawiać?

Guzik.

– Daj mi chwilę.

Jack z powrotem zaczepił sobie urządzenie przy pasku. Westchnął i znów przeniósł wzrok na Tess. Czuł się tak, jakby coś zbliżało się do końca.

– Strasznie jestem zmęczona – powiedziała Tess.

– Jasne.

– A ty pewnie jeszcze bardziej. Ile czasu już nie spałeś?

Jack wzruszył ramionami.

– Nie pamiętam.

Tess pokręciła głową.

– Co takiego?

– Myślałam po prostu o jutrze.

– Co będzie jutro?

Tess odwróciła wzrok.

– No właśnie.

Jack wiedział, o co jej chodzi. Przez cały wieczór miał dręczące przeczucie, że opowiadając światu o Robbiem, w pewien sposób doprowadził zadanie do końca.

– Czy twoja mama nie mówiła, że nie potrwa to długo?

Tess skinęła głową i zamknęła oczy, jakby była wyczerpana. Nachyliła się i oparła o jego ramię, została tak przez chwilę, po czym otworzyła oczy i leciutko pocałowała go w usta. Krótkofalówka Jacka znowu zaskrzeczała.

– Przepraszam – burknął. – Co myśmy robili, zanim to wynaleziono, hm?

Tess się uśmiechnęła.

– Nic mi nie będzie. Dzięki za podwiezienie.

Weszła do domu i zamknęła drzwi. Jack wrócił do samochodu. Wiedział, że musi zadzwonić do Doreen — wytłumaczyć się z tych telefonów od Robbiego, dlaczego utrzymywał je w tajemnicy. Należało jej się to. Najpierw przycisnął guzik na krótkofalówce, bezprzewodowym urządzeniu, które zrobiłoby wrażenie nawet na wielkim Alexandrze Bellu.

– Tu Jack – powiedział. – Już jestem.

– Jack, musisz szybko przyjechać do Moss Hill.

– Dlaczego? Co się dzieje?

– Lepiej, żebyś sam to zobaczył.

&

Pragnienia ustalają nasz kompas, ale to prawdziwe życie wytycza kurs. Katherine Yellin chciała tylko uhonorować swoją siostrę. Amy Penn chciała tylko zrobić karierę. Elias Rowe chciał tylko prowadzić w spokoju swoją firmę. Pastor Warren chciał tylko służyć Bogu.

Pragnienia ustaliły ich kompasy, ale wydarzenia ostatnich czterech miesięcy zniosły ich daleko z kursu.

I tak Katherine w piątkowy wieczór zeszła z ogromnej sceny otoczona tłumem wyznawców, zastanawiając się, dlaczego nigdy wcześniej nie słyszała, żeby Diane nazwała ją „siostrzyczką".

Amy Penn wlokła się za nią, wpatrując się w przedstawicieli mediów, jakby opuszczała sektę.

Elias Rowe czuł się teraz odpowiedzialny za syna Nicka Josepha – chłopca, którego nigdy nie spotkał.

A pastor Warren, którego kościół rozrósł się tak, że przerósł jego misję, miał spotkać się z Panem sam na sam, wydawszy ostatnie tchnienie w szpitalnym łóżku tej piątkowej nocy.

Sully Harding także miał jedno pragnienie: zabić człowieka nazwiskiem Elliot Gray czy Horace Belfin, nieważne, kim jest, kazać mu zapłacić za wszystkie te udręki, których był sprawcą. Jechał z zawrotną prędkością przez piętnaście kilometrów, czując, jak płonie w nim gniew, jak napięte są jego mięśnie, a ręce gotowe do spełnienia swojej powinności, jak każdy oddech podsyca w nim chęć zemsty.

Kiedy jednak jego buick wjechał w ulicę, prawdziwe życie zmieniło jego kurs. Zahamował gwałtownie. Odskoczył.

W ciszy błyskały czerwone światła. Dom był otoczony przez wozy policyjne. Posiadłość obchodzili funkcjonariusze policji stanowej, a nieopodal stała grupa ciemnych, nieoznakowanych pojazdów, w których Sully rozpoznał samochody rządowe.

– Jezu – wyszeptał.

Pragnienia ustalają nasz kompas, ale to prawdziwe życie wytycza kurs. Sully Harding nie miał tej nocy nikogo zabić.

Wrzucił wsteczny bieg.

# Po północy

Świętowanie w Coldwater trwało dalej, choć zapadła noc, a przez całą Lake Street ciągnęły tłumy, niczym na paradzie. W tłoczni wszystkich chętnych częstowano grzanym cydrem. Mieszkańcy miasteczka wystawili stoliki z talerzami pełnymi ciast i ciasteczek. Przed bankiem stał chór kościelny, śpiewając stary hymn:

Ciebie, Boga, wysławiamy, Tobie, Panu, wieczna chwała,
Ciebie, Ojca, niebios bramy, Ciebie wielbi ziemia cała…

Pięć kilometrów za miastem Sully Harding, którego raz jeszcze zatrzymał korek przy wjeździe do miasteczka, stracił resztki cierpliwości i ostro szarpnął kierownicą w prawo. Wyjechał buickiem z długiego sznura samochodów, po czym wcisnął gaz i popędził skalistym poboczem pomiędzy drogą a jeziorem Michigan. Musi dostać się do domu. Do Julesa. Musi znaleźć odpowiedzi.

Co te wszystkie wozy robiły wokół domu Horace'a? Czy policja wie, że on tam był? Czy wszystko się w końcu wyda? Czy Sully będzie następną osobą, po którą przyjadą?

Dlaczego Coldwater?

Ze względu na pana.

Na mnie? Co ja mam z tym wszystkim wspólnego?

Naprawdę pan nie wie?

Kim jest Horace? Czy Elliot Gray żyje? To nie może być Elliot Gray! Sully usiłował się skupić, ale głowa pękała mu z bólu i nie był w stanie złożyć do kupy więcej niż dwóch myśli naraz. Samochód gnał przed siebie, a on zaczął się pocić. Bolała go szyja. W gardle czuł suchość. Gdzieś w jego umyśle pojawiły się słowa „powinieneś zwolnić", ale brzmiały tak, jakby ktoś krzyczał je z bardzo daleka.

Sully zamrugał powiekami raz, potem drugi. Samochód podskoczył, a kawałek skały oderwał się i głośno uderzył w szybę, zarysowując ją. Sully zdekoncentrował się na sekundę. Droga skręcała w lewo, a kiedy wprowadził buicka w zakręt, jego reflektory oświetliły troje ludzi – mężczyznę, kobietę i dziecko – którzy widocznie wysiedli ze swojego auta, żeby ocenić rozmiary korka. Cała trójka zamarła. Oczy Sully'ego rozszerzyła zgroza. Szarpnął kierownicą i zahamował z piskiem opon, a wóz odbił gwałtownie w prawo i wpadł w poślizg, po czym oderwał się od skarpy i pofrunął ponad niskimi krzakami, wystającymi spod śniegu. Przez króciutką chwilę wisiał w powietrzu, przypominając bardziej samolot niż samochód. Tuż przed tym, jak spadł na zamarzniętą powierzchnię jeziora, Sully odruchowo sięgnął nad głowę po uchwyt katapulty.

I nagle – wstrząs! Samochód rąbnął o lód i zaczął kręcić się wokół własnej osi. Ciało Sully'ego zostało ciśnięte ponad przednim siedzeniem i uderzyło gwałtownie w drzwi po stronie pasażera. Głowa trafiła na szybę i w jednej chwili Sully'ego otoczyła ciemność. Samochód wirował na lodzie, jakby ktoś wycierał nim powierzchnię jeziora, wkoło i wkoło, i jeszcze raz, aż wreszcie zatrzymał się z jękiem – dwa tysiące kilogramów stali na kilkunastu centymetrach zamarzniętej wody.

I zakrwawiony Sully, rozciągnięty na przednim siedzeniu.

&

Czego w naszym życiu nie potrafi przeniknąć miłość? Mabel Hubbard, głucha od dzieciństwa, dała Alexandrowi Bellowi w prezencie ślubnym pianino i poprosiła go, żeby codziennie grał dla niej, jakby jego muzyka mogła przebić się przez jej ciszę. Kilkadziesiąt lat później, przy jego łożu śmierci, to żona Bella wydawała dźwięki, wymawiając słowa „Nie zostawiaj mnie", podczas gdy on, niezdolny już do mówienia, odpowiedział jej w języku migowym: „Nie".

Czego w naszym życiu nie potrafi przeniknąć miłość? Świadomość Sully'ego ogarnął mrok; żaden ziemski dźwięk nie mógł wyrwać go z tego stanu. A jednak gdzieś ponad tym wszystkim, gdy lód pod jego samochodem zaczął się wyginać, usłyszał słowa pierwszej na świecie rozmowy telefonicznej.

Przyjdź tu. Chcę cię zobaczyć.

&

Tego, co wydarzyło się potem, nie da się wytłumaczyć. Było to jednak wyraźne i prawdziwe i miało pozostać najtrwalszym wspomnieniem Sully'ego do końca jego życia. Usłyszał trzy słowa.

Awiacja.

Poczuł, jak unosi się z wraku samochodu.

Nawigacja.

Popłynął powoli, jak duch, przez ciemność. Nagle był w swoim mieszkaniu, szedł korytarzem i wchodził do sypialni Julesa. I tam właśnie zobaczył siedzącą na brzegu jego łóżka swoją żonę Giselle, tak samo młodą i promienną jak zawsze.

Komunikacja.

– Cześć – powiedziała.

– Cześć – wymówiły jego wargi.

– Mamy tylko chwilę. Musisz wracać.

Sully czuł wyłącznie lekkość i ciepło, absolutne odprężenie, jakby leżał latem w trawie i miał dziesięć lat.

– Nie – powiedział.

– Nie możesz się upierać. – Giselle się uśmiechnęła. – Nie tak to działa.

Sully patrzył, jak Giselle pochyla się nad Julesem.

– Jest przepiękny.

– Powinnaś go zobaczyć.

– Widzę. Przez cały czas.

Sully poczuł, że w środku płacze, ale nie było żadnych łez, żadnej zmiany w wyrazie jego twarzy. Giselle zwróciła się ku niemu, jakby wyczuła jego ból.

– Co się stało? – zapytała.

– To niemożliwe, że tu jesteś – szepnął.

– Zawsze tu jestem.

Wskazała na półkę, na której stała urna w kształcie anioła.

– Kochany jesteś. Ale nie potrzebujesz tego.

Wpatrywał się w nią. Jego oczy nie były w stanie zamrugać.

– Tak mi przykro.

– Czemu?

– Nie było mnie przy tobie w chwili śmierci.

– To nie twoja wina.

– Nigdy się z tobą nie pożegnałem.

– Pożegnania są niepotrzebne – powiedziała – kiedy kogoś kochasz.

Sully drżał. Czuł, jak otwierają się jego stare rany.

– Wstydziłem się.

– Dlaczego?

– Byłem w więzieniu.

– Wciąż tam jesteś.

I wtedy do niego podeszła, na tyle blisko, że poczuł ciepło i blask bijące od jej twarzy, a w jej oczach zobaczył każdy dzień, jaki kiedykolwiek razem przeżyli.

– Wystarczy – szepnęła. – Wybacz. Ja nie cierpiałam. Odkąd się dowiedziałam, że żyjesz, byłam szczęśliwa.

– Kiedy to było?

– Na początku.

– Na jakim początku?

– Kiedy umarłam.

– To jest koniec.

Pokręciła przecząco głową.

I w tym momencie Sully poczuł, jak ktoś szarpie go do tyłu, jakby trzymał go za połę koszuli. Wracały uczucia. Mrowienie zimna. Odległy ból.

– Nie mów mu, proszę.

Słyszał już raz, jak Giselle wypowiada te słowa. Ale dopiero teraz zdał sobie sprawę, kogo miała na myśli.

Ich syna.

Spojrzała na Julesa, który przewrócił się na bok, odsłaniając zabawkowy niebieski telefon, przyciśnięty do ramienia.

– Nie mów mu, że nie ma nieba. On potrzebuje w to wierzyć. I potrzebuje wierzyć, że ty też wierzysz.

– Ja też – powiedział Sully. I dodał: – Cię kocham.

– Ja też – powtórzyła Giselle z uśmiechem – cię kocham.

I wtedy poczuł ją przy sobie, wokół siebie, za sobą, wszędzie, jak płaczące dziecko, bezpieczne w objęciach matki. Pokój zmienił się w zamazaną smugę blasku i cienia, a Sully został porwany wstecz, wśród zupełnie niedorzecznych dźwięków, słów „ciągnij" i „klamka".

Sekundę później wypadał z samochodu. Zimne powietrze było orzeźwiające. Czołgał się po pokrytym śniegiem lodzie, aż znalazł się parę metrów od samochodu, po czym zataczając się, dźwignął się na nogi. Z głowy leciała mu krew. Spojrzał w niebo. Wypatrywał jakiegokolwiek śladu żony. Usłyszał tylko wiatr i daleki odgłos klaksonu.

– Giselle! – wychrypiał.

I właśnie w tym momencie lód zarwał się z łoskotem, a Sully z niedowierzaniem ujrzał, jak buick wpada do ciemnej wody i zaczyna tonąć.

# Następnego dnia

WIADOMOŚCI
ABC News

PREZENTER: Zaskakujący rozwój wydarzeń wokół miasteczka Coldwater w stanie Michigan. Na miejscu jest Alan Jeremy.

*(Alan przed posiadłością Horace'a)*

ALAN: Zgadza się. Cała sprawa wyszła na jaw w ciągu ostatniej godziny. Według przedstawicieli lokalnej policji mężczyzna nazwiskiem Horace Belfin, zatrudniony tutaj jako dyrektor zakładu pogrzebowego, mógł być zamieszany w manipulację rozmowami telefonicznymi, które wczoraj zelektryzowały cały świat — rozmowami, które tak wiele osób łączyło z życiem pozagrobowym. W piątek wieczorem na terenie domu Belfina znaleziono jego zwłoki. Przyczyna śmierci pozostaje nieznana. Jack Sellers, komisarz policji w Coldwater.

*(Ujęcie Jacka Sellersa)*

JACK SELLERS: Pewne poszlaki wskazują, że pan Belfin mógł być zamieszany w działalność związaną z przechwytywaniem rozmów. Trwają prace nad ustaleniem szczegółów. W tej chwili nie jestem w stanie państwu powiedzieć, co dokładnie zaszło — na razie tylko tyle, że na miejscu znaleziono duże ilości specjalistycznego sprzętu.

ALAN: Podobno w dochodzeniu biorą udział służby federalne. Dlaczego?

JACK: Z tym pytaniem należałoby zwrócić się do nich.

ALAN: Panie komisarzu, pan także odbierał telefony od zmarłego syna. Jak ta wiadomość...

JACK: Moja historia nie jest tu istotna. W tym momencie staramy się ustalić, co takiego — o ile w ogóle — miało miejsce.

*(Alan stoi obok protestujących)*

ALAN: Reakcja sceptyków nie kazała na siebie długo czekać.

JEDEN Z PROTESTUJĄCYCH: A nie mówiliśmy? Ludzie, co wyście sobie myśleli? Że można po prostu odebrać telefon i porozmawiać sobie z nieboszczykiem? Przecież to na kilometr pachniało oszustwem. Od samego początku!

*(Widok posiadłości Horace'a z lotu ptaka)*

ALAN: Belfin mieszkał na terenie tego dwuipółakrowego gospodarstwa. Udziały w domu pogrzebowym Davidson i Synowie nabył niespełna dwa lata temu. Był kawalerem i, jak podają źródła rządowe, nie miał rodziny. W tej chwili nie wiemy na jego temat nic więcej. Jeszcze dziś przedstawimy państwu dalsze reakcje ze strony okolicznych mieszkańców. W tej chwili jednak wydaje się, że „cud z Coldwater" stoi pod znakiem zapytania…

# Dwa dni później

W bożonarodzeniowy poranek Coldwater przyprószył świeży śnieg. Tu i tam słychać było szuranie szufli na schodach prowadzących do kościoła i widać było dym unoszący się z kominów. W domach dzieci z przejęciem rozpakowywały prezenty, nieświadome melancholijnych spojrzeń rodziców.

W kościele baptystycznym Żniwo Nadziei odbywało się przedpołudniowe nabożeństwo świąteczne, będące jednocześnie uroczystością żałobną za duszę pastora Warrena. Ksiądz Carroll wygłosił mowę. Inni duchowni także oddali zmarłemu cześć. Elias Rowe pokazał się w kościele po raz pierwszy od tamtego dnia, kiedy wstał podczas liturgii; dzisiaj również wstał, tym razem by oświadczyć:

– Cokolwiek by mówić, ja po prostu wiem, że pastor jest dziś w niebie.

Katherine Yellin przyszła na nabożeństwo razem z Amy Penn, którą przedstawiła jako „swoją przyjaciółkę". Po raz pierwszy od czterech tygodni Katherine schowała telefon w torebce i nie zerkała na niego co parę minut.

Tess Rafferty miała dom pełen gości – więcej, niż jej matka zgromadziła podczas którychkolwiek świąt. Atmosfera jednak była przygaszona, a kiedy razem rozdawali talerze pełne racuchów, Jack złapał Tess na spoglądaniu na milczący telefon w kuchni i uśmiechnął się do niej, a ona zamrugała powiekami, powstrzymując łzy.

W salonie u rodziców Sully Harding patrzył, jak Jules otwiera swój ostatni prezent – zestaw kolorowanek od Liz, która siedziała na podłodze obok niego. Różowe pasemko włosów miała tym razem ufarbowane na odcień świątecznej zieleni.

– Jak się czujesz? – zapytał syna Fred Harding.

Sully dotknął bandaża z boku głowy.

– Boli mnie tylko, kiedy myślę – powiedział.

Po kilku minutach, gdy Jules był całkowicie pochłonięty prezentami, Sully wszedł do swojego pokoju z czasów dzieciństwa i zamknął za sobą drzwi. Rodzice zmienili go w sypialnię dla gości, ale nadal wisiały tam jego dyplomy z rozgrywek międzyszkolnych i kilka zdjęć z meczów futbolowych.

Sully sięgnął do kieszeni i wyciągnął z niej pogniecioną kopertę. Widniało na niej jego nazwisko. Cofnął się myślą o kilka dni, do tej nocy na jeziorze, do poślizgu i do tego, jak na trzęsących się nogach dowlókł się na brzeg, ślizgając się i potykając, podczas gdy buick powoli znikał pod powierzchnią lodu. Wyczerpany upadł w zaspę i leżał w niej, dopóki nie usłyszał sygnału karetki. Ktoś zadzwonił po pogotowie i Sully'ego przewieziono do szpitala, założono mu szwy i zdiagnozowano wstrząs mózgu. Lekarz z oddziału urazowego nie mógł uwierzyć, że pacjent odzyskał przytomność na tyle szybko, by wydostać się z tonącego samochodu. Ile to mogło trwać? Minutę?

Sully został w szpitalu na obserwacji do następnego dnia. Rano z wysiłkiem otworzył oczy i jego nieprzytomne spojrzenie padło na Jacka Sellersa, który wszedł do pokoju i zamknął za sobą drzwi. Miał na sobie mundur.

— Nic ci nie będzie? — zapytał.

— Chyba nie.

— Co możesz mi o nim powiedzieć?

— O kim?

— O Horasie.

— Niewiele — skłamał Sully.

— Był zamieszany w mnóstwo rzeczy — powiedział Jack. — Miał sprzęt, jakiego w życiu nie widziałem. A jakieś dwadzieścia minut po nas wparowało tam z dziesięciu gości z FBI. Powiedzieli nam, że mamy z nikim o tym nie gadać. Zabrali cały sprzęt.

— Jak go znalazłeś?

— Zadzwonił do nas.

— Zadzwonił?

— Na posterunek. W piątek po południu. Powiedział, że na terenie jego posiadłości jest ciało martwego mężczyzny. Kiedy tam dotarliśmy, znaleźliśmy go w schronie na tyłach piwnicy. Leżał na podłodze. — Jack zamilkł. — Ten martwy mężczyzna to był on.

Sully opadł na poduszkę. Kręciło mu się w głowie. To wszystko nie miało sensu. Martwy? Horace — Elliot Gray? — nie żyje?

– Słuchaj – powiedział Jack, sięgając do kieszeni. – Łamię w tym momencie z milion różnych praw. Ale znalazłem to w jego biurku, zanim ktokolwiek inny to zauważył i, cóż, wziąłem, bo gdybym tego nie zrobił, to oni by to zabrali. Wziąłem to, ponieważ cokolwiek ten człowiek robił tobie, mógł to samo robić mnie i innym ludziom, na których mi zależy, więc chcę wiedzieć, a nie potrzebuję, żeby poza mną wiedział o tym cały świat, rozumiesz? I bez tego nie jest mi lekko.

Sully skinął głową. Jack podał mu kopertę. Złożył ją na pół.

– Nikt inny nie może tego zobaczyć. Przeczytaj, jak wrócisz do domu. A potem…

– Co? – zapytał Sully.

Jack odetchnął głęboko.

– Może do mnie zadzwoń.

∾

Sully czekał aż do świąt. Przed oczami ciągle miał Giselle, na łóżku, jak siedzi obok ich syna i się uśmiecha.

Jest przepiękny.

Powinnaś go zobaczyć.

Widzę. Przez cały czas.

Od tego momentu pragnął spędzać z Julesem każdą minutę, jakby przebywanie z nim sprawiało, że znowu są we troje. Odwołał spotkanie z dziennikarzem z „Chicago Tribune" i Elwoodem Jupesem, mówiąc im, że się pomylił, że był pijany, zdezorientowany i przybity tą całą transmisją.

W końcu dali mu spokój i zajęli się innymi tropami. Teraz jednak, kiedy z drugiego pokoju dobiegał śmiech Julesa i jego nowej przyjaciółki Liz, która dotrzymywała mu towarzystwa, Sully poczuł, że jest gotowy na to, co może zawierać list od zmarłego. Może wytłumaczenie obłędu, który od miesięcy rzucał cień na życie Sully'ego.

Rozdarł kopertę.

I zaczął czytać.

Drogi Panie Harding,

Błagam Pana o wybaczenie.

Moje prawdziwe nazwisko, jak już zapewne Pan wie, to Elliot Gray. Jestem ojcem Elliota Graya juniora, mojego jedynego syna, którego także poznał Pan w tragicznych okolicznościach.

To ja w dniu katastrofy pańskiego samolotu zniszczyłem nagrania z wieży kontrolnej w Lynton. Dla osoby z moim zapleczem to stosunkowo proste zadanie.

Była to szalona próba ochronienia własnego syna.

Stosunki między nami od wielu lat nie układały się dobrze. Jego matka umarła młodo, a syn nie pochwalał mojej pracy. Patrząc z perspektywy czasu, nie mogę go za to winić. Było to tajne, oszukańcze zajęcie, które często oddalało mnie od niego na dłuższe okresy. Działo się to w imię państwa i rządu, dwóch rzeczy, które teraz, gdy to piszę, znaczą dla mnie zaskakująco mało.

Tamtego ranka, ponieważ syn odmówił odbierania ode mnie telefonów, zjawiłem się niezapowiedziany w domu

Elliota. Przyjechałem, by uporządkować nasze sprawy. Miałem sześćdziesiąt osiem lat i zdiagnozowano u mnie nieuleczalnego raka. Nadszedł czas, by się pojednać.

Niestety Elliot nie przyjął mnie dobrze. Pokłóciliśmy się. Ojciec zawsze wierzy naiwnie, że ostatecznie uda mu się wszystko naprawić. Mnie się nie udało. Zamiast tego syn wybiegł z domu wzburzony i rozgniewany. Godzinę później dał panu zgodę na lądowanie na niewłaściwym pasie.

Takie chwile zmieniają ludzkie życie.

Jestem przekonany, że to moja obecność tak go zdekoncentrowała. Znałem syna. Miał swoje słabości. Jednak z obowiązków, podobnie jak ja, wywiązywał się bez zarzutu. Pojechałem do wieży, by wręczyć mu list, w którym zawarłem swoje ostatnie życzenia. Mogłem zostawić mu go w domu, sądzę jednak, że w głębi duszy pragnąłem zobaczyć syna jeszcze raz. W momencie przyjazdu usłyszałem, jak pański odrzutowiec rozbija się w oddali.

Nie ma słów, które byłyby w stanie opisać tamtą chwilę. Zostałem przeszkolony, bym panował nad sobą w chaotycznych sytuacjach. Obawiam się jednak, że mój syn spanikował. Znalazłem go samego w budce kontrolnej. Krzyczał:

– Co ja zrobiłem? Co ja zrobiłem?

Powiedziałem mu, żeby zamknął drzwi na klucz i pozwolił mi się wszystkim zająć. Natychmiast zabrałem się do usuwania wszelkich danych – myśląc, jak przystało na tajnego agenta, że jeżeli nie pozostaną żadne nagrania, nie będzie mu można nic udowodnić.

Z jakiejś przyczyny w czasie, kiedy byłem tym zajęty, mój syn zbiegł z lotniska. Do dziś dnia nie wiem dlaczego. Tak właśnie się dzieje, kiedy bliscy opuszczają nas tak nagle, czyż nie? Zawsze zostajemy z mnóstwem pytań.

Wśród zamieszania wywołanego zderzeniem samolotów opuściłem wieżę przez nikogo niezauważony – kolejna rzecz, do której zostałem przeszkolony. Kiedy jednak dowiedziałem się o wypadku Elliota, jego śmierci i o pańskiej żonie, która znalazła się w tak groźnym stanie, opadły mnie wyrzuty sumienia. Moim światem są liczby i rachunki. Za syna ponoszę odpowiedzialność. Pan i pańska żona byliście obcymi, przypadkowymi ofiarami. Rozpaczliwie zapragnąłem zadośćuczynienia za swoje czyny.

Kilka dni później, podczas pogrzebu Elliota, zobaczyłem jego przyjaciół, o których wcześniej nic nie wiedziałem. Mówili z miłością o jego wierze w lepszy świat, czekający po tym. Mówili, że pokładał ufność w łasce Boga. O tym również nigdy nie słyszałem.

Po raz pierwszy w życiu zapłakałem nad swoim dzieckiem.

Przyjechałem do Coldwater, by uregulować rachunki – z nim i z Panem. Dzięki dostępowi do pańskich akt z wojska byłem w stanie ustalić pańskie pochodzenie. Dowiedziałem się o pańskim powrocie do rodzinnego miasteczka i o tym, że umieścił Pan synka u swoich rodziców, sam z poświęceniem odwiedzając żonę w szpitalu. Kiedy dowiedziałem się o postawionych Panu zarzutach, zaniepokoiłem się głęboko, wiedząc, że nikt nie ma dostępu do materiału dowodowego, który dopomógłby w pańskiej obronie. Toczący się proces oznaczał, że sprawa Elliota jest stale obecna w mediach. Moje sumienie nie mogło znaleźć spokoju.

Zawsze byłem człowiekiem czynu, panie Harding. Wiedząc, że moje życie zbliża się do końca, nabyłem nieopodal dom, przyjąłem nową tożsamość (to również dzięki moim powiązaniom z rządem nie przedstawiało większych trudności) i szczęśliwym zrządzeniem losu spotkałem Sama Davidsona, który pragnął przejść na emeryturę po życiu, które upłynęło mu na pracy w zakładzie pogrzebowym. Kiedy człowiek zbliża się do śmierci, jej tajemnica nabiera dla niego smutnego czaru. Wykupiłem udziały w przedsiębiorstwie pana Davidsona i odkryłem, że przeżywanie żałoby wraz z innymi jest dla mnie pociechą. Słuchałem ich opowieści. Słuchałem ich żalów. Prawie wszyscy mówili o jedynym pragnieniu – tym samym, jak mniemam, które tamtego dnia kazało mi udać się za synem na lotnisko: pragnieniu, by jeszcze choć raz porozmawiać z ukochaną osobą.

Postanowiłem spełnić pragnienia części z nich. Zdobyć się jeszcze na jeden, ostatni akt współczucia i być może dać Panu i pańskiemu synkowi choć trochę nadziei po odejściu pańskiej żony.

Reszta – jak to zrobiłem, osiem różnych głosów, okoliczności, szczegóły – w tym momencie jest Panu zapewne znana. Proszę nie liczyć na zbyt wiele materiału dowodowego. Moi dawni chlebodawcy usuną wszystko, co mogłoby okazać się istotne. Kiedy człowiek zajmuje się tym tak długo jak ja, nigdy do końca nie przechodzi na emeryturę; jako że odkrycie mojej tożsamości mogłoby postawić ich w kłopotliwym położeniu, niewątpliwie umniejszą moje znaczenie i dopilnują, żeby moja osoba pozostała w miarę możności zagadką.

Dzielę się jednak tym z Panem, panie Harding, ponieważ nigdy nie będę w stanie spłacić długu zaciągniętego wobec Pana. Mógłby Pan sądzić, że ktoś z mojej sfery nie powinien wierzyć w Boga. Byłoby to nietrafne przypuszczenie. To żarliwa wiara, że Bóg jest po naszej stronie, usprawiedliwiała moje czyny przez te wszystkie lata.

To, co zrobiłem w Coldwater, było moją pokutą. Umrę, podobnie jak my wszyscy, nie znając skutków swoich działań. Jednak nawet jeśli moje metody zostaną ujawnione, ludzie uwierzą w to, co zechcą. A jeżeli te telefony przyciągnęły do wiary choć kilka dusz więcej, być może Bóg okaże mi łaskę.

Tak czy inaczej, w chwili kiedy Pan to przeczyta, niebo nie będzie już dla mnie zagadką. Gdybym mógł naprawdę skontaktować się z Panem i powiadomić Pana o jego istnieniu, zrobiłbym to. W ten sposób spłaciłbym choćby minimalny dług.

Zamiast tego kończę tak, jak zacząłem, prosząc Pana o przebaczenie. Być może już niedługo będę mógł o to samo poprosić swego syna.

Do widzenia,

Elliot Gray senior alias Horace Belfin

Jak rozstać się z gniewem? Jak puścić wolno wściekłość, na której człowiek opierał się tak długo, że przewróciłby się, gdyby ktoś mu ją wyrwał? Siedząc w swoim dawnym pokoju i trzymając list, Sully poczuł, jak unosi się ponad swoje rozgoryczenie, tak jak czasem unosimy się we śnie. Elliot Gray, który tak długo był jego wrogiem, teraz ukazał mu się w innym świetle, jak człowiek, któremu można wybaczyć błąd. Zaginione nagrania z wieży znalazły wytłumaczenie, podobnie jak ta nieuchwytna złuda, którą Coldwater żyło przez ostatnie miesiące. Nawet Horace zyskał ludzkie oblicze: pogrążonego w żalu mężczyzny, który usiłuje odpokutować za swoje czyny.

Czasem człowiek siedzi w celi, choć na to nie zasługuje, panie Harding. A czasem bywa odwrotnie.

Sully przeczytał list jeszcze raz. Jego wzrok padł na słowa „osiem głosów", i odruchowo zaczął je liczyć. Córka Anesha Baruy – jeden. Była żona Eddiego Doukensa – dwa. Wspólnik Jaya Jamesa – trzy. Matka Tess Rafferty – cztery. Syn Jacka Sellersa – pięć. Siostra Katherine Yellin – sześć. Dawny pracownik Eliasa Rowe'a – siedem. Córka Elwooda Jupesa – osiem.

Osiem.

A co z Giselle – ostatnim głosem podrobionym przez Horace'a? Czyżby jej nie policzył? A może pominął ją celowo?

Sully chwycił swój telefon i sprawdził listę połączeń z piątkowego wieczoru. Zobaczył to od dziennikarza z „Chicago Tribune". 19.46. Zjechał o jedną pozycję w dół. NIEZNANY NUMER. To był właśnie głos Giselle.

Godzina połączenia: 19.44.

Przetrząsnął kieszenie i znalazł numer, który dostał od Jacka Sellersa w szpitalu. Wystukał go szybko.

– Sellers, słucham – odezwał się głos w telefonie.

– Tu Sully Harding.

– A. Cześć. Wesołych świąt.

– Właśnie. Nawzajem.

– Słuchaj, jestem akurat z przyjaciółmi...

– Jasne, nie, a ja z rodziną...

– Chciałeś gdzieś pogadać?

– Muszę tylko spytać cię o jedną rzecz.

– Dawaj.

– Chodzi o Horace'a.

– Co konkretnie?

– O czas jego zgonu.

– Nie żył, jak go znaleźliśmy. Ray wszedł pierwszy. Musiał to odnotować. Osiemnasta pięćdziesiąt dwie.

– Co?

– Osiemnasta pięćdziesiąt dwie.

Sully poczuł, że dygocze od stóp do głów.

19.44.

– Jesteś pewny?

– Absolutnie.

Zakręciło mu się w głowie.

Wcisnął czerwoną słuchawkę.

Chyba coś nas rozłączyło.

Nigdy.

Pobiegł do salonu i chwycił Julesa w ramiona.

# Dwa miesiące później

Małe miasteczka mają swój własny rytm, nieważne, ilu ludzi przyjedzie do nich czy z nich wyjedzie. W ciągu kolejnych tygodni i miesięcy ten rytm powrócił do Coldwater, gdy tymczasem ciężarówki odjechały, trybuny rozebrano, a przyjezdni poodchodzili niczym warstwy skórki z cebuli. U Friedy pojawiły się wolne krzesła. Przy oczyszczonych ze śniegu drogach nie brakowało miejsc do parkowania. Na tyłach banku jego prezes – burmistrz miasta – siedział i postukiwał ołówkiem w biurko.

Nie było więcej tajemniczych telefonów. Minęła Gwiazdka. I Nowy Rok. Siostra nie odezwała się więcej do Katherine Yellin, podobnie jak matka do Tess Rafferty, syn do Jacka Sellersa ani żaden inny zmarły do któregokolwiek z wybranych. Było tak, jakby cud został zdmuchnięty niczym nasiona dmuchawca.

Wiadomość o Horasie Belfinie i jego zagadkowej śmierci na kilka dni stała się tematem namiętnych spekulacji. Wiele osób przypuszczało, że telefony były starannie przygotowanym oszustwem, zaaranżowanym przez tego dziwnego staruszka z Wirginii, emerytowanego urzędnika niższego szczebla, który przeszedł na emeryturę, gdy zdiagnozowano u niego nieoperacyjnego raka mózgu.

Szczegółów znano jednak bardzo niewiele. Sprzęt z domu Belfina przejęli agenci rządowi, którzy następnie opublikowali sprawozdanie, z którego wynikało, że znaleziono na nim jedynie niepowiązane ze sobą dane. Media przez jakiś czas domagały się więcej informacji, ale bez głosów z nieba zainteresowanie tematem osłabło, więc ostatecznie zajęły się inną sprawą, jak dziecko, które zostawia na stole niedoczytaną książeczkę.

Pielgrzymi stopniowo opuścili trawniki i pola kempingowe. A nie mając przeciwko czemu protestować, protestujący również odeszli. Biskup Hibbing i Kościół katolicki zamknęli dochodzenie w tej sprawie. Świat wchłonął zjawisko z Coldwater tak, jak potrząśnięta szklana kula pozwala śnieżnym płatkom opaść na dno. Wiele osób przyjęło słowa Diane Yellin i czytało je niczym ewangelię; inni odrzucili je jako zmyślone. Jak to bywa z każdym cudem, kiedy życie toczy się dalej, ci, którzy wierzą, opowiadają o nim z zachwytem. A ci, którzy nie – nie.

Chociaż większość mieszkańców miasteczka zasmuciła utrata głosów z nieba, nikt jakoś nie zauważył, że każdy z telefonów na swój sposób pokierował ludzi w najlepszą dla nich stronę. Katherine Yellin, osamotniona po śmierci Diane, znalazła bliską niczym siostra przyjaciółkę w Amy Penn. A Amy, pochłonięta niegdyś bez reszty swoją karierą w telewizji, porzuciła stację i wynajęła w miasteczku nieduży domek, gdzie codziennie piła kawę z Katherine i pracowała nad książką o tym, czego była świadkiem w Coldwater w stanie Michigan.

Tess Rafferty i Jack Sellers stali się dla siebie pociechą, łagodząc swój ból i pustkę po śmierci najbliższych. Ksiądz Carroll i inni duchowni doświadczyli wzrostu frekwencji w kościołach – modlili się o to od lat. Elias Rowe nie zapomniał o swojej rozmowie z pastorem Warrenem i zajął się rodziną Nicka Josepha, wybudował im niewielki dom i dał Nickowi juniorowi pierwszą wakacyjną pracę na budowie, gdzie następnie z biegiem lat udało mu się zaoszczędzić dość pieniędzy, by móc opłacić studia.

Sully Harding przeniósł prochy swojej żony Giselle z mieszkania do niszy na cmentarzu.

Wrócił do domu i po raz pierwszy od dziesięciu lat przespał spokojnie noc.

❦

Mówi się, że pierwsza iskierka inspiracji, która zaowocowała wynalezieniem telefonu, pojawiła się, kiedy Alexander Bell był jeszcze nastolatkiem. Zauważył, że kiedy stojąc w pobliżu otwartego pianina, śpiewa konkretną nutę, struna od tej nuty wibruje, jakby odpowiadała na jego śpiew. Kiedy śpiewał A, drżała struna A. Tak narodził się pomysł łączenia głosów za pośrednictwem drutu.

Nie był to jednak nowy pomysł. Wołamy i słyszymy odpowiedź. Tak było od samego początku wiary i trwa to aż do tej chwili, kiedy ciemną nocą w małym miasteczku o nazwie Coldwater siedmioletni chłopiec słyszy hałas, otwiera oczy, podnosi do ucha niebieską zabawkę i uśmiecha się, potwierdzając prawdę, że niebo jest teraz i zawsze wokół nas, i że żadna dusza, o której pamiętamy, tak naprawdę nie odchodzi.

## *Od autora*

Niniejsza powieść rozgrywa się w fikcyjnej miejscowości o nazwie Coldwater w stanie Michigan. Istnieje prawdziwe Coldwater w stanie Michigan. To piękne miejsce i zachęcam was, byście je odwiedzili. Ale to nie ta miejscowość.

# Podziękowania

Książka ta powstała dzięki bożej łasce, ogromnym ilościom kawy, stolikowi pod oknem w Michigan oraz miłości rodziny i przyjaciół.

Narodziła się w trudnym czasie, który pomogło mi przetrwać wiele osób. Zdanie to licha odpłata, niemniej najgłębiej, jak tylko atrament potrafi to oddać, wyrażam swoją wdzięczność Janine za każdą drogocenną minutę; Kerri Alexander za jej partnerstwo i lojalność; Ali za niezliczone rozmowy na Skypie; Philowi McGraw za jego heroiczne wysiłki; Lew C. za zrozumienie; Davidowi Wolpe'owi i Steve'owi Lindemannowi, dwóm bożym sługom, którzy wykazali anielską cierpliwość; Augiemu Nieto, kumplowi co się zowie; Eileen H. i Steve'owi N., których odwaga była dla mnie inspiracją; dzieciakom z HFH na Haiti, dokąd pojechałem, żeby zachować odpowiednią perspektywę; oraz wyjątkowo i w sposób, który tylko oni potrafią docenić, dwóm prawdziwym przyjaciołom, Marcowi Rosenthalowi (odkąd miałem dwanaście lat) i Chadowi Audi (odkąd miałem czterdzieści siedem). Żadne słowa tego nie opiszą poza: „W końcu dotarli!".

Poza tym Mendel to cymbał.

Davidowi Blackowi stuknęło właśnie ćwierć wieku współpracy ze mną, za co należy mu się medal. Dziękuję mu za niestrudzoną wiarę, a także wszystkim fantastycznym ludziom z jego biura: Sarah; Dave'owi; Joy; Luke'owi; Susan, która rządzi światem; i Antonelli, która rządzi cyberprzestrzenią.

Najgłębsze podziękowania kieruję także do swojej nowej rodziny w HarperCollins, która tak ciepło mnie przyjęła, począwszy od działu sprzedaży i marketingu po reklamę i grafikę. Szczególnie wdzięczny jestem swojej nowej kumpeli od kreacji, Karen Rinaldi, która czekała, bagatela, osiemnaście lat, by to sfinalizować, i której czuły dotyk odcisnął ślad na każdej stronie tej książki, oraz Brianowi Murrayowi, Jonathanowi Burnhamowi i Michaelowi Morrisonowi za ogromny akt wiary.

Specjalne zamorskie podziękowania dla Davida Shelleya z Little Brown UK, którego niezmiennie taktowne liściki sprawiają, iż wydaje mi się, że wiem, co robię, oraz Margaret Daly, najlepszej przyjaciółce, jaką tylko amerykański pisarz może mieć w Irlandii.

Mój tata twierdził, że wszystko dobrze się skończy – „Tylko pracuj dalej nad książką" – i jak zwykle miał rację. Moja miłość do rodziców nie zna granic. Moi pierwsi czytelnicy, Ali, Trish i Rick, byli dla mnie powodem, by nie ustawać.

A każda Giselle, Alli czy Marguerite, o której piszę, tak naprawdę jest po prostu Janine. Jakże inaczej mógłbym wyobrazić sobie tak głęboką miłość?

Chciałbym także złożyć hołd licznym książkom i artykułom, które pomogły mi w badaniach nad telefonem i jego barwną historią. Oraz stanowi Michigan, który kocham i w którym ku swojej radości udało mi się wreszcie osadzić opowieść, choćby zmyśloną.

Na koniec – i po pierwsze – wszystko, co tworzy moja ręka czy moje serce, jest od Boga, dzięki Bogu, przez Boga i z Bogiem. Możemy nie znać prawdy o telefonach i niebie, wiemy jednak to: z czasem Bóg odpowiada na wszystkie wezwania, tak jak odpowiedział na moje.

MITCH ALBOM
Detroit, stan Michigan, czerwiec 2013

# Spis treści

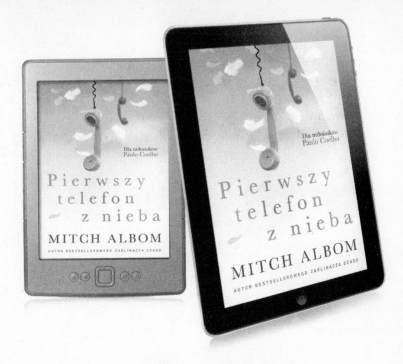